人魚の島

蔵中 幸
Sachi Kuranaka

文芸社

人魚の島　目　次

登場人物……6
第1話……8
第2話……11
第3話……16
第4話……22
第5話……31
第6話……44
第7話……51
第8話……60
第9話……73
第10話……87
第11話……101
第12話……121
第13話……153
第14話……175
第15話……190

第16話 …… 206
第17話 …… 218
第18話 …… 234
第19話 …… 246
第20話 …… 260
第21話 …… 272
第22話 …… 281
第23話 …… 291
番外編①～温室は見ていた～ …… 301
番外編②～海のような母～ …… 305
番外編③～君に捧げる愛のメニュー～ …… 308
番外編④～兄・学の帰省～ …… 311
番外編⑤～お姉ちゃんに会いたい～ …… 314

登場人物

○**宝貝　瑠璃**（たからがい　るり）…珊瑚島に住む少女。ある日、いつものように海で遊んでいると、海に打ちあがっている人魚を発見して…。島で生まれ育った事から泳ぎが得意。明るく元気一杯な性格。

○**琥珀**（こはく）…海底近くに住む人魚の少年。だが、嵐に巻き込まれて尾びれのウロコを失う。更に探している内に、潮に流され珊瑚島に流れ着き…。明るく素直な性格。

○**阿古屋　勇**（あこや　ゆう）…瑠璃の幼馴染の少年。正義感が強いが、密かに想いを寄せる瑠璃には敵わない。よく健太や翔とトリオ漫才のようになりツッコミ役にされる。

○**桜　美々**（さくら　みみ）…瑠璃の幼馴染の少女。控えめな性格で家庭的。怖がりなのでよく瑠璃の後ろにしがみ付いている。

○**平　翔**（たいら　しょう）…瑠璃の幼馴染の少年。眼鏡をかけて一見すると物知りな雰囲気。だか、当たり前な事しか言わなくて勇にツッコまれたりする。

○**馬蛤　健太**（まて　けんた）…瑠璃の幼馴染の少年。のんびり屋な性格で食べる事と寝る事が好き。よくずれた発言をし、勇や翔にツッコミを入れられる。

○**金城**（かねしろ）…都会から来た男性。珊瑚島に人魚がいると聞き捕獲しようと企んでいる。

第1話

これは人魚と出会った少年少女のひと夏の物語――。

青い空と白い砂浜。どこまでも広がる澄んだ海。南国では当たり前の光景が今も残る『珊瑚島』。ここは毎日穏やかな時が流れ、島民は漁や畑で生計を立て平和に暮らしていた。何より島民はこの島が大好きだ。そして、この島に住む少女…『宝貝　瑠璃』も島を愛する者の1人。彼女はこの島で生まれ育ち、学校が終わると泳ぎに行くのがほぼ日課だ。おかげで『島の中で一番泳ぎが上手い女の子』としても有名だった。

その日も、学校が終わると自宅に荷物を置き海に来た。3日前に来た嵐のせいでまだ少し波は高いが、泳ぎ慣れている瑠璃にとっては問題なかった。

「さぁ…泳ぐぞ！」

軽く準備運動を済ませ声を出して気合いを入れる。そして勢いよく海に飛び込んだ。

瑠璃が思った通り海上では少し波が高いが、海中の流れは思っていた以上に静か。海藻も静かに揺れている。その静かな海中の流れに身を任せつつ瑠璃は潜り泳ぎ続ける。そして息が少し苦しくなったら海上に顔を出し呼吸を整えて…。そんな事を繰り返しながら、いつものように泳いでいた。すると何度目かの泳ぎの時に何やら妙な気配を感じ取る。それに直感で気付き見てみると、沖の方から巨大な波が瑠璃に向かってきていた。だが、僅かに焦りながらも瑠璃は冷静に大きく息を吸い込む。そして海中に潜ると、島の砂浜に向かって一気に泳いだのだ。その瞬間、波は大きな音を立てて岩肌にぶつかる。だが、巻き込まれたかと思われていた瑠璃は素早く泳ぎ切れていたおかげだろう。間一髪で島に辿り着いていた。

「ちょっと危なかったかも…。」

日々泳いでいるから、こういう経験が全くなかったとは言えない。むしろ嵐の後でも度々泳ぎにくる為、何度か危ない目には遭っている。だが、その度に助かった安心感と共に恐怖も芽生えているのも事実ではあった。

「今日はもう帰ろうかな…。」

今回も少しばかりの恐怖が芽生えたのだろう。少し弱気な言葉を口にしながら瑠璃は海を見つめる。その視線の先には巨大な波が消えて、また泳ぐ直前の時のように穏やかな海へと戻っていた。

帰宅する決意を固めた瑠璃は小さく息を漏らして立ち上がる。そして自宅に帰ろうと歩き始めたのだが、すぐにあるものが目に入る。それは泳ぐ前に何も無かったはずの砂浜に、何かが打ち上がっているという光景だ。しかも目を凝らして見てみると人のような形をしていて…。

「もしかして…本当に人間？」

前日の嵐の影響で船から投げ出されたのか。もしくは他の島で事故に遭った者か。幼き瑠璃には真相を掴む事は出来ない。それでも生死を確認するべく、瑠璃はゆっくりとその者に近付いていく。そして口元に手を当て確かめると僅かながら風を感じる。どうやら息はまだあるようだった。

「あの…。大丈夫ですか？」

声をかけながら体に触れる瑠璃は、その者を改めて見つめる。一見すると普通の少年で目立った外傷は無い。しかし、それよりも瑠璃の目には信じられない姿が映っていた。その人間と思われた者には、本来あるはずの足が無かった。そのかわりに腰から下は沢山の青いウロコに覆われた1つの魚の尾びれが付いていたからだ。

「…って、えぇっ？　もしかして…『人魚』～!?」

驚きのあまり屋外とは思えないほどの大きな声を出す瑠璃。だが、それ以上の言葉を出す事は出来ず、『人魚』を凝視したまま口を開けて黙り込んでしまう。それでも瑠璃の驚きに反して海は穏やかなものに戻り静かな波音を響かせていた──。

第2話

　空は晴れ渡り、先ほどまでと違い静かな波音だけが響いている。だが、周りの穏やかさとは違い、動揺により密かに心を乱していた瑠璃は立ち尽くす。何故なら彼女の目の前には未だに、青く光る尾びれの付いた『人魚』がずっと横たわっていたのだから…。

　そうして硬直している事しばし。波音しか聞こえない静かな空間に、ふと何処からか複数の子供の声がした。

「…い。瑠璃ー！」

　自分の名を呼ぶ聞き覚えのある声に瑠璃は我に返る。というのも、その声の主達はずっと同じ珊瑚島に住む幼馴染の子供達だったのだ。正義感の強い阿古屋勇、控えめな性格の桜美々、賢そうな平翔、のんびり屋の馬蛤健太という幼馴染の４人で…。

「…瑠璃ー？　何かあったのか？」

　そんな事も考えていると、再び彼らは瑠璃に声をかけてくる。だが、いくら瑠璃に声をかけても彼女は微妙な表情のまま返事をしない。それは４人にとっても初めて見る姿だった為さすがに気になる。そこで４人は顔を見合わせたかと思うと少し小走りで高台の石段から下りてくる。そして瑠璃が微妙な表情で見つめるのと同じ方向に視線を送る。だが、見た事で結局4人も言葉を失ってしまう。何故なら4人にも『それ』が人のようで人でないものに見えたのだから…。


そうして驚きのあまり『それ』を見つめたまま固まる5人。だが、いつまでも固まり続ける訳にはいかないと思ったのだろう。5人の中で一番頭が良い翔が徐に口を開いた。

「これは…『人魚』ですね？」

「そんなのは見れば分かるだろう⁉　なんでこんな所に『人魚』がいるんだよ⁉」

物知りな事もあり翔は簡単に正体を言い当てる。右手の人差し指で眼鏡を押し上げながら得意気に。その様子に勇は呆れつつもツッコミを入れた。

「わぁ〜、『人魚』なんて初めて見たよ。何を食べるんだろう？」

「それは重要じゃないだろう⁉」

今度は食べる事が大好きな健太が口元によだれを垂らしながら呟く。それに対して少年達の中で唯一のツッコミ役でもある勇は激しく反論。だが、幼馴染故に当然それに慣れている2人だ。勇のツッコミには気にも止めず話を続ける。

「いやいや、普通は見ても簡単に言い当てる事は出来ませんよ？　驚きの方が大きくなって、何も言えなくなりますからね。それを言う事が出来たんですよ？　自分でも、さすがだと思いますが。」

「何、胸張ってんだよ！　っていうか、俺が聞きたかったのはそういう事じゃなくて…！」

「うんうん。勇も『人魚』さんが何を食べるか知りたかったんだよね？　やっぱり本に書いてあったみたいに貝とか海草を食べるのかな？　それとも…。」

「だから食べ物の話も今はしている場合じゃないだろ⁉　『何で人魚がここにいるのか？』っていう話をだな…！」

「人魚の食べ物ですか。確かに興味はありますね。一般的に物語で書かれているのは健太の言う通り貝類や海藻ばかりですけど…。でも、あくまで『物語』ですからね。本人達に聞いた訳ではありませんし。もしかしたら魚とかも食べるかも…。」

「え〜！『人魚』さんからしたらお魚は仲間じゃないの？　仲間も食べちゃうの⁇」

「こういう場合は仲間とか関係ないんじゃないですか？　まぁ。僕が思っているだけなので、実際はどうか分かりませんけどね。」

「ひぇ〜！」

「あ〜！　もう、うるさいな！」

止まらない2人の話に勇は思わず声を上げる。それでもボケ担当の2人は慣れている事もあり、強い言葉を浴びせられても特に気にしてはいないようだった。

一方、同じように3人のやり取りを見慣れている瑠璃。当然、無言でその様子を見つめるだけだ。すると、そんな瑠璃の背後に1人の人物が近付く。その正体は内気で怖がりな一面もある美々で、一番懐いている瑠璃にくっつくと体に触れる。そして体を少し震わせなから口を開いた。

「でも…この『人魚』さん、生きているのかな?」

「多分…。だけど、ずっと動かなくて…。」

恐がりでも優しい質問をしてくる美々に瑠璃は何だか一安心する。そして心配そうな表情に対し自分なりに何とか答える。だが、そのやり取りの後も『人魚』はなかなか動かなかった為に、無言で見つめる事しか出来なかった。

その時だった。見つめる視線の先で『人魚』の指先が僅かに動いた事に気付く。そればかりか「うぅ～ん…。」と小さい呻き声のようなものも聞こえる。それに気付いた事で皆は一斉に静まり返り、横たわっていた『人魚』をしばし見つめる。すると瑠璃達の視線に何となく気が付いたのか。5人の前で『人魚』らしき者は指だけでなく体も動かし始める。そして自らの両腕で上半身を起こすと口を開いた。

「…? ここは…?」

寝起きだからか未だ意識はおぼろげのようで、力なき声と表情で尋ねる。その姿は見た目が幼く自分達とあまり歳が変わらないように見える。だが、その瞳は海のように澄んだ青色をしていて美しく思わず見とれてしまう。それでも瑠璃は我に返ると、まだ意識がもうろうとした様子の『人魚』の問いかけに答えた。

「えっと…。ここは珊瑚島だよ。」

「そっか…。人がいる島に来てしまったんですね。」

戸惑いながらも何とか答える瑠璃に他の子供達も同調するように頷く。一方、人魚の少年は瑠璃の言葉に対し不意に呟いたかと思うと、子供達の顔を見渡しながらこう続けた。

「もしかして…君達が助けてくれたのですか？」

「正確に言えば、砂浜に打ち上がっているのを見つけただけだけどな。」

人魚の問いかけに対し今度は勇が答える。その言葉は警戒もあってか淡々としている。それでも答えてくれた事が嬉しかったのか。人魚の少年は失礼とも取れる勇の姿にも気にせず微笑んだ。

「でも僕が目を覚ますまで君達は傍にいてくれたんでしょう？　ありがとうございます。」

「っ！」

微笑みながら人魚の少年が口にしたのはお礼の言葉で、勇は思わず頬を赤くしながら息を呑む。その様子に皆は生温かい目を向けるのだった。

そうして突然現れた人魚に漂っていた警戒心は解かれ、空気は穏やかなものに変わっていく。すると我に返った翔は疑問に思っていた事を尋ねた。

「…というか、物語だと人魚って本来は海底近くにいて、人前にはめったに姿を見せない存在なのですよね？　それなのに何故こんな所に？」

初歩的な質問だが、誰もが抱いていた疑問だ。当然皆は同調するように頷く。すると翔の話はあながち間違いではなかったのだろう。人魚の方も頷くのだった——。

第3話

　子供達が集まっているというのに波音だけが聞こえている。元々、日中は大人達が島外に出ている事が多い為に静かなのは日常的だが、今日に限っては驚きのあまり子供達も声を発する事が出来ない。それでも基本的に珊瑚島は穏やかな場所だった。

　だが、そんな穏やかな島の時間を壊すように人魚の少年は姿を現した。そもそも彼に何が起きたのか。詳しく事情を聞く為にも瑠璃達は人魚の周りに腰かける。それにより地べたに接した部分は多少砂等で汚れてしまっただろうが、生まれた時から島育ちである彼らにとっては慣れている。それよりも彼らにとっては目の前で起きている事の方に戸惑っている。だが、戸惑いよりも知りたい事の方が明らかに多い。改めてそう感じると瑠璃から口を開いた。

「とりあえず…名前を聞かせてくれる？」

「っ！　あっ、はい…。僕の名前は『琥珀』って言います。えっと…。君達の名前も聞かせて貰えますか？」

　1つ目の疑問…『人魚』の少年の名前を知る事が出来て少し安心する5人。それればかりか琥珀の方も自分達の名前を知りたいと感じている事に何だか嬉しくなる。それにより瑠璃は元気良く自分達の名を教えた。

　すると拒絶されなかった上に自分達の名前まで教えてくれた事が嬉しかったのだろう。琥珀の緊張は更に解されていく。それを察したらしい。今度は５人の中で一番賢そうな翔が代表して尋ねた。

「それで…。何で海底近くに住んでいるはずの人魚が打ち上がってしまったのですか？」

「ああ、実は…。」

　翔の言葉に対し、琥珀は１つ息を漏らす。そして自分の尾びれを揺らしながら話し始めた。


　それは数日前に遡る。翔の言った通り琥珀は海底近くに住んでいた。そこには他の人魚や海底近くに住む生き物達も一緒で、琥珀は海藻や貝を主に食べて皆と共に過ごしていた。だが、沈んだ漂着物の影響で人間という存在を知った琥珀は、徐々にそちらの世界に興味を持ち始める。そして憧れるがあまり時々海上に顔を出しては人間や他の生き物…要は地上の様子を遠目から見学していた。

　そんなある日。再び地上への関心が強くなった琥珀は地上の様子を見にいく事を決める。それにより琥珀は尾びれを激しく動かして海上の方へ泳いだが、海底と海上では潮の流れが変わっている事が多い。その事は幼い頃から教えられていた為に知っていたはずだったが、地上への関心が強かった事で抜けていたのだろう。忘れていた琥珀は勢いよく昇っていく。嵐が来ていた事で海上が荒れていた事も知らずに…。

案の定、海上が近付くにつれて潮の流れが激しくなっていく。当然、海中の中で最も強い存在の人魚である琥珀は流れの変化に気付くと、力強く泳いで海底へ戻ろうとする。だが、強い存在とはいえまだ幼く力も弱かったのだろう。戻る前に強い潮の流れに琥珀は巻き込まれる。そして気付くと尾びれに付いていた青いウロコが10枚以上無くなっていた事に気付いたのだ。

「えっと…。そのウロコって重要な物なのか？」

話していく内に段々と暗くなっていく琥珀の顔を見ながら、勇は不思議そうに尋ねる。それは勇だけでなく瑠璃達も抱いていた疑問で、同調するように琥珀へ視線を向ける。すると視線を向けられた琥珀はウロコを失った箇所を見せつけながら、沈んだ表情のままでも律儀に答えた。

「ええ…。尾びれに付いている物の事なんですけど…。一枚一枚に力が宿っている特別な物なんです。全部揃う事で海底に住めるし、天気も読む事が出来ます。ただ年に1回取れやすい時期があって…。それが僕にとってはあの嵐の日だったんです。」

そこまで言うと琥珀は遠い目になる。そしてあの日の出来事の続きを語り始めた。ウロコが無い事に気付いて慌てて回収しようとした事、だが想いとは裏腹に更に高い潮が現れてしまった事、そして最終的には流されてしまった事を…。その表情は続きを語れば語るほどに暗くなっていく。更に一通り語り終えると、小さくこう呟いた。

「このままでは戻る事も出来ないんです。」

その表情は俯いたままで詳しく見る事は出来ない。それでも琥珀が落ち込んでいる事だけは幼い5人でも分かったのだった。

そうして俯き沈み続ける琥珀。すると、それを少しの間幼馴染と共に無言で見つめていた瑠璃が徐に手を1つ打つ。それだけでなく明るい声でこんな事を言い始めた。

「じゃあ、私達でウロコを探すのを手伝ってあげようよ！」

「はっ…？」

『名案だ！』と言わんばかりに笑顔で言う瑠璃の姿に、琥珀だけでなく他の4人も驚く。特に5人の中でツッコミ役にされている勇は、後先考えない瑠璃の提案に戸惑いも生まれたのだろう。慌てた様子でこんな事を言ってしまう。

「『探す』って言ったって何処を探すんだよ!? 探すコツも分かんないのに！」

普段は瑠璃の突拍子のない言葉でもそれほどキツく返しはしないが、この時ばかりはつい厳しい口調で反発。その言葉は自分でも驚くほど強い声になってしまい、恐がりな美々が少し跳ね上がり体を震わせるほどだ。だが、自分の言葉を簡単には曲げない性格の瑠璃は特に怖がってはいないらしい。そればかりか勇に対して不満そうな表情をしながら力強い声で答えた。

「困っている人を放っておけないでしょ！ このままじゃ琥珀が可哀想だし！ それとも

勇は琥珀の事を無視するの!?」

「お前な…！」

性格が性格なだけあって強く対抗してくる瑠璃。しかもその姿は性格と同様に真っ直ぐなもので、勇も思わず言葉を呑み込んでしまう。更に勇が何も言えなくなってしまったのを良い事に、他の3人までもがこんな事を言い始める。

「ウロコか…。探すのは大変そうだけど…。」

「琥珀君も困っているし…。」

「まぁ…人魚を助ける事は貴重な経験ですしね。」

「…っ！　お前らな…！」

代わる代わる瑠璃に同調するように言い始める3人。その姿に勇も最後には諦めたらしい。反論の言葉をそれ以上口にする事なく、観念したように息を漏らす。それに瑠璃達4人は『作戦が成功した』と感じたようだ。自然と嬉しそうな笑みを浮かべるのだった。

一方、最初はウロコを失くしてしまった事で浮かない表情をしていた琥珀。だが、予想外の事を提案する瑠璃や何だかんだ言って乗ってくれた皆の姿に、琥珀の中で温かいものが芽生える。それは嬉しいという感情で、感じた事で琥珀の瞳からは真珠のような涙が作られ始める。それでも何とか堪えると徐に頭を下げる。

「皆さん、ありがとうございます！」

簡単な言葉ではあるが、己の感謝の気持ちを伝えようとする琥珀。その姿は少し必死なものになっていたが想いが込められていて。瑠璃達も何だか嬉しくなる。更に琥珀は自分の事を見つめてくる5人に対してこう続けた。

「幸いな事にウロコは島にありそうです!!」

「っ!」

先ほどとは違い元気よく告げられる言葉の意味に気付き、瑠璃達は目を見開く。そして翌日からウロコ探しをする決意を改めて固めた。琥珀を救う為に――。

第4話

『琥珀を助けてあげよう！』その想いを胸に5人は動き始めた――。

琥珀が島に来た翌日。いつも美々の家の前を待ち合わせ場所にしている5人は、この日も同じ場所へ集まる。そして全員集まったのを確かめると5人は歩き始めた。向かう先は当然砂浜…昨日琥珀に出会った場所。というのも、今日から5人には大きな目的があるのだから…。

「早く行こう！　琥珀が待ちくたびれちゃう！」

「そう簡単には疲れないと思いますけど…。でも少しでも早く行った方が良いのは同感ですね。探す時間は少しでも多い方が良いですから。」

瑠璃と翔の言葉は納得出来るものだったのだろう。同調するように他の3人も頷く。そして5人は砂浜に向かって駆け出した。

5人は急ぎ足で砂浜へと向かう。その姿は一見すると常と何ら変わりないように見える。だが、その胸の中では密かに緊張が走る。というのも、琥珀と出会った事は5人の中で大人には打ち明けにくい事だと判断したからだ。それにより5人は表情や行動は変えないものの、大人に気付かれない事を願いながら砂浜へと向かう。その歩幅を自然と大きくさせながら…。

5人の願いが通じたのか、はたまた動揺を見せずに歩いていたおかげか。途中で何人かの大人とすれ違ったが、特に声をかけられる事もなく5人は昨日の砂浜へ到着する。その事に一安心する5人だったが、到着するだけが目的ではない。本来の目的は琥珀を助ける事だ。その為にも琥珀から更に情報を集めなくてはならない。改めてそう思った5人は表面上は誰もいない海を見つめる。そして今回の件の言い出しっぺでもある瑠璃が代表して、こう叫んだ。

「おーい！　琥珀ー！」

何も見えない海に向かって瑠璃の少し大きめの声が響く。それに答えるかのように波音だけが聞こえた。

だが、瑠璃のその呼びかけは確実に特定の者にも聞こえたらしい。誰もおらず僅かに波が立っていた海面から小さな音と共に気泡が見える。そしてすぐに気泡と音を立てた正体…人魚の少年である琥珀が顔を出した。

「おはようございます！　皆さん！」

「おはよう琥珀！　ちゃんと休めた？」

「はい！　おかげ様で…。というか、朝早くからすみません。」

海面から顔を出したかと思えば最初は笑顔で５人を迎えていたが、やはり来てくれた時間帯が気になったのだろう。僅かに表情を沈ませ始める。だが、当の瑠璃達は互いの顔を見合わせたかと思うと、笑顔のまま答えた。

「気にしなくて大丈夫だよ！　ちょうど夏休みで学校が休みだから…。」

「…『学校』？　それって何ですか？」

元気一杯に答える瑠璃だったが、言われた琥珀は不思議そうに首を傾げる。どうやら人間界に興味があっても、『学校』というものが分からなかったらしい。そこで今度は５人の中で説明が上手な翔が話し始める。『学校とは子供達が集まり勉強する場所』だという事を。軽い説明になってしまったが、その話は琥珀にとっては興味深いものだったらしい。瞳を輝かせながら聞き入る。そして一通り話を聞き終えると、こんな事を語り始めた。

「…人間界にはそんな場所があるのですね！　人魚の世界にはそんな物がなくて…。知識等は『学校』ではなく、親や仲間がその場その場で教えるものなんですよ。だから『そういう場所』に行くだなんて…何だか新鮮です！」

「へぇ～。そうなんだ！」

「つまり親や仲間が皆『家庭教師』みたいな存在なんですね。」

『お返し』と言わんばかりに琥珀から聞かされた人魚界の様子に、５人は驚きながらも聞き入る。だが、驚き以上に人魚界の話をしてくれた事が何だか嬉しくて。５人は先ほどの琥珀と同様に瞳を輝かせるのだった。

そうして少しの間、琥珀との話に夢中になっていた5人。だが、いつまでも話に夢中になっている訳にはいかない。本来の目的はウロコを探す事だ。そう思ったのだろう。話を切らせる為に翔は軽く咳払いをすると、それが合図だったように瑠璃は徐に口を開いた。

「それで…。ウロコってどんな所にあるの?」

「あっ、はい…。海中で岩に付いてるのを見たんですが…。一部のウロコがないからか上手く力が発揮されなくて…。はぎ取れなかったんです。」

瑠璃の問いかけに今まで楽しそうな表情で話していた琥珀は段々と沈んだ様子で答える。その姿はウロコを失くした事だけでなく、自分の無力さを嘆いているようだ。だが、落ち込む琥珀の様子にも5人は気にならないらしい。特に子供達の中で一番活動的な瑠璃は場所を聞いて、自分が得意な水中だと分かったのだろう。素早くシャツを脱いで下に着ていた水着姿になると軽く準備運動をする。そして海を見つめながらこう言い放った。

「じゃあ私は少し潜って海の中にあるウロコを探してくるから…。琥珀は皆と一緒に貝でも食べながら待っててよ。」

「えっ…?　貝って…?」

瑠璃の言葉が少し理解出来なかったのか、琥珀は不思議そうに少し首を傾げる。すると瑠璃の言葉が合図だったかのように、健太は貝の入ったバケツを琥珀に見せるように持ち上げた。しかもよく見れば何かを持ってきたのは健太だけでない。翔は島の地図、美々は貝殻アクセサリー、勇は虫取り網を持ってきていたのだ。ウロコ探しの合間や実際にウロコ探しの時に使えそうなものばかりで、琥珀は少しばかり驚く。だが、同時に自分の為に彼らなりにそこまで用意してくれた事が嬉しくて。琥珀は表情を僅かに緩ませた。

そうしている内に瑠璃も準備運動が終わったらしい。ゴーグルとマスクを装着すると改めて海を見つめる。そして皆に背を向けながら瑠璃は改めてこう告げた。

「じゃあ、ちょっと潜って取ってくるから…。それっぽいのが取れたら確認して貰えるかな?」

「っ！　はっ、はい！　気を付けて！」

気遣うような琥珀の言葉に瑠璃は頷くと、勢いよく海に飛び込む。その瞬間、水が跳ねる音と水しぶきが上がったが、完全に瑠璃の体が海中に消えた事で落ち着いたらしい。それらの反応はすぐに消えてしまうのだった。

嵐が去って2日目になったからだろう。海の中の様子は昨日よりも穏やかだ。海水も澄んでいて数十メートル先の様子もちゃんと見えるようになっている。そんな海中の中で瑠璃は目的の物を見つける為に目を凝らして辺りを見回す。すると琥珀の言う通り岩の一部が光っているのを発見。早速近付いてみると、それは岩に張り付く『青い何か』だった。

(何か不思議な物だな…。でも…何処かで見た事もあるような…?)

岩に張り付く『それ』を最初は不思議そうに見つめていた瑠璃。だが、見ている内に琥珀の尾びれを覆っていた物…ウロコに何となく似ている事を思い出す。それにより岩にくっ付く貝を取るヘラのようなスプーンで『光る物』をとりあえず1つだけはぎ取る。そして手に握ると一気に海上に向かった。

「ウロコって…コレかな？」

海上に顔を出すと、手の中に収めていた青く丸い物を琥珀に見せる。大きさは約５センチの『それ』は海中で不思議な光を放っていたが、海中から引き上げられた事で効力を失ったらしい。光は消えてしまっている。それでも海底のように澄んだ青色をしている『それ』は琥珀の尾びれを覆うものに確かに似ていて。４人は思わず見とれていた。

一方、瑠璃に尋ねられた琥珀は彼女の手の中にある物をまじまじと見つめる。そして僅かに笑みを浮かべながら頷いた。

「…ありがとうございます。これは確かに僕のウロコです！」

「っ！　そっか…！　良かった！」

琥珀の言葉に瑠璃は安堵の声を漏らす。そして青くて丸い物…人魚のウロコの美しさに見とれていた４人も、安堵したように笑顔になっていた。

1枚とはいえウロコを見つけられた事に一安心する５人。だが次の瞬間、５人はある不思議な光景を目の当たりにする。瑠璃の手に乗せられていた『それ』に琥珀が手をかざすと、海中の時のように光を放ち始めたのだ。そればかりか瑠璃の手から浮き上がると琥珀の元へ移動。海中から尾びれを引き上げると、自然とウロコのない場所へと戻っていく。その光景はあまりにも不思議なもので。5人は目を見開いたまま見つめる事しか出来なかった。

そうして不思議な光景に魅入ってしまい、言葉だけでなく思考まで停止してしまう5人。一気に静まり返ったからか、辺りには穏やかな波の音が響き渡っている。すると静か過ぎる空間に耐えられない性格でもある瑠璃が真っ先に我に返る。そして少し慌てた様子でこう言い放った。

「まっ、まだ海の中にあったからさ…！　私、取ってくるね！」

「あっ、はい！　おね…!?」

改めてお願いしようとした琥珀だったが、それを口にする前に瑠璃は海へ飛び込む。一方、瑠璃以外の4人は彼女と琥珀のやり取りの声によって我に返ったらしい。だが、慌てて海に飛び込んでいく友に対して何も言う事はなくて。再び無事にウロコを取って戻れる事を願いながら、琥珀と共に地上で待つのだった。

それから更に時間は経過して。ふと気が付くと空はオレンジ色と薄い紺色が合わさったものに変わり、海面も夕日に照らされていた。どうやら思っていた以上に時間は過ぎていたらしい。すると時間の経過を認識した事で、妙な疲労感も感じたのだろう。勇は不意に呟く。

「もう良い時間だし…そろそろ帰ろう。」

いつもより力ない声で呟く勇。だが、そう言い始めたのは勇だけではない。勇の言葉に触発されたのか、はたまた時間が経過していた事を自覚したからか。何処からか奇妙な音が聞こえてくる。その音の発生源は健太だったらしく、彼は自らお腹に手を当てた。

「そうだよ。僕、お腹減っちゃったし。」

「…君の空腹はいつもの事でしょう？」

空腹を知らせる音が思ったよりも響いた事に恥ずかしさを感じたのか。健太は頬を僅かに染めながらそんな事を言い始める。それに対し翔は呆れた様子でツッコミを入れるが、その顔は明らかに疲れているようだ。更に自宅へ帰りたい想いを表したのは少年3人だけではない。3人に続くように美々までこう言い始めたのだ。

「そっ、そうだね…。私も…もう帰らないと…。お母さんが帰ってくるから…ご飯を準備しなくちゃいけないし…。」

瑠璃や琥珀の様子を窺いながら言葉を口にする。その内容は彼女らしい家庭的なものだ。そして帰りたい旨を口にした3人は何かを促すように瑠璃を見つめた。

一方、半日以上海に潜っていた事で本来は疲れているはずの瑠璃だったが、その表情は予想に反して物足りなそうにしている。というのも、彼女の体力は同じ年頃の子供達に比べると何度も素潜りが出来て、その深さも10メートルは軽く超えるほどに強いのだ。それは幼馴染達だけではなく、彼女の事を知る島の大人達も毎回驚かされている。しかも日常でも彼女の体力の凄さは光るのだが、目的があれば更に素潜りに夢中になる。その夢中具合は見ている方が疲れ心配になってしまうほどで、『体力や精神力が底なしなのでは？』と思われる事も多々ある。だからこそ何度も素潜りした今でも、素潜りや島内を歩き回れるぐらいに動こうと思えば動ける事が出来るのだが…。

「…まぁ、この辺のウロコは大体見つけられたみたいだしね。うん、そろそろ帰ろうか。」

皆の様子を見た事でどうやら諦めたらしい。そう言ったかと思うと海から出てゴーグル等を片付け始める。そして琥珀の方へ振り向くと、改めて告げた。

「じゃあね、琥珀！　また明日！」

「あっ、はい！　ありがとうございます！　では、また！」

手を振り別れの言葉を口にする瑠璃に琥珀も頷く。それだけでなく互いに手を振ると5人は自宅へ、琥珀は再び海中へと潜り身を隠す。それは初めてのウロコ探しが終了した事を表していた――。

第５話

『植物を育てるには知識と愛情。どちらも大事だから欠けてはダメよ。』かつて大好きな母が残した言葉。あれから数年が経過し母はいなくなった。だけど僕は、その言葉を胸に今日も植物と向かい合う——。

瑠璃達の住む『珊瑚島』は階段状の地形になっていて、段ごとに漁師達の居住スペースや飲食店等の商売系の建物、そして一般住居といった形で大体分けられている。これは『漁師の場合は海に真っ先に行けるように』や『一般の住民はゆっくりと過ごせるように』といった考えを基に決められていて。皆は自分達の生活環境に合わせた場所に家を建て、それぞれ島の生活を満喫していた。

そうして皆が穏やかに暮らす『珊瑚島』の一番上段に建つ一軒の家。裏には原生林のように多くの樹木が植えられ温室まで完備されているこの家に、『平　翔』は父と２人で暮らしていた。父の仕事内容が『住居の傍らに建つ温室で植物を育て島外に出荷する』というものだった為、ここが一番住み易い場所なのだ。だが、いくら職業柄良い環境だったとしても住民のやる気がなければ、あまりここに住む意味はない。案の定翔の父は怠け者で、植物管理が重要だというのによく温度調整や水やり等をサボる。そしてサボって何をするのかと言うと、散歩や魚釣りをして自由気ままに過ごしているのだ。それにより父の代わりに翔が動く羽目になる。日々、温度管理や水やりをして植物を育てているのだ。何故なら翔の胸の中では、大好きだった母の存在と言葉が未だに生き続けているのだから…。

この日も翔は学校が休みだというのに朝早くから動き始める。父の代わりに植物を守り管理しなければならないからだ。だからこそ起床して素早く朝食を済ませると、彼は1人で温室に向かう。そして手慣れた様子で室内の温度をチェックしつつ、植物と土の様子を確認。それらの行動は既に手馴れており、この日もいつものように動き続けていた。

だが…。

（…え？　どうして…？）

普段と同じように土に触ったのだが、そこで『ある異変』に気付く。さっき水を撒かれた様に土が湿っていたのだ。いつもなら水はほぼ蒸発し、砂のように乾いているというのに…。

（父さんは水をあげないのに…。）

疑問に思う翔だったが、いつまでも考え込む訳にはいかない。今日も皆と会うつもりだったのだ。だからこそ異変に目を瞑るように室温だけを確認。皆との待ち合わせ場所に向かっていった。

温室で作業してから皆に会う事が日課である為、それを含めた時間で行動していた翔。おかげで待ち合わせ場所…一番下段に建つ勇の家の近くに向かうと既に瑠璃と勇はいたが、まだ美々と健太の姿はなかった。

「おはようございます。…って、健太君と美々さんはまだ来ていないんですね？」

「あ〜、そうだな…。まぁ、いつもの事だけど…。」

「うんうん。美々はきっとおばさんを見送った後に残った家事をしているだろうし、健太は昨日の様子を見て叔父さんに弁当を用意させてるんじゃないかな？　何か『スゴイ臭い』がしてたし…。」

「…『スゴイ臭い』って…。嫌な予感がするんだけど…。っていうか、気付いたなら止めた方が良いんじゃ…。お前だって困るだろ？」

「ん〜、確かにそうなんだけど…。味が変でもお弁当である事には変わりないし。それにお弁当があればお昼に家へ帰らなくて済むじゃん？　その分、ウロコ探しが沢山出来るよ！」

「それはそうだろうけど…。」

翔の不意な呟きから勝手に会話を続けていく勇と瑠璃。その様子は常と変わらずで、翔は思わず呆れたように息を漏らす。だが、そんな２人のやり取りのおかげか。朝から抱いていた疑問や、それから生まれた胸の中のもやは晴れていった。

その後、美々と健太も合流し、5人は琥珀のいる海岸へと向かう。そして地図を片手に話し合った結果、探せる範囲では海の中にはウロコがほとんどない事が判明。その代わりと言わんばかりに陸上にも多くのウロコがある事が判明。4人は原因がよく分からなかったようだが、植物の事だけではなく天候や風向き等の自然に関する事にも詳しい翔。地図を見ている内に、琥珀が指示した場所は風下だった事に気付く。それと同時に『どうやら嵐の時に飛んでしまった』という仮説にも辿り着く。だが、翔がその事に気付いたとしても、今はウロコを集める事が先決だ。案の定、翔が理由を口にする前に皆は動き始める。そんな幼馴染達の姿に翔は再び呆れたように小さくタメ息を漏らす。それでも彼自身も目的は皆と同じなのだ。少しでも多くのウロコを見つけるべく地図を片手に4人の後を付いて行く。そして島の内陸へと向かう5人の後ろ姿を琥珀は海からしばらく見つめていたが、姿が見えなくなると海の中に飛び込む。その瞬間、僅かに水が跳ねる音が響いたが、近辺に人がいなかった事もあり気付かれる事はなかった。

一方の5人は翔が持つ地図を基準に島の中を進む。正確な位置はさすがに分からなかったが、目印が付けられた所…中段部分が特に多かったので周辺を探す。すると辺りを見渡している時に丁度太陽の光が当たったらしい。光を受けた事で何ヶ所かが極端に光り始める。それを見て何となく光った場所を探ってみれば、当然のようにウロコが草むらから出てきて。５人は光を頼りに捜索する事を決意。早速、行動を開始した。

どうやら『光を手掛かりにウロコを探す』というのは間違いではなかったらしい。その後も光を頼りに手を動かしていけば、予想通りウロコが次から次に出てくる。それは草むらの中からだったり、石垣の隙間だったりと様々だ。とりあえず５人は一旦別れると個々で回収していく。そして木の上等の１人じゃ取れない場所にあった場合は、その事を一度記憶。改めて勇に伝える。すると場所を聞いた勇は健太に肩車をして貰う。そして木に登ると、ウロコを回収。こんな風に手を貸し合いながら５人はウロコを回収していった。


こうして一通り分かる所のウロコ回収を終えた５人。ふと気付けば太陽が真上から少しずれた場所まで傾いていた為に今はもう昼過ぎなのだという事を悟る。そして大体の時間が分かってしまった事で体も変に反応したらしい。何処からか奇妙な音が聞こえてきた。

「あ〜。お腹空いたね〜。」

「ええ…。って、君はいつもお腹が空いてるかと思うのですが…。」

「…そういうお前も腹減ってるんだろ？　さっきから聞こえてるし。まぁ…俺も同じだけどな。」

５人の中で一番空腹になり易い健太の『腹の虫』が鳴ると、それが合図だったかのように翔や勇の方からも音が響いてくる。しかも３人だけではなく、音を響かせているのは瑠璃や美々も同様で。5人の間で大合唱している。だが、幼馴染同士で慣れている部分もあるらしい。美々は少し恥ずかしそうに頬を赤く染めているが、それほど嫌がった様子はない。そして互いの顔を見合わせると、5人は琥珀の待つ海の方へと歩き出す。その姿は楽しそうに話をしながら歩いているように見えたが、声に混じって密かに『腹の虫』の音も入っていた。

空腹を感じながらも5人は琥珀が待つ海へと到着。すると5人の声が海中でも聞こえていたらしい。声をかける前に海面から顔を出す。それに5人は少し驚きもしたが、驚いて固まり続ける訳にはいかない。自分達の手の中には琥珀の体に戻る事を望むように、ウロコにある変化が起きているのだ。そこで皆は顔を見合わせて頷くと、それぞれの手の中にあるウロコを琥珀に見せた。

「っ！　凄いです…！　こんなにウロコを集めてくれるなんて…！　ありがとうございます！」

枚数で言うと6枚ほどしかなかったのだが、少しでもウロコの回収がされた事が嬉しかったらしい。琥珀は笑顔でお礼を口にする。そして自分の尾びれに戻すべく、5人の手の中にあるウロコに己の手をかざした。

やはり琥珀が『ウロコに手をかざす』という行為は、尾びれに戻る為の合図のようなものらしい。その動きをした瞬間、ウロコは再び光を放ちながら琥珀の尾びれに向かっていく。しかも一見すると同じような形と大きさをしているのに、個々に居場所のようなものがあるらしい。手をかざされたウロコ達は迷いなく尾びれに戻っていく。その光景は既に昨日見ていたとはいえ不思議な光景で、４人は思わず見とれてしまう。だが、翔だけはウロコの動きよりも『ある事』が気になったらしい。一通りウロコが戻っていくのを見届けたかと思うと、不意にこんな言葉を呟いた。

「あの…。少し聞きたいのですけれど…。」

「？　何ですか？」

　自分の事を終始無言で見つめていたかと思うと、急に尋ねてくる翔の姿に琥珀は首を傾げる。他の４人も突然言葉を発する翔の姿に不思議そうだ。思わず尋ねようとする翔に視線を向ける。そして彼が何を言おうとしているのかを待つように見つめ続けていた。

　だが、刺さるような５人の視線を受け止めながらも、翔は質問を取り消そうとはしない。琥珀を見つめながら話を続けた。

「その…人魚のウロコって常に湿っているんですか？」

「え…？　ウロコって湿ってたっけ？」

　翔の問いかけに瑠璃は不思議そうに首を傾げる。どうやら『ウロコを探す』という事に集中し過ぎて、単純な彼女はどんな状態だったのか気付いていなかったようだ。その事に改めて気付いてしまった勇は呆れたようにタメ息を漏らし、健太と美々は心配そうに見つめていた。

一方、幼馴染達がそんな表情をしている傍らで、翔は問い詰めるように未だ琥珀を見つめ続ける。すると真っ直ぐ自分を問う瞳で見つめる翔に促されたのだろう。琥珀は頷いたかと思うと口を開いた。

「人魚は水を司り操る種族ですからね。」

答える言葉はそれだけだと思われたが、琥珀は小さく息を漏らす。そして遠くを見つめるようにしながら話を続けた。

「例えば…『人魚の肉や血は口にすると永遠の命が得られる』っていう話を聞いた事がありますよね？　それはほぼ事実なのですが、僕等の力はそれだけじゃない。実はウロコにも多少なりとも力が宿っているんですよ。その内容は『潤い』です。」

「『潤い』…。」

琥珀の言葉を復唱するように翔は思わず呟く。すると琥珀はその呟きに答えるように言葉を続けた。

「ええ…。その名の通りウロコから水分が生まれるんです。その仕組みは『空気に触れる事』で水分が生まれ潤おっていくんです。その力は少しでも空気に触れていれば無限に起きるほどに強力で、乾いた土に置いたり埋めたりしても効果があります。だからこそ場所によっては乾いた土地を潤す為に使う事もある。水がなければ生き物は生きていけませんから。」

「へぇ～、便利だねぇ。じゃあ砂漠に置いてたら海が出来るねぇ～。」

「何で一気に海が出来るんだよ!?　普通『オアシスが出来ました』から始まるだろう！　ってか、簡単に砂漠から海になってたまるか！」

「そうだよ！　海を作る事よりもまずは自分達で飲んでみないと！　きっと美味しい水だと思うから！」

「美味しい水なの!?　飲んでみたいな～！」

「いや！　味の問題じゃ…！　っていうか、瑠璃まで変な事言ってんじゃねぇよ！　話がまとまらないだろ!?」

「おっ、落ち着いて…！　皆…！」

　丁寧にウロコの効果を説明する琥珀。その言葉の内容はよくよく聞いて考えてみれば恐ろしさも含まれているが、聞いていた方は特にそうは感じていないようだ。むしろ逆に驚くべき能力を聞いただけで3人は漫才（?）を始めていて、それを少しでも落ち着かせようと美々は声を上げる。それでも変に盛り上がる3人はなかなか止まらず。そんな騒がしい様子を琥珀は呆気に取られながら見つめていた。

　だが、いつもその空間に入り込むはずの翔は何故か参加しない。そればかりか琥珀から話を聞いてから、段々とその顔が青ざめていく。それに気付いた美々は心配になり声をかけようとしたのだが…。

「すみません。ちょっと急用を思い出しました。先に帰らせて貰っても良いですか？」

「えっ…？」

急に立ち上がったかと思うと、徐に翔はそんな言葉を口にする。それに美々は思わず戸惑いの声を上げ、瑠璃達も漫才を止めてしまう。そして理由を聞こうとしたのだが、その言葉を封じるように翔は琥珀達の所から離れてしまう。それは幼馴染４人にとっても疑問しか抱けない行動で、皆は不思議そうに首を傾げる。だが、結局引き止める事は出来ず、彼の後ろ姿を見守り続ける。そして当の翔は、問われるような皆の視線を小さな背中で感じつつも足を止めようとはしない。というのも、琥珀から先ほど聞いた話で『ある可能性』に気付いてしまったからだ。しかも翔が気付いた『ある可能性』とは自分と関係している事で、自分しか確かめる事が出来ないものだ。だからこそ翔は皆の視線に気付きながらも、弁解出来ないまま島を駆けていく。その表情は常と違い、切羽詰まったようなものになっていた。

動揺しつつも駆け続けていた翔だったが、どうやら目的地周辺に辿り着いたらしい。ようやく足を止める。だが、走る事に慣れていない事もあり呼吸が未だ乱れていたが、それが整う前に再び歩き始める。そして１軒の建物…自宅の隣に建つ温室に入るべく、そのビニール製のカーテン状になっている出入り口に手をかけた。

だが…。

「どうしたんだ？　翔？」

「っ!?　父さん…。」

　急に背後からかけられた声に翔は思わず体を跳ねさせる。それでも声の正体にはすぐに気付いたらしい。振り向くと安心したように息を漏らしながら呟いた。

　だが、悠長にもしていられない。幼馴染達と早々に別れて帰宅したのには、ちゃんと理由があるのだ。その事を思い出した翔は、すぐに目的を思い出すと父に背を向ける。そして「少し気になる事が…。」と小さく呟いたかと思うと、改めて温室に入ろうとした。

　一方の翔の父は息子の姿に何を思ったのか。少し慌てた様子で温室に入ろうとする彼に対して、こんな言葉を投げた。

「…水やりは必要ないと思うぞ。『良い物』が手に入ったからな。」

「…えっ？」

　背中越しに聞こえた意味深な言葉に、翔は思わず動きを止める。そして振り向き問うように父を見つめると、父は観念したように話を続けたのだ。昨日の夕方に青い物体を釣り上げた事、不思議な光を放ちながら潤っていたから持って帰った事。そして…。

「…その潤いが何かに使えそうだったからな。何となく温室の土の中に埋めてみたんだ。そうしたら土が水をあげたばかりみたいに湿り始めてな。いや〜、ありがたい！」

　そう言って父は声高らかに話す。その姿は声だけでなく表情まで妙に明るくて。まるで『良い事をした！』という達成感を漂わせていた。

　だが、そんな父の様子に対して翔の表情からは戸惑いが見えている。無理もない。父から聞いた『良い物』の特徴が琥珀のウロコと重なっているのだ。ほぼ全ての特徴がだ。そんな物が自分の家にあると知ってしまったのだから戸惑うのも無理はない。それでも戸惑うだけでは駄目だという事も翔は自覚。小さく息を漏らし心を落ち着かせると、機嫌の良さそうな父に向けてこう告げた。

「あの…父さん。それ…もしかしたら友達の大事な物かもしれないんです。だから…。」

そこまで言うと、翔は不意に言葉を途切れさせる。この後の言葉を口にするのが何となく怖かったからだ。それでも拳を固く握り気合いを入れると、父を真っ直ぐ見つめたまま言葉を続けた。

「だから…。それを渡して貰えませんか？　友達に…返したいので…。」

そこまで告げたかと思うと、翔はすぐに頭を下げた。『琥珀にウロコを返したい！』という強い想いを伝えたかったからだ。その様子を心なしか潮風が心配そうな様子で見守りながら吹き抜けていった。

自分が思い付く限りの真摯な態度を示す翔。だが、そんな息子に対して父の反応は予想外のものだった。それは…。

「…何を言ってるんだ？　あんな便利な物、そう簡単に手放す訳ないだろう？」

「っ!?」

確かに父は面倒臭がりな性格だという事は、息子だからこそ知ってはいた。それでも息子である自分が頼み込めば、父は協力してくれるとも思っていた。だが、答える父のその姿は本来の性格を助長、それを更に強調するように大きな態度だ。しかも言葉や態度に驚き戸惑いのあまり固まってしまった息子の姿には目もくれず、父は自宅の方へと入っていく。『これ以上は話したくない。』という雰囲気を漂わせるように。そして父のそんな空気を悟ったのだろう。翔は悔しさから滲んでしまった涙を拭うと、自宅とは反対方向に歩き始めるのだった――。

第6話

朝から密かに抱いていた疑問は琥珀から『ウロコの力』を知らされた事で解消。実際に父からの話もあり、疑問は更に取り払われていく。だが、疑問が取り払われた事までは良かったのだが、手に入れてしまった相手は怠け者の父で。当然のように驚異の力を秘めたウロコを渡してはくれなかった。大切なはずの息子の自分に…。

（父さんが…『ああいう性格』なのは分かっている。母さんがいなくなって以来、ますます『やる気』というものを失ってしまったのだから…。でも…父さんにとって僕って一体何なのでしょうか…？　必要ない…のでしょうか…？）

父の事を考えれば考えるほど、翔の頭の中には暗く重い思考が巡り続ける。それは幼い子供にとっては耐えるのが辛くなる強い頭痛を生むほどだ。それでも自宅に戻れる気力を失ってしまった翔は歩き続ける。その落ち込みや足取りの重さとは真逆に、彼の頭上は美しい夕焼け色に染まっていた。

どれぐらい歩き続けていただろうか。考え込んでいても歩き続けていた足は意思でもあるように、いつもの砂浜の方へと辿り着いてしまう。それは特に意識していなかった為に自分でも内心驚く。だが、皆が帰宅した後の砂浜が静かだったからか。夕日に染まる海と空が相変わらず美しかったからか。それらの光景を見ている内に少しずつではあるが、重苦しかった心が落ち着いていく。その事にもまた驚いてしまうが、逆に単純過ぎる自分が何だか可笑しく感じて。翔は僅かに笑みを漏らした。

するとと誰かが砂浜に来ていた事に気が付いていたらしい。海の方から『ポチャッ！』と僅かに水音が響く。それだけでなく砂浜に来ていた相手が翔だという事にも気付くと、琥珀は安心したように水面から顔を出す。そして翔を見つめたまま徐に口を開いた。

「皆さんはもう帰られましたよ？　翔さん。」

「琥珀…。」

「？　どうかしたんですか？　翔さん。」

水面から自分の事を真っ直ぐ見つめてくる姿に、少しだけ落ち着いていたはずの胸の中が再び騒ぎ始める。それにより直前まで取り戻していた笑みは消え、気持ちだけでなく表情も沈んでいく。そんな翔の姿は知り合って間もない琥珀でさえも気になるもので。僅かに首を傾げながら彼の事を見つめ続けていた。

すると海と同様に澄んだ琥珀の瞳に促されたのか。翔は声と表情を沈ませたままで今までの経緯を話し始める。ウロコの力を聞いて自宅に戻ったら、自分の父が水やりの代わりに使っていた事。返して欲しいと彼に頼んだものの聞く耳を持ってくれなかった事を…。

今にも泣きそうな声で語られる話は、自分の不甲斐なさや非を認めるような内容だ。だが、翔はそれらの事を隠さず丁寧に話し続ける。琥珀に対して懺悔するような態度で…。続ける。

一方の琥珀はというと、僅かに涙を滲ませながら語り続ける翔の事を真っ直ぐ見つめ続ける。そして一通り翔が話し終えたのを見計らったように徐に口を開いた。

「…話は分かりました。そんな事があったのですね。その…僕のウロコのせいで、すみませんでした。」

「そんな事…！」

悪いのは自分だというのに、琥珀は切なげな表情で逆に謝ってくる。その事は翔も驚いたのか、思わず目を見開く。だが、同時に琥珀の真っ直ぐな言葉が嬉しくて。…何だか切なさも感じていて。翔は思わず琥珀の謝罪を否定するように首を横に振ってしまう。そして首を振った後は互いに上手く言葉を出せなくなり、2人して黙り込んでしまうのだった。

どれぐらい時間が経過しただろうか。夕焼けと相まって薄暗かった空は更に夜へと進み、辺りは来た時以上に暗くなっている。昼間には見えなかった星の光も大分目立つようになってきた。すると琥珀は、ふと何かを思い出したように口を開いた。

「あの…翔さん？　先ほどウロコが…温室の中にあると言いませんでしたか？」

「えっ？　あっ、はい…。まだ実際には見ていませんが…。父の話だと多分…。」

突然、尋ねられた琥珀の言葉に戸惑いつつも、翔は何とか頷きながら答える。だが、そんな翔の言葉に耳を傾けている琥珀の表情は終始青ざめていて。翔の戸惑いはより強くなってくる。すると戸惑った様子で翔が未だ自分の事を見つめているのを思い出したのだろう。促されるように話し始めた。

「あの…？」

「…空気に触れている以上、ウロコは常に潤っている事はお話しましたよね？　その力は本当に無限に発動するものでして…。空気にほぼ触れない密閉空間や、広大で乾いた土地だったら大丈夫かと思いますが…。限られた土の量だと水が溢れてしまうかと思いまして…。」

「っ!?」

琥珀の話を聞いていく内に彼が何故焦り始めているのか分かったらしい。琥珀の話は微妙に終わり切ってはいなかった気がしたが、ある事に気付いた翔は勢いよく立ち上がる。そして背後から自分の名を叫ぶように呼び続ける声を無視して駆け出す。その胸に母から授けられた温室と家を守る決意を固めながら…。

強い想いを抱きながら終始走り続けたからだろう。いつもの時以上に素早く家に辿り着く事が出来た。そして逸る気持ちを抑えるように軽く深呼吸をすると、翔は恐る恐る妙に静まり返った温室に近付いていった。

だが、近付くにつれて温室周辺の地面が濡れている事に気付く。雨も降っていないのにだ。そこで翔は更に温室へ近付き覗き込めば、温室内が大量の水により水没しているのが目に入る。その勢いは凄まじく、温室と地面との隙間から漏れ出しているほどだ。更に曇ったガラスから温室の中を覗き込むと、翔は驚きのあまり思わず目を見開く。というのも、父が温室内で大きな植物にしがみ付いていたのだから…。

（父さん…！）

少し前に酷い扱いをされていたというのに、基本的に翔は父親の事が嫌いではない。むしろ何だかんだ言っても、ここまで自分の事を育ててくれたのだ。感謝もしている。だからこそ温室の中で必死になっている父親の姿を見て、翔の胸の中は動揺を表すように激しい鼓動を響かせていた。

父親の様子に気持ちばかりが焦り始める翔。それでも無意識に救助の為に体は動き始める。少し視線を巡らせたかと思うと、温室の傍に置かれていた梯子を手に取ったのだ。もちろん手にしただけでなく、実際に温室の壁に立て掛ける。そして屋根に上ると、直前に拾った温室の周りで無造作に放置されていたレンガで一部を激しく叩き始めた。

（これで穴さえ開けば…！　上から中に入れるかもしれない…！）

隙間から水は放出されていたが、変に強い水圧が生まれているからだろう。扉は開きそうにない。むしろ開いた所で、室内で生まれた大量の水が鉄砲水のように噴き出て、周辺の家を巻き込んでしまいそうだ。そんな考えだけは妙に抱いてしまった翔は天井から入る事を決意。その為にも翔は必死にガラス製の屋根を叩き続ける。すっかり薄暗くなった島の上部から異様な音が響いていた。

　そうして叩き続ける事しばし。翔の願いが通じたのか、ようやく温室の屋根の一部に穴が開く。その瞬間、新たな空気が温室に流れ込み、室内の水かさは再び上昇していく。だが、焦りながらも強い決意を固めていた翔は大きく深呼吸。空気を体内に取り込み息を止めると、水に満たされそうな温室の中に勢いよく飛び込む。そして水中に目を凝らして漂う植物の陰に光る物を発見。その正体に気付いた翔は泳ぎながら駆け寄ると、レンガと同様に拾った小瓶に入れフタを閉める。琥珀の言う通り密閉するようにしながら…。


　すると瓶の中に入れられた事で、新たに空気を取り込めなくなったからなのだろう。ウロコから新たな水は湧き出なくなる。そればかりかウロコから生まれた水は一種の幻覚のようなものだったらしい。というのも、ウロコを瓶に入れ密閉した瞬間、温室内を満たしていた水が瞬く間に消えていったのだ。まるで今まで何も起きていなかったように…。

（本当に…不思議だな…。）

『温室が完全崩壊する』という危機を乗り越える事が出来たからだろう。取り乱していた思考は落ち着きを取り戻し、翔はそんな事を思いながらウロコを見つめる。その視線を受け止めるウロコは直前の様子が嘘のように水を生み出す事を止め、瓶の中で静かに転がっていた。

　一方、水が完全に引いた事にやっと安心出来たらしい。直前まで必死に植物にしがみ付いていた父は、ようやく地上へ下りる事が出来た。だが、その様子は少し前に息子と対峙していた時とは違い、恐怖が見え隠れしている。無理もない。面倒臭がりな自分がした行動が、まさか温室を破壊し兼ねない事態を巻き起こすとは思わなかったからだ。しかも温室だけではない。一歩間違えれば自分だけでなく息子の翔、更には島民達も巻き込んでいたのだから…。

「翔…。」

「…じゃあコレ、友達の所に返しに行ってくる。後片付けは明日僕の方でやるから。」

「あっ…！」

動揺しつつも息子に対し何だか申し訳なくは感じていたらしい。父はその事を口にしようとした。だが、父が何かを言う前に翔は背を向けると、再び砂浜に向かって歩き始める。その後ろ姿を父は寂しそうに見送るのだった――。

第7話

温室での騒動により更に時間が経過したからだろう。辺りはすっかり暗くなり、上空にはしっかりと輝く星々が見えようになっていた。島内に建つ住居も、一通りそれぞれの住民達が戻っているのだろう。家族の団らんを表すように各建物からは温かい光が漏れている。それは暗くなった辺りの風景と相まって美しい光景を作り出していた。

そんな景色が広がる中、翔は琥珀のいる砂浜を目指して歩き続ける。小瓶の中の物…ウロコを返す為だ。本当は先ほどの騒動の影響で疲れているのだが、自分と父親の事を心配してくれた心優しい友達の為だ。呑気に休む訳にはいかない。その想いを胸に翔は歩き続けた。

そうして歩き続ける事しばらくし。温室から出た時よりも夜が更けていた事で、辺りは景色が見えないほどに闇に包まれてしまう。だが、どんなに暗くてもこの島で暮らし、幼い頃から波音を聞き潮の香りを嗅いで育ったのだ。今もそれらを感じていた為に、翔は海が近い事を悟る。しかも音と香りを辿るように更に歩き続ければ、前方で何やら淡い光のようなものも見えてくる。その正体は…。

（っ！　琥珀…？）

方向が方向だった事もあり光に近付くように進んで行けば、その正体は海面を漂う琥珀だった。どうやら彼の尾びれ上の下半身を覆うウロコは淡い光も放つらしい。おかげで周りの様子が見えなかったはずなのに、僅かな明かりの力で段々と見えるようになってくる。そして見えるようになった事で海面に漂いながら琥珀が夜空を見上げているのが分かったのだが、その姿は光と相まって幻想的な姿を生み出していて。翔は思わず見とれてしまっていた。

「…誰…ですか？」

「えっ？　あっ…。」

自分の体から発せられる光のおかげか。それとも人魚であるが故に、必然的に強い警戒心を持っているのか。琥珀の口からは僅かに怯えたような声が漏らされる。一方の翔はというと、琥珀のその声にようやく我に返ったらしい。更に近付きながらこう声をかけた。

「えっと…翔です。その…ウロコを持ってきました。」

「っ！　翔さん…。」

更に近付いてくる姿と友の声を認識した事で、琥珀はようやく警戒心を解いていく。それだけでなく歩いてくる翔に自分も近付きたくなったようだ。海岸へ向かって尾びれをしならせながら泳いでくる。その度に夜だった事もあり少し大きな水音も響いてしまう。だが、翔だけしかいないという事が分かったからだろう。水音を立てながらも翔へと近付くと口を開いた。

「こんな時間にまでウロコを…。ありがとうございます！」

「いっ、いえ！　僕が早く渡したかっただけですから…。どうぞ。」

改めてお礼を口にする琥珀だったが、直前の幻想的な様子の余韻が残っていたらしい。答える翔の姿は少し恥ずかしそうに頬を赤く染めている。それでも目的である人魚のウロコを差し出し、当の琥珀は自分の尾びれに戻すべく手をかざした。

新たに1枚ウロコが自分の尾びれに戻った事に安心する琥珀。思わず安堵を含ませた息を漏らす。するとウロコを渡したというのに、何か言いたげな瞳で見つめてくる翔の事が気になったようだ。僅かに首を傾げた。

「…どうかしましたか？　翔さん。僕の顔に何か付いてましたか？」

「っ！　いっ、いえ！　そうではなくて…！」

不思議そうに、だが澄んだ瞳で見つめながら尋ねてくる琥珀の姿に、翔は思わず言葉を濁らせる。それでも彼の瞳に促されるように言葉を続けた。

「えっと…。その光が凄く綺麗だと思いまして…。」

「っ！　あぁ…、僕から発せられるこの光の事ですか？　これもウロコの力なのですよ。昼間に話したように人魚のウロコには様々な力が宿るんですけれど、この光もその力の1つです。その効果は僕を見て何となく分かると思うのですが、ウロコの持ち主が生きていれば自然の光を受けて輝くというものなんです。」

「へぇ…。不思議ですね。」

「ええ。よく考えてみれば自分でも面白いなって思いますし、不快と感じてしまいそうなほどに見つめてしまったというのに、琥珀はそんな自分に対しても丁寧に説明してくれる。その事がまた嬉しくて。翔から自然と笑みが零れる。そして琥珀もつられるように笑顔になっていた事で、2人の周りを穏やかな空気が包み込んでいった。


そうして少しの間、琥珀と海岸にいた翔。だが、穏やかな時間が流れていても夜だからだろう。琥珀の体から発せられる光があっても辺りは真っ暗な闇に包まれている。その事を改めて思い出した翔は自宅に戻るべく立ち上がったのだが…。

「あっ、あの…！　翔さん！」

「？　どうかしましたか？　琥珀。」

立ち上がった翔を呼び止めるように、背後から琥珀の声が上がる。しかも新たにウロコが自分の元へ戻ったというのに、彼が発する声には僅かに悲痛さが含まれていて。翔は自宅へ戻ろうとしていた足を止める。すると自分から離れようとしていた動きを止めた翔に向かって、琥珀は言葉を続けた。

「その…！　僕のせいで…色々とゴメンなさい！　本当に…ゴメンなさい！」

「琥珀…？」

続けざまに言葉を発する琥珀は声だけでなく、全身で申し訳なさそうにしている。俯いてて顔までは分かりづらかったが、どうやら涙まで流しているようだ。人魚特有の結晶化した『それ』が海中に次々と落とされているらしい。僅かに水音も響いている。その状況は更に琥珀の…人魚の不思議さを示していて、驚いた翔は目を見開く。それでも琥珀の言葉の意味を掴む為に少し考え込むと、ある事に辿り着いたらしい。未だ俯き続けている琥珀に向かってこう告げた。

「もしかして…父との事ですか？」

「っ！　えっ、ええ…。このウロコは翔さんのお父さんが先に見つけていたのでしょう？　それなのに…無理やりだった気がして…。だから…。」

自分が原因で翔が彼の父ともめてしまった事を想像してしまったのだろう。そこまでは何とか言えたが、それ以上の言葉を出す事が出来ない。その結果、悔しさのあまり琥珀は俯いたまま唇を噛み締めていた。

だが、ひたすら落ち込む琥珀に対し、翔は予想外の言葉を口にする。それは…。

「別に…琥珀が気にする事はないですよ？　僕の父がああなったのは…。母の死がきっかけなんです。あの事があったから性格も変わってしまった。それは昔からなんです。だから気にしないで下さい。」

「っ!?　でも…！」

自分を責めようとはしなかった翔に驚かされる琥珀だったが、未だ心は落ち着かないらしい。思わず反論の言葉を口にしようとする。だが、そんな琥珀に先回りするように翔は更に言葉を続けた。

「それに…琥珀にとっては大事な物なんでしょう？　仲間達の元に帰る為には、どうしても必要な物なんですよね？　僕はそれを取り返しただけです。だって…僕も含め瑠璃達も君の事は、もう友達だと思っているんです。だからその友達を助ける為に…僕も皆も頑張りたい。ただそれだけです。」

「っ！　翔さん…！」

『自分のせいで翔とその父親の関係を悪化させたかもしれない。』そんな事を思ってしまった琥珀は終始申し訳ない思いを抱いていた。それは胸の中に自然と苦しみを生み、意味はないと頭の中で分かっているのに謝罪の言葉を何度でも口にしたくなる。だが、そんな琥珀の心情を幼いながらも察知しているのか。翔の口から出てきたのは、人間からすれば異質な存在である人魚の自分の事を『友達』という言葉。しかも告げてくる姿は真っ直ぐ自分を見つめていて。言葉と同様に澄んだ姿に琥珀の胸は熱くなる。そして胸が熱くなった事で再び涙が溢れてくるが、先ほどとは違って温かくて嬉しい涙だ。その事は翔にも何となく分かっていたらしく、喜びを含ませた涙を流す琥珀の姿に何だか安心したらしい。僅かに笑みを浮かべると手を振って自宅へと戻っていく。そんな2人のやり取りが空にまで影響されるのか。『種族を超えた美しき友情』を示すように、珊瑚島の空には数多くの星々が輝いていた。

翌朝。直前の琥珀とのやり取りの影響で本人も気が付かなかったが、どうやら変に興奮してしまっていたらしい。あの後自宅にはすぐに辿り着き、いつものように過ごしていたのだが何故かなかなか寝付けなくなる。常と同じように定番の読書をしたりして眠気がくるのを促していたのにだ。そして最初に寝付けなかった事で、睡眠時間は必然的に短縮。その結果、短くなってしまった睡眠時間を補うように意識はなかなか戻らず、目も開ける事が出来ない。それにより何とか意識が戻り瞳を開ける事が出来た時には、外はすっかり明るくなってしまっていた。

(…マズイ! まだ温室の中も片付けていないのに…!)

部屋の中に差し込む陽の光を浴びていく内に昨日の騒動を思い出した翔。もちろん大惨事をそのままにして放置していた事もだ。それもあって本来なら皆との待ち合わせ場所へ向かう時間だったのにもかかわらず、翔は温室に駆け込むのだった。

だが、ここで翔も予想だにしていなかった事態が起きていた。慌てて駆け込んだ温室内に既に誰かがいたのだ。しかもその人物は、翔がよく知る人物…怠け者である自分の父で、翔は思わず動きを止めてしまう。だが、父はそんな息子の存在に気が付いた様子はなく、ひたすら『ある行動』を行っていた。それは…。

(つ!? 父さんが…片付けを…!?)

　母が亡くなって以降、更に温室に入らなくなった父。そんな彼がいただけでも驚きなのだが、見ていた翔が驚いていた理由はこれだけではない。何と父は、昨日の騒動で荒らされて散ってしまった植物の残骸をかき集めては、巨大なゴミ袋に入れていたのだ。その行動は明らかに後片付けをしているもので、見ていた翔は思わず思考まで止めてしまう。それでも片付けている時に、出入り口付近で翔がこちらを見ている事に気が付いたのだろう。一瞬視線を向けたかと思うと、作業を再開させながら徐にこんな事を言い始めた。

「昨日の…俺のせいで荒れてしまったからな。せめて、これぐらいの事はしないと駄目だと思ってな。」

「っ！　そっ、そうなんですか…。」

　父の口から聞かされた言葉に我に返った翔は戸惑いながらも何とか頷く。すると戸惑いながらも自分の言葉に応えてくれた事で少し安心したのか。父は勢いのままに、こう言葉を続けた。

「…すまなかったな、翔。昨日の事や、この温室や植物の事といい…。迷惑かけて…本当にすまなかった。」

「っ!?　そんな事…！　僕も…自分でやりたかった事ですから…！」

　父が自分に謝罪してくる事に、かなり驚いてしまったのだろう。普段は父に対しても丁寧な言葉で接し淡々と話す事が多いのだが、今は明らかに動揺を含んだ声を上げている。その姿は彼がまだ子供なのだという事を改めて示すもので、それを見ていた父からは自然と笑みが零れる。そして慌てる翔の頭を軽く撫でると、微笑みながら口を開いた。

「これからは…亡き妻の温室をちゃんと俺が守ろうと思う。だから…手伝ってくれるか？」

「っ⁉…はいっ！」

突然告げてくる父からの決意の言葉に、翔は一瞬目を見開く。怠け者の父からそんな事を告げられるとは思わなかったからだ。それでも告げる父の表情は言葉と同様に気合いが入れられていて、翔は思わず元気良く頷く。そして父と共に温室の後片付けを始めるのだった。

実際の所、今まで自分にほぼ全ての作業をさせていた怠け者の父だ。今の言葉の通り真面目になってくれるかは分からないし、その保証も何処にもない。それでも翔にとって彼は大切な父である事には変わりない。だから自分も、そんな父を支えながら共に頑張ろう。温室に差し込む朝日を浴びながら、改めてそう決意した朝の出来事だった——。

第8話

『私は誰の役にも立てない存在。瑠璃ちゃん達みたいに他の人と上手く話せないし、お母さんのように強い心も持ってない。』ずっと美々の心の中にはそんな想いがあった。その想いは今も残っており、結局美々の性格をますます内気なものにさせてしまうのだった――。

珊瑚島は高台が3段の階段状になり、各段に住居や店が建ち並んでいる。1番上は島長や翔の家を含んだ農家達の家、1番下の段は漁師達の家だ。そして間に挟まれるような形で存在する2段目は、島で店を開いている者達の住居が建っている。その中には母が『ビューティーマリン』という土産店を経営している『桜　美々』の家も含まれていた。

だが、土産店や食堂が建ち並んでいても、基本的に平日に開いている店はほとんどない。大半の者達が島外で仕事をしているからだ。それは貝殻で作ったアクセサリーが人気の美々の実家も含まれていて、大体土日と祝日しか開店していない。それは自分の事を1人で育てる為に母が島外で働いているからなのだが、その様子を物心が付く前から見ていた影響だろう。美々は自分が無力な存在なのだと感じるようになってしまう。だが、同時に一生懸命な母を見ていた事で何かをしたいと強く思ったらしい。自主的に店で売る時の為のアクセサリーの材料を集め、自分だけで作るようになる。最初はコツが分からず歪なブローチや、変にチェーンが長くなってしまったネックレスを製作してしまったが、作っている内に慣れてきたようだ。徐々に失敗作に見えてしまうようなものは生まれなくなる。そして美々が順調にアクセサリーを作れるようになった事に、彼女の母も一安心したのだろう。心配そうに傍で見守る事が徐々に減っていく。それに美々自身も嬉しくなっているらしい。少しでも時間があると砂浜に行き材料を集めては、持ち帰ってアクセサリーを作るようになっていた。

そんな忙しくも充実した日々を送っていた美々だったが、その生活は変わってしまう事になる。幼馴染が出会った人魚…琥珀のウロコ集めが入ってしまったのだ。もちろん美々自身も他の皆と同様に『困っている者を放ってはおけない』という想いを抱いている。だから探す事は決して苦ではないし、むしろ瑠璃達と同じように穏やかな性格の琥珀の事をいつの間にか『友達』だと思うようになっていた。なので友達を助ける事に動くのは全く嫌だとは感じてはいない。だが…。

（貝殻集めたり、お店の物を作ったりするの…難しくなっちゃった…。）

まだ琥珀が来て数日しか経過していないというのに、『早く琥珀を人魚の世界に帰してあげたい。』という想いが強くなっているからだろう。瑠璃だけでなく他の皆もウロコ集めに躍起になり始める。それは美々も自然と含まれていて、皆と一緒になって島中を駆け巡るようになる。だが、島中を駆け巡っている事で必然的に疲労も溜まってしまい、材料を探したり製作する時間があまり取れなくなってしまうのだった。

そうして心の中で気掛かりを抱えていた美々だったが、友達の為にウロコ集めは止められない。実際にこの日も、皆と合流した後に琥珀のいる浜辺へと直行。皆とウロコ集めをする事にしたのだから…。

「…で？　今日も島内を探すの？　海の中とかも、もう少し探した方が良いんじゃないの？」

「確かに海の中ももっと探した方が良いのでしょうけど…。海の中だと君だけしか探せないじゃないですか。僕達は君のように泳いで潜ったり出来ませんし。それに海の中よりも陸の方が数は多いんですよ。しかも風向きが変わったからか、昨日と少し違う場所から反応があるようですし。なので…。」

「あ～！　もう分かったから！　次々と言わないでよ！　頭、痛くなる！」

「いや、お前の声の方が…。」

「何よ？　勇。何か言った？」

「…何でも…ないです。」

島周辺の天候や状況に詳しい翔が語り始めるが、その話が思っていた以上に長くなってしまったからだろう。短気な一面も持つ瑠璃にとっては嫌だったらしく思わず声を荒げる。それは彼女の性格を一番理解している勇が止めようとしても上手くはいかない。むしろ逆に言い返された事で、勇は困ったように呟きながら目線を逸らせてしまう。というのも、勇は密かに幼馴染である瑠璃に対して、それ以上の…『特別な想い』を抱いていたのだ。だからこそ勢いとはいえ想い人から言い返されてしまった事は、彼にとって密かにショックだったらしい。それを表すように瑠璃が顔を近付けてきた事で頬は赤く染められていたが、顔色は悪くなっていたのだから…。

「おっ、落ち着いて！　瑠璃ちゃん。翔君も勇君も…わざと困らせたかったんじゃないんだし…。」

「そうだよ〜。僕や美々ちゃんも2人と同じで瑠璃ちゃんが大好きなんだからさ〜。あまり怒らないであげてよ？　っていうか、早くウロコ探し始めようよ。僕、お腹空いちゃうからさ〜。」

「…分かったわよ。」

美々の必死な言葉と、お決まりの台詞を混ぜながら促す健太の姿に、怒りが少しは落ち着いたらしい。観念したかのように呟くと瑠璃は勇から離れていく。その姿に美々達もまた一安心して、ウロコ探しをするべく瑠璃に付いていった。

瑠璃を先頭に5人が辿り着いたのは、琥珀がいる砂浜の反対側の海岸だった。ここは普段から船も停泊しないような場所でもある為、波音だけしか聞こえないようなかなり静かな場所。はっきり言って島民でも、あまり近付かないような場所だ。そんな場所に本当にウロコがあるのだろうか。妙に静かな場所でもあっただけに、瑠璃は思わず疑いたくなってしまう。すると彼女が何かを発する前に言いたい事を悟ったらしい。翔は呆れたように小さく息を漏らすと徐に口を開いた。

「…そんな顔しなくても大丈夫ですよ。先ほど琥珀から聞いたばかりなんですから。っていうか、君も一緒に聞いていましたよね。」

「まぁ、そうなんだけど…。あまりにも静かな場所だから、何か変に気になっちゃってさ。」

ここに来る前に琥珀から新たなウロコの場所を聞いたはずなのだが、静かな事が苦手な瑠璃にとってはここの空気が合わないと感じてしまったらしい。先ほどとは真逆の戸惑った様子を露わにする。そして思わず動けなくなってしまったのだが…。

「だっ、大丈夫だよ！　瑠璃ちゃん。確かに静かな場所だけど、ここって元から貝殻とかも多くある場所なの。だからウロコも沢山見つかるよ！」

「…そうなの？　って、美々ってここの事、詳しいの？」

「くっ、詳しいって訳じゃないんだけど…！　お店の商品に使えそうな物を探す為に…時々来るの。その…ここだとアクセサリーが作れるぐらいの良い貝殻があるから…！」

「へぇ〜…。私には静か過ぎる場所だからあまり近付かないのに…。何かスゴイな！

美々は！」

「っ！　そっ、そんな事…！」

　自分の常日頃の行動範囲だった事もあり言っただけなのだが、それでも瑠璃にとっては新たな島の魅力を知る事が出来た話だったようだ。必死に説明する美々の話に感心したように言うと、称えるような言葉も付け加える。その言葉等は瑠璃に対して憧れを抱く美々にとっては喜びを感じるもので。気分が少しずつ浮上していく。そして僅かに浮き足立ったような感覚を抱きながら、皆と共にウロコ探しを再開させた。

　その後、改めて数十メートルも広がる砂浜でウロコ探しを5人は開始する。だが、パッと全体を見た時にはウロコがある様には見えない。それにより瑠璃だけでなく、翔までも最初は見つけられるか不安はあった。だが…。

「あっ、あのね…！　貝殻もそうなんだけど…砂浜の中の方が良い物があるの！　だから…掘って探した方が見つかるかも…！」

「っ！　そうですね！　その方法で、やってみましょう！」

　美々の言葉のおかげで探すコツを掴んだらしい。翔は思わず声を上げ、皆も同調したように頷く。そして早速パウダー状の肌触りの良い砂を皆は掻き分け始める。すると掘っていく内に輝く何か…貝殻とは違う光を放つ物を発見。見覚えのある光に逸る気持ちを抑えながら取り出してみれば、それは間違いなく琥珀のウロコで。見つけた瞬間、皆は一斉に瞳を輝かせる。それと同時にウロコが見つかった事で、皆のやる気スイッチが一斉に入る。それを示すかのように当初の不安など嘘のように、皆は夢中になって砂浜を掘り続けた。

　どれぐらい砂浜を掘り続けただろうか。来た時には妙に漂う静けさが気になっていたが、いざ行動し始めると気にならないほどにウロコ探しに夢中になっていたようだ。来た時にはほとんど付着していなかったのに、今は手足や服が砂だらけになっている。爪や手のシワの中にも汗と混じった事で砂が張り付いている。その感触は普段そんなものを気にしない瑠璃でさえ顔をしかめてしまうほどで、むしろ体を丸ごと洗いたくなるぐらいだった。

　だが、そうまでして砂を掘って探し続けたおかげだろう。砂の中に入っていたウロコを4つも見つける事が出来たのだ。風に吹かれてこちら側に来たのか。気候によって変わり易くなっている島特有の海流に流されたのかは分からない。それは瑠璃達では確かめようがない。だが、新たにウロコを見つけられた事はかなり嬉しかったのだろう。達成感を主張するように、こんな事を言い始めた。

「でも本当に良かったわ～！　またウロコが見つかってさ！」

「本当だね～。っていうか、砂の中って意外と埋まっているものなんだね～。僕、知らなかったよ～。」

「…まぁ、ウロコ以外の物も色々と出てきたけどな。」

喜びを言葉と態度で示す瑠璃に健太は同調し美々も嬉しそうに頷く。だが、そんな３人の傍らで勇と翔は疲れた表情をしていた。というのも、砂浜から出てきたのはお目当てのウロコだけではない。空き缶やガラスの欠片等のいわばゴミ、更に砂の中に潜んでいた小さいカニやヤドカリまで出てきたのだ。何とかカニやヤドカリはその場で逃がしたから良いものの、ゴミは放置していく訳にはいかない。結局、ウロコは翔が持ってきた瓶の中に入れて密閉。ゴミは瑠璃が素早く自宅に戻ってから持ってきた袋に入れていく。そして一通り片付けた後に、琥珀の元へウロコを持っていくのだった。

琥珀の元にウロコも届け終えて。新たな達成感が生まれ、一安心もしたのだろう。５人は嬉しそうだ。特に瑠璃は、普段内気であまり自分から話をしない美々が助言してくれた事が嬉しかったのか。帰る道中で徐にこう言い始めた。

「でも本当に驚いたよ！　美々があんなに物知りだったとは…！　ビックリしたよ！」

「もっ、物知りだなんて…！　私は…瑠璃ちゃんや皆の方が…スゴイって思うよ…。」

憧れの存在である瑠璃からの言葉に、美々は恥ずかしさもあったのだろう。思わず否定の言葉を口にする。だが、そんな彼女の言葉は常の事でもあり特に気にしてはいないらしい。むしろ瑠璃の言葉に同調するように翔が口を開いた。

「いえ、僕等よりも…少なくとも瑠璃よりは物知りだと思いますよ。君からの教えによりウロコが見つけられたんですし。」

「…何かまた失礼な事を言われた気がするんだけど？」

「まぁまぁ…。でも間違いじゃないよ～。美々ちゃんのアド…アド何とかは役に立ったし。僕は美味しい食べ物の事は分かるけど…。他は分からない事が多いしね～。」

「…『アドバイス』な、健太。ってか、やっぱり食べ物の事が多いんだ…。まぁ、美々の言葉が実際に役に立った事は事実だし…。その辺は俺も納得だわ。」

「そっ、そうかな…。その…ありがとう。」

翔の言葉を筆頭に皆は次々と美々を褒め始める。その事は内気な彼女にとって恥ずかし過ぎるものだったが、それ以上にとても嬉しくて。胸の中にいつも以上に温かいものが広がっていくのを感じ取る。そして喜びにより少し自分に自信が付いたらしい。皆と住居が建ち並ぶ中心部に向かっていたが、ふと何かを思い付いたように言葉を漏らした。

「あっ…。私、少し寄りたい場所が出来て…。」

「そうなの？　一緒に行こうか？」

「ううん…大丈夫だよ。一緒じゃなくて。すぐにお家に戻るつもりだし…。それに瑠璃ちゃん達も体すぐに綺麗にしたいんでしょう？　だから…先に戻ってても大丈夫だよ。」

「そっか…。分かった。気を付けてね。あっ、おばさんが帰ってくる前に戻った方が良いよ？」

「うん…分かってるよ。ありがとう。」

いつもと僅かに違った様子に最初は気になり声をかけ続けた瑠璃。だが、当の美々は戸惑いを見せつつも付いてこようとした彼女を拒否する。その事が更に気にはなったが、実際に自分の体が砂や汗により不快に感じていた事も事実ではあった。その為、瑠璃なりの忠告をした後、4人と美々で別れる。そして4人はそれぞれの自宅へ、美々はある場所へと向かっていった。

皆と別れた後。美々が向かったのは今日の昼間に来ていた場所…あの静かな砂浜だった。少し前の時…昼間の時には幼馴染達と共にいたからか、多少は賑やかさもあった。だが、今は自分しかいないからか、普段と変わらず静まり返っている。その静かさは他の人からすれば寂しさしか感じられない光景なのだろうが、幼馴染達よりも貝殻集めで多くこの砂浜に来ているからだろう。美々はあまり気にならないようだ。むしろ目的があるらしく、砂浜を見つめるその瞳には常より力が宿っていた。

砂浜に辿り着くと、早速砂を掘り始める美々。その様子は一見すると常と同じように良い品質の貝殻を探しているように見える。だが、今日の美々の目的は貝殻探しではない。むしろ別の物だ。それは…。

（まだウロコが…あるかもしれない…！）

昼間に瑠璃達とここに来た時に、砂浜の中にもウロコがあると改めて思い知った美々。しかもこの場所は普段貝殻探しの為には来ても、それ以上は特に意識していなかった場所だった。だからこそ琥珀や物知りの翔の話がきっかけだったとはいえ、美々自身もこちらの方でウロコが見つかるとは思わなかった。そして同時に、この方法なら自分だけでも1

つぐらいならウロコが見つかるかもしれないと思ったのだ。その想いを表すように美々は強い決意を宿したまま砂を掘り続ける。『回収し損ねたウロコがまだある』という確証はないのにだ。だが、美々は一向に砂を掘る手の動きを止めようはしない。少しずつ場所を移動しながらも手は動かし続けている。その脳裏には、先ほどの瑠璃達とのやり取り…こんな自分を褒めてくれた皆の姿が過っていて。それにより高ぶった気持ちを発散するようにウロコ探しを続ける。途中で誰かが美々のいる砂浜に来たような気もしたが、集中していた彼女は確認しようとはしなかった。

そうして1人でウロコ探しを続ける事しばし。いくら船が出入りする側の海岸よりは狭い空間とはいえ、ウロコを探しているのは子供が1人だけ。探し出すのは非常に困難といえるだろう。それを表すように何ヶ所も掘ったような跡が砂に残されていたが、貝殻以外には見つけられなかったらしい。美々の表情は浮かないものになっている。しかも追い討ちをかけるように、美々の頭上の空は夜特有の紺色と星々の小さな光達の色に染められていた。

「っ！　そろそろ帰らないと…。お母さんが帰ってきちゃう…！」

周りの風景からようやく今の時間を把握したらしい。美々は時間が予想以上に過ぎていた事に動揺してしまい、思わず声に出して呟く。そして徐に立ち上がると、少し慌てた様子で自宅に帰ろうとしていた。

その時だった。立ち上がり辺りを見渡した事で、ようやく砂浜に自分以外の人がいた事に美々は気付く。しかも2人もだ。見知らぬ人である事と雰囲気から、どうやら島外から来たらしい。2人は美々以外誰もいない砂浜に腰かけると、のんびりとした様子で海の方を見つめている。その視線の先には穏やかな音を立てながら、波が沖から砂浜へと動いていた。

だが、そんな2人の姿を見ていた美々の体には自然と力が入ってしまう。というのも、内気な性格だからか。彼女は島民以外とは会話が出来ないのだ。しかも島民の大半が中年くらいの者だったりするからか、若い男に対しての免疫はほとんどない。だからこそ2人の…金髪と茶髪の男達を見ている内に、強過ぎる緊張を抱いてしまったらしい。それを表すように美々の鼓動は速く激しくなり、息苦しさまで感じるようになっていた。

一方、静かな海を男2人は終始無言で見つめる。だが、さすがに見つめ続ける事には飽きたようだ。1人の男…金髪の男が不意にこんな事を呟く。

「あ〜…。本当に静かな島だなトシ。」

「…静かなのは良いんだがな…。本当に何もないっていうのがな…。少しでも金目の物があれば良いんだが…。」

金髪の男の呟きに対し、茶髪の男…トシと呼ばれた方はタメ息混じりに答える。どうやら普通の観光目当てではなく、金目になりそうな物を探してわざわざ島に来たらしい。だが、予想していた以上に何もない島だったからだろう。呟くその姿は酷く残念そうだ。それでも金髪の男は仲間のトシの気分を少しでも向上させたかったのか。一瞬考えた後に、こう言葉を続けた。

「まぁまぁ…。そう残念がるなよ。確かに一見すると何もないように見えるけどさ。『こういう所にほど宝はある』って言うじゃねぇか。『能ある鷹は爪を隠す』みたいな感じで。案外、こういう砂浜の中に宝は隠れているかもしれねぇぞ?」

そう言うと金髪の男は徐に立ち上がり、瞳を輝かせながら自分達のすぐ背後の砂を掘り始める。『自分達が満足出来るような宝が存在する』という確証がないというのにだ。その姿は彼の仲間であるトシにとって、よく見かけるものだったらしい。すっかり呆れてしまっている。それでも力強く砂を掘り続ける仲間の姿を見ている内に、僅かだが心が動かされたようだ。いつの間にか彼の傍らにしゃがみ込むと一緒になって掘り始めていた。

だが、そんな彼らの一部始終の言葉が耳に入ってしまったからだろう。異様な光景に戸惑うよりも大きく美々は動揺してしまう。それを表すように砂を掘り続ける彼らの姿を見つめてしまった美々の表情は青ざめ、体も震わせるのだった――。

第9話

偶然とはいえ、あまりガラの良くなさそうな男達と一緒の空間にいる事になった美々。その姿は内気で怖がりな彼女の性格を前面に押し出すように、恐怖の色で染められている。それでも少し経ってから、彼らが自分の存在を見ていない事に気が付く。それと同時に立ち去るチャンスなのだという事にも。だからこそ美々は動揺し変に音を立てないようにしながら、少しずつ2人の男達の前から立ち去ろうとしたのだが…。

「…おい、テツ。この光る青い物って…一体何だ？」

「…？　さぁ？　でも貝殻とは違うみたいだぞ？　綺麗な青い色しているし、変に光っているし…。しかも、よく見ろよ。何か湿ってる…ってか、水が滲み出ているみたいだぞ？もしかして…結構スゴイ宝なんじゃねぇ!?」

（っ!?）

ガラの悪そうな男達から逃げようとした美々だったが、自然と耳に入ってきた話に思わず足を止める。というのも、2人のやり取りを聞いている内に、何となく気が付いてしまったのだ。男達が砂から掘り出した物が、直前まで自分が探していた物…琥珀のウロコだという事に…。

「あっ、あの…！」

「あ…？　何だ、お前…。」

「そっ、それ…！　今砂から出した物…見せて貰えませんか？　お願いします！」

急に自分達に話しかけてくる聞いた事ない幼い声に、男達は顔を上げる。そして声のする方に視線を向ければ、やはり見た事ない1人の少女がいて。男達はその少女の正体を問おうとする。だが、問い詰める前に少女が何やら必死に頼み込んできた為、その言葉は呑み込まれる。そして互いに顔を見合わせたかと思うと、少女に促されるように掘り出した物を見せつけた。

一方、見知らぬ男達に話しかけようとしただけで、美々の緊張度は最高潮に。はっきり言って、すぐに逃げ出してしまいたくなる。それでも彼女の耳に入ってきた2人のやり取りの内容が、どう聞いても自分が探している物と一致しているのだ。新しく出来た大切な友達の為にも、それを確かめない訳にはいかない。内気な性格であっても他の幼馴染達と同様に友情を大切にしているからだろう。何とか決意を固めた美々は思い切って話しかける。そして彼が差し出した物を見た瞬間、美々は思わず目を見開く。何故なら彼らが砂から出した物は予想していた通り、昼間の時に取り損ねていた琥珀のウロコだったのだから…。

（っ！　やっぱり…琥珀君のだ…！）

己の目で目的の物だと確認出来たからだろう。僅かだが緊張が解れていった気がした。

偶然とはいえ新たなウロコを見つける事が出来て嬉しくなる美々。だが、同時に彼女は気付いてしまう。ウロコを男達から貰わなくてはならない事に…。

（どうしよう…。何て言えば良いんだろう…。）

直前まで琥珀のウロコなのかばかり気にしていた。だから『自分がこの後どう動けば良いのか。』という事を深く考えていなかったようだ。だが、ウロコだと分かった瞬間、安心と共に我に返ってしまう。そして我に返ってしまった事で、美々の中で再び緊張が大きくなっていたのだろう。少しずつ顔色が悪くなり体を震わせる。それでも大切な友達の為にはウロコは返して貰わなくてはならない。しかも人魚である事が自分達以外に気付かれてしまうのは良くないという事も、美々は何となく察知。だからこそ上手く言って返して貰わなくてはならない。緊張は再び最高潮になろうとしていたが、その事は彼女なりに分かっていたのだろう。両手で拳を作りながら何とか言葉を絞り出した。

「あっ、あの…！」

「あっ？」

「コレを…頂けませんか…？　お願いします！」

元々、他の幼馴染達よりも『勇気』というものを、持っている量が少ないと思っていた美々。それが証拠に言葉を放っているその体は震えたままだし、声も変に裏返ったものが出てしまう。だが、告げてくるその姿は、今まで幼馴染達も見た事がないと思えるほどに勇気が示されていた。

そんな勇気ある行動を見せていたが、男達の心には特に響かなかったようだ。むしろ宝を見つける事が出来て喜んでいたというのに、丁寧な言葉を使ってそれを横取りしようとする少女に戸惑う。だが、その戸惑いも僅かな間だけだった。すぐに自分達が偶然手に入れたのが貴重な物だという事に気が付いてしまう。そして気付いた事で一気に取られたくないという想いが芽生えたのだろう。必死な少女を見つめながら答えた。

「『コレ』が何かは知らねぇけど、誰が渡すかよ。」

「そうだぞ！『コレ』は俺達が最初に見つけたんだ！　だから俺達の物だ！」

「っ!?」

自分の中では勇気を振り絞って言ったつもりだったが、男達は少女を突き放すように答える。その反応は美々にとって少し予想外だったのか、思わず目を見開いて固まってしまう。だが、戸惑いながらも何とか我に返ると再び口を開いた。

「そっ、それは…！　友達の大事な物なんです！　だから…！　どうかお願いします！私に…それを下さい！」

良い言葉が思い付かなかったとはいえ、同じような事しか言えなかった美々。何だか妙な涙も滲んでくる。それでも彼女は必死に頭を下げていた。男達の心に少しでも響いてくれる事を願って…。

　だが、相手は宝を目当てに島に来たような男達だ。美々が思っているような優しさは持っていなかった。それを示すように、こんな事を言い始めた。

「ふ〜ん…。そんなに大事な物なんだな？　じゃあ何でも出来るんだな？」

「『何でも』って…？」

「明後日に俺達はまた島に来る予定なんだ。だから、そうだな…。明後日に『コレ』よりも良い物を持ってここに来い。そしたらお前が欲しがっているこれをやるよ！」

「『良い物』って…？　ちょっ…待っ…！」

　不敵な笑みを浮かべたかと思うと、一方的な事を言い放つ男達。しかも問いかけようとした美々を軽く突き飛ばすと、高笑いをしながら去っていく。その男達の様子と行動は美々の恐怖心を強く芽生えさせてしまったようだ。怯えてしまった彼女は体を震わせるだけで、追いかける事も呼び止める事も出来なくなる。それでも頭の片隅には帰宅しようとする想いがあったらしい。男達の姿が完全に消えたかと思うと、何かに突き動かされるように歩き始める。その胸の中は空と同様に真っ暗に染められ始めていた。

　心ここに在らずの状態だったが、帰巣本能と呼ばれるものは人でも備わっていたらしい。動揺しつつも美々は何とか帰宅する事が出来た。しかも忙しい母の為に自主的に日々家事を行っていたからか。動揺により上手く思考は回らなくとも、体は常とさほど変わらず家事を行っていく。それでも美々の頭の中では、直前の男達の姿が過っていて。自然と表情は暗くなっていた。

「…み？　美々って！」

「えっ…？」

急に自分に向けられた聞き慣れた声に、美々はようやく我に返る。そして声の主…母に視線を向けた。

「どっ、どうしたの？　お母さん？」

「『どうしたの？』じゃないわよ。何かずっと元気ないけど…。何かあったの？」

「あっ…。」

自分の事を心配そうに覗き込み問いかけてくる母の姿に、美々は素直に答えそうになる。だが、結局その言葉を美々は呑み込んでしまう。というのも、彼女は母親が自分の為に日々大変そうに過ごしているのを分かっているのだ。しかも母親だからなのか。娘である自分の前では決して疲れた表情を見せようとはしない。その事に気付いていた美々は自然と母親に対して気を遣うようになる。それは今も同じで、思わず出かかってしまった言葉を喉の奥に封じ込めると、優しく微笑みながら答えた。

「うっ、ううん…。何でもないの。瑠璃ちゃん達と今日もいっぱい遊んだから…疲れちゃっただけだよ。」

「そう…？　なら良いんだけど…。」

「本当に…大丈夫だから。気にしないで…？」

「ん…。分かったわ。本当に何かあった時には…ちゃんと言ってね？」

母親は未だ気になっていたようだが、美々が自分の言葉を発する事が苦手だと分かっていたからだろう。少しでも発し易く話を振るが、それ以上は尋ねようとはしない。一方の美々も深く追求されなかった事に安心したらしい。その後は母親に疑問を抱かせないように、なるだけ常と変わらない動きと態度で夕食を済ませた。後片付けも常と同じように1人で全て行った。上手く問いかける事が出来なかった母が、切なげに見つめてくるのを小さな背中で受け止めながら…。

その後、夕食の後片付けも終えて。母の前に入浴も終えた美々は自室へと戻っていく。すると必然的に1人になったからだろう。手は濡れた髪を拭く為に動き続けていたが、思考は帰宅する直前の出来事が過る。それにより当然のように気分が沈んでしまうのだが…。

（…アクセサリーを作って渡せば…ウロコを返してくれるかも…！）

あれから時間が経過したからか。それとも気分転換に最適とも言われる入浴を終えた後だからか。頭の中が少しだけ冴えた美々は、そんな案を思い付く。そして思い付いたのと同時に、自分の中でその案に乗る事を確定させたようだ。ベッドに入ると大体ではあるが、明日の自分の予定を立てるのだった。

そうして迎えた翌日。昨晩ベッドに入った後も考え込んでいた為に、美々はいつも以上に眠気を感じていた。だが、一晩かけて考えた案を実行する為には『ある工程』が必要なのだ。その為には、幼馴染達に会わなくてはならない。そう考えた美々は、いつもの様子で家を出る。そして待ち合わせ場所に辿り着くと、皆の前で徐にこんな事を言い始めた。

「その…ごめんね。ちょっと体の調子が悪くなっちゃって…。だから今日は…一緒に琥珀のウロコを探せそうにないの…。ごめんね…。」

『少しでも皆に迷惑をかけないようにする為には…1人にならないと…。』そう考えたのだろう。皆から離れて行動すべく、美々はそんな言葉を口にする。皆が勘付かないようにと願いながら…。

一方、会って早々に美々から突然そんな事を言われた4人。当然、驚いてしまったらしく一瞬戸惑ってしまう。というのも、普段は周りに気を遣い過ぎて自分の事を主張しようとしない彼女が、自分から体調の事を口にしたのだ。いくら物心が付く頃から一緒に行動する事が多い幼馴染達でも、そんな彼女は初めて見るもので。正直驚きと共に戸惑いも生まれてしまっていた。だが、それらの感情も一瞬の事だった。すぐに驚きや戸惑いよりも美々の体調の事が気になってしまう。何故なら彼女の言う通り、その顔色は確かに青白く良くなかったのだから。そして本当に体調が悪いと思ったのだろう。不意に健太の口からこんな言葉が漏らされた。

「調子が悪いって…。お腹でも壊したの～？」

「それは君でしょう？　いつも大人以上に食べているんですから…。」

「え～？　僕は腹痛になった事ないよ～？　いつもお腹一杯食べても平気なんだ～。」

「さっ、さすがですね…。」

体調を気遣う言葉の内容がいかにも健太らしいもので、習慣のようにツッコミを入れる翔。だが、その後に健太が続けた言葉の内容に、さすがの翔も呆れてしまったらしい。それ以上は何も言えなくなる。すると最早恒例となっている2人のやり取りを無言で見つめていた勇が、今度は口を開いた。

「2人じゃないけれど…確かに調子が悪そうだな。…本当に大丈夫か？」

「うん…。もし辛いなら船を出して貰おうか？　私のお祖父ちゃんに言えば、多分誰かに連絡を入れて貰えるし…。そうしたら船が出せるようになるから…本島の大きい病院にも行けるよ？」

勇の言葉に続くように瑠璃も頷きながら告げる。実際、彼女は島長の孫娘であるが故に、祖父に言えば船はすぐに出して貰えるだろう。現に自分がまだお腹の中にいた時に、母は半ばやけになって1人だけで初めてこの島に来て滞在。出産時の己の行動についてでは、ほとんど考えていなかったらしい。だが、出産が近付いてきた時には、島長が手際よく船を持っている島民達に連絡。その中の1隻に彼女の母を乗せて本島に送ったそうだ。そして出産後も前もって船を持つ島民に連絡しておいたらしい。特に混乱もなく島に戻ってくる事が出来たのだ。もちろん瑠璃の母の時だけでなく、他の島民達の容態が悪くなった時にも同じように連絡を取り合っている。だからこそ今回の場合も美々を病院がある本島に送ろうと思えば送れるだろう。それはほぼ間違いないと思われる。だが…。

「…ううん。大丈夫だよ。今日1日休んでいれば…多分治るから。だから…島長さんに言わなくても大丈夫だよ。…ありがとう。」

心配そうに自分の事を見つめ次々と言ってくる4人に、美々は微笑みながら告げる。皆の優しさはとても嬉しいと感じていたのだが、それ以上に『優しい皆を巻き込みたくない』という想いの方が強かったからだ。だからこそ美々は皆に笑顔を向けたまま、逃げるようにその場から立ち去っていく。自分の中に宿る優しい皆に対して嘘を吐いてしまった謝罪の想いを抱きながら…。

一方、美々が立ち去っていく後ろ姿を見送る事になってしまった幼馴染4人。その展開が予想外だったからか。はたまた幼馴染達でさえ直前の美々の態度が初めて見るものだったからか。驚きのあまり思わず固まってしまう。だが、それも僅かな間だけで4人はすぐに我に返る。そして4人の中でやはり頭の回転が速い方だからか。我に返った翔から、こんな言葉が呟かれた。

「本当に…大丈夫ですかね？　美々さん。」

「…まぁ、離れていった後に言う事じゃない気がするけど…。でも…気にはなるよな。ちゃんと無事に帰れていれば良いけど…。」

「そうだね～。トイレが間に合うと良いね～！」

「いや、だから…。美々の体調が良くなさそうなのは、多分腹痛じゃないと思うんだけど…。」

　翔の呟きをきっかけに心配そうな声で気にかける勇。だが、その横では論点が僅かに外れた言葉を口にしている健太がいて。思わずタメ息混じりの言葉を漏らした。

　再び美々の事が心配になり、勇達の間を微妙な空気に包み込む。その空気は重苦しいもので、一瞬ではあったが奇妙な間を生んでいた。だが…。

「…そんなに心配しなくても大丈夫だよ！」

「…瑠璃？」

　急に空気を壊すような明るい声に勇達は顔を上げる。そこには声の主である瑠璃が、いつもの明るい表情を向けていて。彼女の事を密かに『特別な存在』だと思っている勇だけでなく、翔や健太もさすがに驚いてしまったらしい。瑠璃の事を目を見開いて固まりながら見つめる。だが、驚き呆気に取られている3人の様子を気に留める事なく、瑠璃は言葉を続けた。

「普段はさ、なかなか話しかけてこないけど、ああ見えて美々がしっかりしているのは皆も知っているでしょう？　だから今日も少し休みたかっただけだよ！　心配する事はないよ！」

「…確かに君と比べたら、しっかりしているとは思いますけど…。」

「とにかく琥珀の元に早く行こうよ！　きっと待ちくたびれているからさ！」

「ちょっ…!?　瑠璃さん…！」

一方的に話を切り上げたかと思うと、琥珀のいる砂浜に向かって駆け出していく瑠璃。その常以上に強引な様子に、翔は思わず呼び止めようとした。だが、すぐにその行動を自ら止める事になる。というのも、幼馴染故か3人はすぐに気が付いたのだ。一見すると明るく振る舞っている彼女が、とても美々の事を気にかけているのを。そして気にかけているからこそ、あえて周りに対して明るく元気良く見せているという事に…。

「…んじゃあ、俺達も琥珀の元に行くか。」

「…そうですね。今日はどの辺りをウロコ探ししますかね…。まぁ、彼女があんな様子だと『海の中を探そう！』って言いそうですけど…。そうなったら僕達は何処を探すか…。」

「…瑠璃ちゃんが海の中を探してくれるなら、ついでに貝とか取ってくれないかな〜？お昼のデザートにしたいから〜。」

「…貝はデザートじゃないと思うぞ。」

「…というか、そもそも瑠璃さんが海に潜るのは貝を探す為では…。」

そんなやり取りをしながら3人は瑠璃の後を付いていくように、琥珀の元へと向かう。そうして彼女に少し遅れて辿り着けば、案の定瑠璃は海中に潜るつもりなのだろう。準備体操をしていて。その傍らで勇達は琥珀からウロコの場所を聞き取る。そして瑠璃は海中で、勇達3人は情報を頼りに砂浜周辺でウロコを探し始めた。その胸の中で今はいない幼馴染の事を気に留めながら…。

　その頃、瑠璃達の前から逃げるように立ち去った美々は既に帰宅。だが、一息つく間もなく自分の部屋に入っていく。ウロコと交換して貰う為の物を製作するからだ。その様子に何処からか『何故、今から作るのか？』という幻聴が僅かに聞こえた気がしたが、美々は作業を止めようとはしない。というのも、自宅すぐ横の店にはアクセサリー等があるのだが、それらは全て商品だ。母に何も言わず勝手に店から持ち出したり、無償で他人に渡す訳にはいかない。持ち出してしまえば母に気付かれ、全てを打ち明けなくてはならないからだ。だからこそ…。

（今から…頑張って作らないと…！）

　母に気付かれない為にも今から作る決意を固めた美々。早速、部屋の中に以前商品のアクセサリーを作る為に集めたのと、帰宅する直前に集めた貝殻。更に半端に残ってしまったワイヤーや安全ピン、瞬間接着剤と工具を広げていく。そして工具で穴を開けた貝殻にワイヤーを通しネックレスを。貝殻に瞬間接着剤を軽く塗り安全ピンを装着してブローチを。ひたすらそれらの作業を繰り返して作り続けた。

　そうして作り続けていく内に時間は着々と経過していく。それは部屋に差し込む陽の角度や色が変わっていたので分かってはいた。だが、目的を遂行させる為にもその手を止めようとはしない。途中から段々と手首や指に疲労を感じてはいたが、あまり休まず作業を続けた。そのおかげだろう。最終的には数十個もの手作りアクセサリー達を完成させる事が出来た。

（良かった…！　あとは…渡すだけ…！）

万が一、自分が気付かない内に母が部屋に入った時の為か。美々は完成させた手作りアクセサリー達を箱に詰める。もちろんそれだけではない。念には念を入れるように、入れた箱を自分のベッドの下に隠しもした。だが、そこまで行えた達成感から疲労も生まれたらしい。途端に強い眠気に襲われる。そして遠くに聞こえる波の音が子守唄の効果も発揮したようだ。美々は深い眠りに落ちてしまい、母親が帰宅した音が耳に届くまで目を覚ます事が出来ないのだった――。

第10話

更に翌日。いつもと同じように島外へ出勤する母の姿を、美々は常と変わらぬ態度で見送る。どうやら密かに仕事が溜まっていて、そちらの方を気に留めているらしい。娘が隠し事をしているのに気が付かなかったようだ。それは第三者からすれば『酷い母親』の一例に入ってしまうかもしれないが、そうでない事を娘である美々はよく知っている。むしろ自分の母親は愛情深い人だ。だからこそ自分の勝手な行動に気が付いてしまうと、彼女は自ら巻き込まれてしまうだろう。そう思っていた為に、気に留めた様子もなく出勤していく姿に美々は一安心する。そして小さく息を漏らし僅かな気合いを入れるとアクセサリーが入った箱を手に自宅を後にした。この後すぐ自分の隠し事が判明するとは微塵も思わずに…。

家を後にした美々は皆との待ち合わせ場所…ではなく、反対方向へと足を進める。その先にあるのは例の人気がほぼない静かな砂浜で、一昨日男2人と待ち合わせをした場所だ。

（もう2人は…来ているのかな…？　琥珀君のウロコ…ちゃんと渡して貰えるかな？）

目的地である砂浜が近付くにつれて、色々な不安が芽生え大きくなってきたのだろう。足取りが段々と重くなっていく。それでも目的を果たす為の固い意志は持っているらしい。重くなっても足を止めようとはせず、ただ前へと進み続ける。だが、不吉な予感を匂わせるように、空は厚い雲に覆われ薄暗い雰囲気を作り出していた。

一方その頃。美々が出て行った自宅兼土産店でもある『ビューティーマリン』に、1人の人物が入ってきた。彼女の母親だ。どうやら忘れ物をしたらしく、いつも漁師達が出してくれている船を一旦断り帰宅したようだ。だが、いくら相手が同じ島民同士である自分に優しい漁師でも、いつまでも待たせておく訳にはいかない。島民達の中では自分の娘を含めた5人の子供達の次ぐらい歳が若いが、色々と経験しているからだろう。彼女は大人としての礼儀を持つ人物だ。だからこそ忘れ物である携帯電話を手にしたら、素早く自宅を後にしようと思っていた。

だが…。

（…？　こんな時にお客？）

忘れ物を手にした後も十分に出勤時間に間に合うと思ったからだろう。少しだけ安心していた彼女は思わず安堵の息を漏らしていた。すると自分の状況を読んでいたかのように、玄関先で複数の人の気配がする事に彼女は気付く。それに不思議に思いながらも玄関先に向かえば、顔見知りの…自分の娘の友人でもある子供が4人立っていて。彼女はますます不思議に思ってしまう。だが、彼女が4人に来た理由を問いかける前に、子供達の中で『一番の元気娘』である瑠璃が口を開いた。

「あの…おばさん！　美々は…美々はいますか!?」

「？　えっ、えっと…いないみたいだけど…。この時間なら皆と一緒なんじゃないの？」

出勤する為には待たせている漁師の元に戻らなくてはならないが、切羽詰まった瑠璃の態度に彼女は何とか答える。実際家中を探した訳ではないが、一時的に戻った時から既に人の気配は全くなかった。だからこそ瑠璃の言葉に戸惑いながらも、自分なりに思った事を口にしたのだが…。

「いいえ。今日は会ってないです。」

「？　会ってないの？」

「ああ…。むしろ会ってないのは今日だけじゃないんだ。昨日も『体の調子が悪い』って言って早くに俺達と別れて…。で、その後も会ってなくって…。」

「えっ…ええっ!?」

自分の言葉を発端に次々と答えてくれる翔と勇。だが、その言葉達はどれも彼女にとって初耳の内容ばかりで。驚きのあまり思わず間の抜けた言葉が漏れてしまう。それでも驚いてばかりもいられない。皆の話から美々が1人で、しかも誰にも何も告げずに何処かへ行ってしまった事が分かったのだから…。

「と、とにかく…！　美々を探すわ！　皆も手伝ってくれる!?」

「えっ、ええ…。良いですけど…。おばさん、仕事は…。」

「じゃあ、私は探しながら漁師達にも聞いてみるわ！　皆は周辺を探してみて！」

「分かった〜。」

自分から娘を探し出そうとする彼女に、翔は戸惑いながら尋ねようとする。だが、大切な娘の姿が消えてしまった事で、かなりの衝撃を受けているようだ。翔の言葉も、自分が仕事に遅れるかもしれない事も頭から抜けているらしく、一方的に4人に指示を飛ばす。そして彼女自身は家を飛び出し、4人もそれぞれ行動を開始させるのだった。


そうして皆が騒いでいた頃。美々は男達との待ち合わせ予定である静かな砂浜に辿り着いていた。当然、ウロコと交換する為の大量のアクセサリー達も、彼女と一緒に砂浜にある。だが、もう赤子ではないとはいえ、まだまだ非力な子供。大量のアクセサリーはそれなりに重く、段々と腕に疲労を感じて持ち続ける事は不可能だ。現に運ぶだけでも大分疲れてしまったのだろう。砂浜に辿り着くと、直にアクセサリーの入った箱を置く。そして箱のすぐ隣に座ると、穏やかな波を立てる海を見つめていた。

するとと波音しか聞こえなかった空間に僅かだが音が聞こえ始める。その音は複数の足音で、それに気が付いた美々は振り返る。そうして見れば彼女が先日会ったあの男達で。美々は立ち上がる。そして再度箱を持ち上げた後、彼らに近付いていく。彼らが何かを企んだような不敵な笑みを浮かべている事にも気が付かないで…。

「すみません。わざわざ来て貰って…。本当に…ありがとうございます。」

「いや、別に気にしなくても大丈夫だ。まぁ、本音を言えば不思議な『コレ』が欲しいとは思っているけどな。」

そう言って金髪の男…一昨日テツと呼ばれていた方は、美々に向けてウロコを見せつける。恐らくウロコの能力により水が生まれているのだろう。最初にウロコを入れていたズボンのポケットだけでなく、持つ手も濡れていて腕を伝って砂浜に水滴を落としている。

だが、一見するとガラが悪い風貌の男達でも、律儀に頼んだ物を持ってきた事に美々は安心している。それでも同時に彼の意味深な言葉に不安も抱いていて。ウロコが手に入らないと思ったらしく、僅かに焦った様子で言葉を続けた。

「あっ、あの…！『良い物』が分からなかったので…コレを受け取って下さい！　昨日、頑張って作ったので…！」

「…。」

「だから…！　その手に持っている物を…私に下さい！　お願いします！」

箱ごと大量のアクセサリーを渡しながら、必死に頼み込む美々。その様子を男2人は無言で見つめている。妙に静寂とした空気が流れていた。

そんな静まり返った空気を断ち切るように、テツは徐に動き始める。相棒のトシに自分が直前まで持っていたウロコを手渡したのだ。そればかりか美々が自分達に向けて差し出すような形の箱を受け取る。そして中に入っていたアクセサリー達の内の1個を取り出すと、掲げながら吟味するように見つめる。曇り空であった為に太陽光は弱かったが、手の中の貝殻ブローチは小さな光も受け止めているらしい。その証拠にブローチは常より弱いものの、美しい輝きを放っていた。

だが…。

「こんな物で…許す訳ねーだろ！」

突然大声でそう言い放ったかと思うと、テツは手にしていた貝殻ブローチを砂浜に叩き付ける。それだけではなくアクセサリー達が入った箱を逆さにひっくり返し、中身を全て砂浜の上にぶち撒ける。砂浜で多少の衝撃は吸収されるだろうが、アクセサリー達が互いに当たったからだろう。音を立てて落下しただけでなく、一部のアクセサリーはワイヤーや安全ピンが外れたりしてしまう。それでもテツは気に留める事なく、空になった箱を投げ捨てる。そして散らばったアクセサリー達を踏みつけ始めた。しかも踏みつけるのはテツだけではなく、いつの間にか彼の相棒であるトシも含まれている。その表情は終始不敵な笑みを浮かべ続けていて。卑劣な彼らの表情と行動を見せつけられた美々は固まってしまうのだった。

ウロコを渡してくれるどころか、自分の目の前で卑劣な行動を起こす男2人。その様子は心優しい美々にとってショックを受けると共に、恐怖も抱いてしまうものだ。それにより体を震わせながらも、この場から離れるべく静かに動き始めたのだが…。

「待ちな、お嬢ちゃん。」

「っ！」

急に自分の事を呼び止めようとする声に、素直でもある美々は思わず足を止める。それだけでなく声のした方…男達の方へ振り向いてしまう。その一連の動きは彼らにとって面白い反応だったのか、先ほどにも増して不敵な笑みを浮かべる。そして一歩美々を見つめながら近付くと、こんな事を言い始めた。

「見ろよ。俺達さ、お前が持ってきた『くだらない物』を壊しちまってよ。『コレ』を渡す事は出来なくなっちまった。」

「っ⁉　そっ、そんなの…！」

自分勝手な事を言い始めるテツに対し、美々は何とか言い返そうとする。だが、途端に彼が言葉を封じるような強い眼光で見つめた為に、それ以上声を発する事が出来ない。すると今度はトシの方が美々に近付いてきた。

「そんなに『コレ』が欲しいのか？　そうだな…。じゃあ…。」

「っ⁉」

自分に向かって近付いてきたかと思うと、トシは美々の腕を掴み幼い体を押し倒す。そればかりか口を塞いで大声を出させないようにしながら言葉を続けた。

「お前の体を好きにさせて貰おうか。色々と溜まっているからな。」

「ん〜っ⁉」

下劣な笑みを浮かべながら恐ろしい事を告げるトシの姿に、最大級の恐怖を抱いた美々。口を塞がれている為に大声は出せないものの呻き声を上げる。涙も滲ませ手足も激しく動かす事で、精一杯の拒絶も示す。だが、少女の抵抗する力はやはり大人の男にとっては弱々しく感じられるもので。特に気に留める事なく馬乗りになる。そして抵抗する美々の姿をトシは歪な笑みを浮かべたまま見つめ、彼女に馬乗りになっているテツはその女の子らしい白いワンピースに手をかけた。

その時だった。テツの傍らで笑みを浮かべるトシに向かって、何かが勢いよく飛んでくる。しかも飛んでくるだけではない。勢いを保ったままトシの頭に命中した。

「痛って!?」

「…っ!?」

突然、自分の傍らの相棒が悲痛な叫び声を上げた為、テツは思わず卑劣な行為を止める。すると手が止まったのを見計らったように、今度は自分の頭に何かが当たったような衝撃を受ける。しかも同時に痛みも走り、テツは痛む部分を押さえながら視線を巡らせる。状況を確認したいと思ったからだ。だが、完全に状況を確認する前にテツの体に再び痛みが走る。というのも、何処からかは不明だが、自分に向かって石が飛んできたのだから…。

「ぐっ…!?」

痛みで表情を歪めつつも、テツは飛んできた物を改めて確認。よく見れば、それは拳ぐらいの大きさの石で、当たれば確実に痛みを伴う代物だった。

　そんな恐ろしい物が飛んできた方向を、痛みに顔を歪ませながら男2人は見つめる。すると見つめた先には、美しい顔立ちの若い女性が立っていた。その美しい顔立ちは、普段の2人ならば見惚れて見境なく自分達の物にしようとするだろう。だが、今日は頭に走る痛みと『ある事』に気が付き、その行動に移す事が出来ない。それは自分達を見つめるその女性が妙に無表情で、氷のように冷たい眼差しを向けている…というものだ。更によく見れば、若いその女性は左手に拳大の石を、右手にはバットのように太い木の棒を手にしていて。その状況によりテツとトシはようやく気が付く。2人に向かって石を投げた人物がこの女性なのだという事に…。

「私の娘が凄く世話になったみたいね？　その分、たっぷり礼を返してあげるわ。…良いでしょう？」

「っ!?」

　凶悪な笑みを浮かべながら告げる女性の様子に、2人の中で一気に恐怖が大きくなる。それは直前まで不埒な笑みを浮かべていた男達の表情が、一気に恐怖の色に染まるほどだ。そして恐怖が最高潮に達した事で、男達は美々から素早く離れて逃げ出そうとする。体を震わせ青白い顔色をさせながら…。

　だが、逃げ出そうとした男達の退路は塞がれてしまう。というのも、2人の前に立ちはだかった若い女性…美々の母親が、石を軽く放り投げたかと思うと木の棒で打ち放ったのだ。しかも彼女だけでなく、既に岩の陰で待ち伏せていたのだろう。瑠璃達が飛び出したかと思うと一緒になって石を投げつける。そして最終的には木の繊維で作られた紐で縛り上げてしまった。

「娘を可愛がってくれたお礼に本島に一緒に行ってあげる。良かったわね？　ただの観光旅行が…素晴らしい思い出になって。」

「ううっ…。」

縛られた男2人に対し恐ろしい言葉を告げながら、不敵な笑みを浮かべる美々の母。その姿は常の美しい容姿と相まって妖艶さが倍増。それにより男2人は呻き声を上げながら、表情を青ざめ引きつらせる。それは彼女と犯人を確保する事を手伝い味方のはずの瑠璃達でさえ恐怖を感じ、僅かに体を震わせてしまうほどの禍々しさだった。

一方、急に現れた母と幼馴染達の姿に思考が停止してしまう美々。思わず固まったまま皆の事を見つめる。すると思考が止まりながらも、見つめてくる美々の視線に気が付いたのだろう。真っ先に我に返った瑠璃が声をかけた。

「だっ、大丈夫、瑠璃？　怪我してない？」

「うっ、うん…。何とか…。えっと…それよりもどうして皆が…？」

「昨日の様子が気になったので、皆さんと一緒に美々さんの家まで迎えに行ったんです。でも家に行ったらおばさんしかいなくて…。」

「で、話をしたらお前がもう家にいないって分かったから探す事にしたんだ。もちろん5

人でな。」

「そうそう。手分けして探してたら見た事ない男の人達がこっちに来るのが見えて～。僕らで後を付けたら美々ちゃんの姿も見えたの。だから3人で見張りながら勇君におばさんを呼んできて貰ったんだ～。」

「ああ。話を聞いたおばさん凄かったぜ。何か勢いっていうのか？　木の棒と石持って走って行ってさ。俺でさえ追い付くのに必死だったぜ。」

「そっ、そうなんだ…。」

瑠璃の言葉を筆頭に次々と話を始める幼馴染達の言葉を美々は聞き続けた。それらの言葉は内容も状況を掴み易いものだったが、何よりその事を話す幼馴染達の表情が全てを物語っていて。それにより美々は自分の母がかなり心配していた事を悟る。そして悟った事で、彼女は未だ男達に怪しい笑みを浮かべる母に近付くと頭を下げた。

「あっ、あの…！　お母さん…！」

「ん～？　何？　今、このゲスイ奴らを締めようとしてて…。」

「勝手な事して…！　迷惑をかけて…！　心配させて…ごめんなさい！」

「っ！」

美々の言葉を受け止めながら男達を威嚇していた母だったが、すぐにそれらの行為は止まる事になる。というのも、目の前には今にも泣きそうな顔で謝る大切な娘の姿があって。それを見させられた事で、母は自分の中に宿っていた禍々しいものが薄らいでいく事を自覚。だが、それが薄らいだ事で同時に芽生えたのは、心優しい娘に対する愛しさばかりで。それに促されるように母は美々を優しく抱き締める。

「お母さん…？」

「謝るのは…私の方よ。今回の事だけじゃなくて…。ずっと色々と悩んでいたんでしょう？　それなのに私は…悩んでいた事に気付けなかった…。母親なのに…ごめんね。こんなのは…母親失格だよね…。」

「っ!?　そんな事…！　私が…勝手にやっているだけで…！　お母さんは何も…！」

自虐的な言葉を口にする母に美々は言い返そうとする。その姿は真っ直ぐ自分の事を見つめながら今にも号泣しそうなほど瞳を潤ませていて。いかに母を守ろうとしているのかが分かる。それにより更に娘に対する『愛しさ』が増した彼女は、抱き締めながら親指で娘の涙を優しく拭う。そして微笑みながら口を開いた。

「とにかくアンタが…美々が無事で本当に良かった。これからは…美々の事をもっと見る『良い母親』になる。だから…これからも私の傍にいてくれる？」

「…っ！　うんっ！」

最初は自分の母親が口にする言葉の意味が掴み切れなかった美々。それでも自分に告げてくる姿は常と変わらない…『大好きな母の姿』そのもので。美々は涙を滲ませながらも力強く頷く。そんな母子の様子に幼馴染達も一安心したらしい。互いの顔を見合わせながら微笑むのだった。

その後、美々の母から連絡を受けていたのだろう。いつも彼女を島外へ連れていってくれる漁師が仲間の漁師と共に現れる。どうやら美々を襲った男2人を、島外へ引っ張っていってくれるらしい。それは単純に安心出来る事なのだが…。

(そう言えば…琥珀君のウロコ…！)

問い詰められながら連れていかれそうになっている男達を見ながら、美々は騒動の発端である『琥珀のウロコ』の事を思い出したらしい。男達を今にも引きずっていこうとしている大人達に不審がられないように辺りを見回す。すると美々のそんな様子に幼馴染達は気が付いていたようだ。彼らの代表かであるように瑠璃が近付くと、こんな事を言い始めた。

「『アレ』だったら、もう取っておいたよ？」

「…えっ？　そうなの？」

「ええ。先ほど砂浜の上に落ちていたのを見つけたので取っておいたんです。恐らくこの騒動の時に飛んでしまったんでしょうけど、皆さんは気が付いていないみたいでしたし。」

「アイツらも、おばさんの迫力？　で忘れてるみたいだしな。」

「うんうん。だから心配しなくて大丈夫だよ～。」

突然の瑠璃の言葉に驚きながらも、翔が見せてくれたのは小瓶に入った『青い物』。それは間違いなく自分が気にしていた物で、美々の妙な緊張は徐々に解かれていく。そんな彼女を見つめながら次々と話を進める常と変わらぬ幼馴染達の姿に、美々はようやく本当に一安心したようだ。

「じゃあ、帰ろうか？　美々。」

「えっ？　お仕事は良いの？」

「うん。『調子が悪い』って言って、さっき休みを貰っておいたからね。大丈夫よ。それにアンタも眠いんでしょう？　今にも寝ちゃいそうな顔しているわよ。」

「っ！」

確かに翌日の事が気になり昨晩はイマイチ眠れなかった。それが一安心した事で急に眠気を自覚したのも事実ではある。だが、改めて指摘される事は思っていた以上に恥ずかしかったらしい。美々は思わず頬を赤く染め俯いてしまう。それでも母の優しさが嬉しかった事もあり、美々は彼女の手を取ると共に歩き始める。その姿は仲の良い母子そのもので。幼馴染達も改めて一安心した。


そうしてテツとトシを乗せた船も島から出て行き、それらの様子を見送っていた瑠璃達も琥珀の元へと向かう。それにより少し前まで騒動の現場と化していたその砂浜は、元の静けさを徐々に取り戻していったのだろう。それを証明するように、その場所には静かな波音だけが響く。そして空ではいつの間にか厚かったはずの雲が薄くなり、その隙間からはカーテンのような光が地上に向けて差されていた――。

第11話

『父ちゃんの料理は島で一番美味しいんだ。だから、いつかその料理を島の人以外に食べさせて味を認めて貰う事が僕の夢なんだ。』幼い頃からそんな想いを抱き続けていた健太。周りの反応は気にならないほどの強い想いと願いを――。

珊瑚島の2段目の高台には複数の店舗が建ち並ぶ。そこには美々の家であり土産店でもある『ビューティーマリン』が建っているのだが、もう1軒目立つ店が建っている。それは『ビューティーマリン』の右隣3軒目の定食屋『まんぷく亭』だ。『馬蛤　健太』の家でもあるこの定食屋は、海女である母が採った海産物を父が調理して出している。店の雰囲気も店主も優しくて申し分のない店にも見える。だが、そんな良さそうな雰囲気でも何故か『まんぷく亭』に客はほとんど来ない。というのも、お店の商品である料理達がお世辞にも『美味しい』と言えない物ばかりなのだ。

例えば魚貝類の浜焼きを注文すれば、当然のように黒い塊が出される。備長炭と思えてしまうほどの真っ黒な塊だ。更に炒め物を注文すれば、一見すると綺麗な色味の物が出される。だが、一口含んでみれば極端な塩味の後、強い酸味や苦味が口の中に広がってくる。どんな味の物を出したかったのか分からないぐらい強い味だ。それらが原因で『まんぷく亭』はほぼ開店休業状態。日々の生活は健太の母の海女漁で生計を立てている状態になっていた。

だが、そんな状況の中でも父の事が大好きな健太。当然のように周りから『不味い』と評判の料理も大好きだ。その大好き具合は、どんな料理なのかをよく知る幼馴染達や島民達を前にしても『父ちゃんの料理は世界で一番美味しい』と言い放ってしまうほどだ。そして渦中の健太の父も、自分の息子が堂々と言ってくれるからか。自分の料理の不味さを自覚はしているようだが、決して悪い気はしないらしい。それを示すように料理をする事を止めない。それればかりか度々息子とその幼馴染達の為に、惣菜を大量に作ってはお重に詰めさせ持たせるほどだった。

その行動は、この日も行われていた。まだ薄暗いというのに日課の早起きをしたかと思うと、台所に立ち調理を始めていたのだ。その手際は一応料理人であるからか決して悪いものではなく、むしろ順調に料理を仕上げていく。そして健太が目を覚ました頃には大量の惣菜がダイニングテーブルの上に載せられていて。それを見た瞬間、父の料理が大好きな健太は瞳を輝かせた。

「っ！　今日も美味しそうな物がいっぱいだね～！　父ちゃん！」

「そっ、そうか…？　あっ、良ければ皆に食べさせようかと思っているんだが…。また詰めるのを手伝ってくれるか？」

「うんっ！」

自分の料理の腕前に半信半疑のままだったようだが、彼の息子である健太は終始嬉しそうだ。周りからすれば迷惑とも思える代物達を見て喜びを表しては、指示通りに作った物を詰め始めていく。その姿は自信を失いそうになっていた彼の父にとって、気持ちを浮上させるもので。僅かに微笑みを浮かべながら動く息子の姿を見守っていた。


そうして足取りも軽やかに自宅から出て行く健太。手には大好きな父の料理が大量に詰められた重箱を風呂敷で包んだものがあって、持ち続けていれば腕が疲れてしまうほどの重さだ。だが、大好きな物を持っていると自覚しているからだろう。不思議と腕に疲労は感じない。むしろ機嫌の良さを表すように満面の笑みを浮かべている。その彼の頭上では心情に比例するように青い気持ちの良い青空が広がっていた。

だが、機嫌の良さそうな健太とは少し違い、彼に会った幼馴染達は複雑な想いを抱く。というのも、いつもの待ち合わせ場所で彼の姿を見かけた瞬間に、自然と目に入ってしまったのだ。彼が手に持つ赤い風呂敷に包まれた大きな箱を…。そこからは一応、香ばしい匂いが漂っていたのだが、４人は到底安心する事が出来ない。何故なら健太が持つ風呂敷の中身…香ばしい臭いの正体が嫌でも分かってしまったのだから…。

（この匂いは…揚げ物かな？）

（匂いだけは良さそうだけど…どんな揚げ物が入っているんだ…？）

（おじさん…。朝から頑張っていたのは香りがしたから知っていたけど…。）

（明日も父さんの手伝いをしたいですから…お腹は壊したくないんですけどね…。）

口には出さずとも、次から次にそんな事を思ってしまう幼馴染達。それらの言葉は実際に口にしてしまえば、確実にもう1人の幼馴染…健太が嘆き大騒ぎをする事になってしまうだろう。その事は幼馴染であるが故によく知っていた為、皆はあえて口にしないようにする。そして健太が持ち込んだ料理の事を考えないよう、今日の琥珀のウロコ探しについて思考を巡らせるのだった。


妙な事で不安のようなものを抱きつつ、5人は最近の定番である海へと向かう。そこにはいつも穏やかな波が立つ海が広がっているはずなのだが、今日は少し様子が違っている。というのも、昨晩から強い風が吹いていたからか。この日は久し振りに波しぶきが立つほどに海が荒れていた。物心が付く頃から島民である5人が一瞬でも固まってしまうほどに…。

「…よし。じゃあ今から私、海に潜ってウロコ探すわ。」

「はっ!?　いや、いくら何でも無理だろっ!?　明らかにお前でも潜るのが難しいって海なんだけどっ!?」

明らかに泳ぎが得意な瑠璃でさえ難しいと思える海の状況だというのに、当の本人は潜ろうと準備をし始める。それに対し反論して止めようとした勇だったが…。

「『難しい』って言うのはそうだろうけど…。『出来ない』って訳じゃないし。それに海の中をそろそろ探さないと、いつまで経っても琥珀が帰れなくなっちゃうし…。」

「さすが瑠璃ちゃんだね～。カッコイイ～！　あっ、出来れば貝とかも採って欲しいかも～。」

「気持ちは分かるけど、無理は無理だから！　あと健太も！　変に乗るな！」

言い訳のようなものを漏らしながら準備運動を行う瑠璃に続くように、余計な事まで言い始める健太。当然それらの言葉に声を荒げる勇だったが、幼馴染故に慣れてしまっている2人だ。特に堪えた様子はなく、準備を着々と進めていく。それにより更に声を荒げそうになる勇だったが、そんな心情を察してくれたようだ。今度は翔から口を開いた。

「駄目ですよ。あまり勇を困らせては…。それに君もこんな海じゃ…泳ぎが難しい事も分かっているでしょう？」

「むう…。」

「そっ、それよりも…！　先に琥珀君を呼ぼう？　それからウロコを探しに行った方が…。」

「それもそうだね～。じゃあ、琥珀を呼ぼうか～？　お～い！」

勇の怒りを鎮めるべく、泳ごうと準備をしていた瑠璃を宥める翔。それだけではなく瑠璃に便乗していた健太には美々が宥める。その一連の流れは慣れたもので、未だ荒れ狂う海の様子とは違い勇の心情は落ち着きを取り戻していった。

ようやくいつもの様子に戻っていく5人。すると先ほど自分の名を呼んでいた健太の声が聞こえたからか。一連のやり取りが海の中でも分かったのか。荒れる波の間から何かが顔を出す。それは予想していた通り琥珀で、荒れ狂う波の中で泳ぎながら5人に近付いてくる。どうやら5人により少しずつウロコが戻り、その影響で力も復活し始めているらしい。島に流れ着いたばかりの時には必死に泳いでも前へ進む事が難しそうだったのに、今はそんな事はなさそうだ。流れ着いた時より尾びれの動きも機敏で、泳ぐ為に波を叩き付ける音も力強いものになっている。そんな様子の変化に気が付いた事で、5人の中で少しだけだが達成感のようなものが生まれていた。

だが、いつまでも達成感に浸り続ける訳にはいかない。琥珀のウロコはまだ全てが揃っていないのだ。改めてそう思った5人は頷き合う。そして自分達に近付こうと泳ぐ琥珀の傍まで寄ると、徐に口を開いた。

「おはよう琥珀！　早速だけど、今日は何処でウロコを探せば良いかな？　大体の場所でも教えて欲しいんだけど…。」

「あっ、はい。ありがとうございます。えっと…そうですね…。海の中には相変わらず気配を感じるのですけれど…この様子では…。なので、今日は島内を探して欲しいのです。」

「まだ島内にあるんですか？」

自分の為に進んでウロコを探してくれる様子にお礼の言葉を含ませながら、翔の問いかけに琥珀は頷く。そして5人を見つめたまま再び口を開いた。

「ええ、大体でしか分かりませんが…。今日はあの上の方からウロコの気配を感じまして…。」

「えっ…。でも昨日までは、なかった気がするんだけど？」

「…それは強い風で飛ばされたからだと思いますよ。まぁ…とりあえず今日は琥珀の言う通り皆で崖の方を探しましょうか。」

「そうだな。危険な事は避けるべきだし…。」

「うんうん。で、お昼時になったら僕が持ってきた父ちゃん特製のお弁当を食べようね！」

「うっ、うん！　そう…だね。」

琥珀の言葉を発端にそんな会話を交わす5人。だが、会話が繰り広げられていく内に心なしか4人の表情が悪くなっていく。その事情を知らない琥珀は不思議に思っていたが、皆が自分の為に動き始めたからだろう。胸の中に宿る温かさを感じながら、その後ろ姿を海の中より見送る。嬉しさを前面に表す微笑みを浮かべながら…。

そうして琥珀に見送られながら5人は海とは真逆の方向、正しくは島の内陸へと進んでいく。その先には島民達が住居を建てている地帯があるのだが、向かう先はそれよりも更に奥だ。そこは温室と併設された翔の自宅よりも奥にある場所で、森のように多くの木々が植えられている。その雰囲気は必然的に木々により影が生まれてしまうからだろう。海沿いや住居地帯より薄暗く、心なしか人を寄せ付けないような雰囲気が放たれている。事実、この奥に広がる森のような一帯は、島民達が最も近付かない場所となっていった。

だが、そんな場所が近付いても5人が足を止める事はない。むしろ大きな目標を宿しているからだろう。琥珀から聞いた大体の場所に近付くにつれて、足取りは速く力強いものになっている。その力強さは目的地である森へと繋がる舗装し切れていない砂利混じりの道の上でも同様だ。だが、一気にここまで歩いてきたからか。段々と足取りが重くなっていく。それを主張するように5人の中で一番重い体をしている健太が呟いた。

「さすがに…一気に登るのは疲れるねぇ〜。」

「…君の場合は運動不足とも言えますが…。まぁ、僕も疲れました…。」

「改めて言わないでくれ…。俺も…疲れたっていうのを…認めそうになるから…。」

健太の呟きに対し、いつものようにツッコミを入れる翔だったが、彼も疲労は感じているようだ。言葉と同様に口から出された声には常以上に覇気がない。しかも疲労を感じているのは健太と翔だけではない。5人のまとめ役でもあり、少年3人組の中で一番体力があるはずの勇まで嘆き始める。そして疲労を表すように口からは荒い呼吸が漏れ、額には汗が滲んでいた。

だが…。

「うん…。でも休み休みでも良いから…琥珀の為にウロコを探さないと…。」

「そうそう！　琥珀の為に頑張らないといけないんだから！　ほら、行くよ！」

「おっ、おう…。」

疲労の色を見せている3人に対し、美々と瑠璃はそう言って動かそうとする。その表情は3人と違い、大して疲れた様子はない。確かに美々は5人の中で一番体力がなく、それを理解している瑠璃が背負ったりしていた。だから思っていたよりも疲れていないという事は分からなくもないのだが…。

「何で…人を背負っていたはずのアイツが…一番元気なんだよ…？」

「確かに女の人は…一番パワフルな存在だと聞いた事はありますが…。」

「さすが…瑠璃ちゃんだよね～…。」

未だ疲労を見せる3人は、美々と共に行動を開始するもう1人の幼馴染を見つめながら呟く。そして自分達の体が少し落ち着いたのを見計らって、2人と同様に動き始めるのだった。


そうして5人は森のようになった空間でウロコの捜索を開始。島内の何処よりも木々が多く植わっていているからだろう。その一帯は濃い影が生まれ、他の場所よりも直射日光を遮っている。それだけでなく豊かな緑が揺れる度に涼しい風を作り上げていて。夏場だというのに心地の良い空間を更に際立たせている。その気持ちの良さは直前まで感じていた疲労を少しずつ和らげるもので。それが証拠に3人の動きは辿り着いた時よりも良いものになっていた。

涼しさも手助けしてくれたおかげで、5人のウロコ探しを行う手がその後止まる事はほとんどなかった。5人で手分けし草木を掻き分け、時々木に登ったりしながらウロコを探し続ける。その動きはこの数日の間で大分慣れたようだ。数日前…ウロコ探しを開始させた日に比べると、随分手際が良くなっている。だが、どれだけ動いても場所が思っていたよりも広かったからか。元々、この場所にあるウロコの数が少ないのか。見つけられた数は結局2枚だけだった。

「結局…あまり見つけられなかったね…。」

「…そうだな。広い場所だからもう少しあると思ったんだけど…。」

疲れているであろう他の4人よりも動き回り、率先して動いていたが思った以上に成果が上げられなかった事が悔しかったらしい。普段よりも瑠璃の表情は不満そうに、唇を尖らせながら嘆いている。その様子は彼女の幼馴染で同時に特別な想いを抱く勇でさえ戸惑う姿だ。だが、ヘタな事を言ってしまえば、瑠璃の機嫌が更に悪くなる事も勇は当然悟っている。だからだろう、一瞬の間の後に同調するように頷く。そして微妙な空気を誤魔化すように、わざと深呼吸をしながら背伸びをする。その目線の先には昼時の時間を表すように、太陽が青空の頂点に移動しているのが木々の葉の隙間から見えていた。

そんな様子を見ながら改めて時間の経過を実感する勇。すると近くから奇妙でありながら何度も聞いた事のある音が響いてくる。その方向に視線を向ければ、奇妙な音の持ち主である健太がお腹を擦っていた。

「あはは〜。僕お腹空いちゃったみたい。」

「だから君はいつもじゃ…。まぁ、僕もお腹が空きましたけれど…。」

「うん…。いっぱい動いたもんね…。」

「…あ〜。確かにな…。もう昼だし…。」

「じゃあ、ご飯にしよう！　んで、終わったらウロコ探しをまたやろう！」

笑顔で空腹を訴える健太の姿は常と変わらないが、それに対して呆れながらも翔はツッコミを入れる。だが、その翔も空腹である事には変わりなく、美々も同調するように頷く。そして3人の様子を見ている内に勇は何かを思い付いたらしい。不意にこんな事を言い始めた。

「…あ〜。確かにな…。もう昼だし…。俺も腹空いたわ。瑠璃は？」

「そっ、そりゃ私もお腹は空いたけど…！」

「んじゃあ、お昼にしようぜ。行くぞ。」

予想以上に勇の言葉は瑠璃の気持ちを切り替えさせたらしい。直前まで不満そうにしていたのに、彼の言葉で空腹も思い出したようだ。徐々にではあるが、その表情から不満の色は薄らいでいく。それが証拠に他の4人に付いていくように歩き始めた。

そうして昼食を摂る事になった5人。早速ウロコを手にして森のような空間から抜け出そうとする。というのも、空腹ではあるのだが昼食の前に琥珀へウロコを渡そうと思ったからだ。だからこそ5人は苦労して入った森でも出る事をためらわない。前へ進むだけだ。だが、歩き続けながらも4人の表情は心なしか浮かない。何故なら…。

「ウロコを琥珀に渡したらお昼にしようね～！　父ちゃんが沢山の料理を作ってくれたからさ～！」

「っ！　あっ、ああ…。」

「そっ、そうですね…。」

「おっ、おじさんが作った料理ね…。」

「たっ、楽しみだね…。」

「でしょう～？　僕も楽しみなんだ～！」

空腹であってもこれから食べさせられる料理を想像して青ざめる4人。気分的には最近の定番のように自宅に戻ってそれぞれで昼食を摂りたいものだ。だが、大切な幼馴染の父親が料理を作ってくれたのだ。いくら味が良くない物だとしても食べ物を無駄にする訳にはいかないし、何より作ってくれた相手にも失礼だと感じてしまう。心優しい島民達に見守られながら日々育っているからだろう。自然と『相手を思いやる心』を持ったまま育った事で、4人はそんな事を考えるようになる。それにより自分達の身の危険や重苦しい気分を抱えながらも、健太の父が作った『とんでも料理』を食べる事を決意する。そんな瑠璃達の頭上には真上に昇った太陽が、励ますような熱くも優しい光を注がせていた。

微妙な気分に浸りながらも5人は琥珀の待つ砂浜近辺へ辿り着く。『同じ距離でも行きより帰りの方が近く早く感じる』という話を証明するように、森に向かう朝の時よりも時間がかかっていない気がする。それは空腹で疲労もある程度溜まっている瑠璃達には、有難いと感じるほどで。同時に不思議な喜びも感じる。そして思ったよりも早く目的地に着いた事の喜びに浸りながら琥珀にウロコを手渡し。喜んで受け取ってくれた彼の姿に皆も何だか嬉しさを感じていたのだが…。

「じゃあ、ウロコも渡し終えたし！　ご飯にしようよ！」

健太のこの一言で皆の息は一瞬止まる。そればかりか顔は強張り周辺には一気に緊張が走る。その様子の変化は5人との付き合いがまだ短いはずの琥珀でさえ気が付いてしまい、戸惑った様子で海面から顔を出して皆の様子を窺っている。それでも元凶であるはずの健太は特に気にしていないらしい。嬉しそうに風呂敷を広げながら昼食の準備を進めていった。

そうして風呂敷は解かれ、重箱の蓋も開けられる。重箱と保冷材の間に保冷パックを挟んだ上に木陰に置いていたからだろう。傷みはしていないようだ。その事に一先ず安心するが、健太以外の4人の表情は強張ったままだ。というのも、自分達の前に置かれた重箱の中身は、主食となる塩おにぎりの他に炒め物のような物と揚げ物等が入っていた定番の形だ。だが、その揚げ物の傍らには小さい器に入ったタレのような物も付いていて、その色は怪しい紫色をしている。色からにして食欲を衰退させる代物だ。それにより皆は固まってしまうが、勇だけは何とか言葉を絞り出していた。

「なっ、なぁ…健太？　これって…何のソースだ？」

「あっ、これ？　これは父ちゃんが作った『特製ソース』だよ～。」

「とっ、『特製ソース』…？」

「色んな野菜を合わせて作った自信作なんだ～。揚げ物に合うと思って入れて貰ったんだよ～。揚げ物に付けて食べてね～！　あっ、もちろん揚げ物から食べてよ？　味が落ちちゃうし、父ちゃんが作ってくれた『特製ソース』の感想も早く聞きたいからさ～！」

「わっ、分かった…。」

嫌な予感を抱きながらも、つい気になってしまい思わず尋ねる。だが、そんな勇の心情も健太に分からなかったらしい。満面の笑みを浮かべながら力強く薦め促してくる。その姿は人懐っこいいつもと変わらない…幼馴染達が拒絶出来ないほど癒し効果もありそうなもので。表情を青ざめつつも、4人は互いの顔を見合わせ頷く。そして揚げ物に『特製ソース』を付けると、息を整えて一斉に口にした。

するとロの中に揚げ物を入れた瞬間、4人の体は一瞬で固まってしまう。というのも、『特製ソース』が舌先に触れた瞬間、苦いような酸っぱいような妙でありながら強い味覚に襲われたのだ。一気に消し去るように最初は多少の焦げ臭さだけだったはずだったのにだ。それを感知した事で、４人の顔色も自然とおかしい色…『特製ソース』と似たような紫色に変わっていく。それでも結局、一度口に入れた物を吐き出すのは嫌だったのだろう。４人は何とか噛み砕き口の中へ収めていく。そして飲み込んだかと思うと、今度は瑠璃から口を開いた。

「相変わらず…スゴイ味だね…。」

「スッ、スゴイって言うか…おじさんらしい味だよね。」

顔色を悪くしながらも、否定し過ぎない程度に感想を述べる瑠璃と美々。だが、そんな心優しい２人とは違って翔と勇の言葉は辛辣だった。

「はっきり言って不味いです。全然、美味しくないです。」

「おまっ…!?　そこまで言うなよ…。まぁ…否定はし切れないんだけど…。」

「酷いよ〜！　父ちゃんの料理は本当に美味しいのに〜！」

厳しい幼馴染達の反応に健太は相当ショックを受けたらしい。大声で嘆きながら弁当を勢いよく食べ始める。その勢いは凄まじいもので、次々と惣菜やおにぎりが消えていくほどだった。

「…って、何でお前はそんなに食えるんだよ!?」

「んぐ！　んぐぐ！」

「食べながら話そうとしないで下さい。汚いですよ。」

「えっと…そういう場合じゃないんじゃ…。」

「そうだよ！　味はどうであれ私達も少しでも食べないと！　なくなっちゃうよ！」

食べながら嘆きの声を漏らしている健太の様子に勇は思わずツッコミを入れるが、それよりも瑠璃が驚いたのは食べ物が消えていくその速さだ。４人が動きを止めている間にも弁当は食べ進められ、重箱の底が見え始めている。その素早さに戸惑うばかりだが、空腹であるのは自分達も同様だ。それにより瑠璃の言葉でようやく我に返ったのだろう。４人も塩おにぎりを中心に炒め物等を口にしていく。だが、先ほどの『特製ソース』の味は４人には相当堪えたらしい。揚げ物を口にはしていたが、『特製ソース』は誰も付けようとはしない。その様子に健太はまだ不服そうにするが、元々大食いで早食いな彼の勢いは止まらない。皆よりも素早く食べ進めるだけだ。そして空腹と相まって健太と共に勢いよく食べ進めていく皆の様子を、琥珀は驚いた様子で海から見つめるのだった。


そうして少しの時間が経過して。５人は昼食を何とか食べ終える。空腹の威力は味覚を鈍らせるのか。確かに頭の中では『美味しくない』『むしろ不味い』という感覚があったのだが、口や手を止める事は出来なかった。それが証拠に今は不思議と空腹も落ち着いていて、むしろ何だか満たされた気分にもなる。もっとも４人で食べる量を健太は１人で平らげたので、皆よりも満たされた感覚は強くなっているだろうが…。

そんな事を思いながら、皆は弁当と同様に健太が持ってきた麦茶を口にする。どうやら料理と同じで麦茶も健太の父が淹れているらしく、少し妙な苦味と強い焦げ臭さを感じ

る。だが、直前に食べた料理達の方が強烈な味だったからだろう。逆に麦茶から漂う不快
な風味は気にならない。そればかりか飲み干した麦茶と共に不快なものも一気に流されて
いった。
その事に安心しながらも視線を上げれば、空腹が満たされた事で気分も落ち着いたらし
い。昼食中は不満を漂わせていた健太も、すっかり機嫌が良くなったようだ。それにより
皆は一安心するが、瑠璃だけは『ある事』を思い出す。そして何かを決意したように不意
に口を開いた。

「ねぇ？　健太。おじさんの料理の事、自慢したいって思う？」
「もちろんだよ～！　だって父ちゃんの料理は世界一だもん！」
「まぁ、世界一かは分からないけど…。おじさんの料理の技術を確かめる事は出来るかも。」
「？　どういう事？」

急に意味深な言葉を告げる瑠璃に健太は不思議そうに尋ねる。他の3人も幼馴染の発言
が気になったのか瑠璃に視線を向け、その様子に琥珀も興味津々のようだ。海から上半身
だけでなく、完全に陸上へ上がっている。そんな皆からの視線は刺さるような感覚になる
ほどで、注目される事に慣れていない者なら逃げたくなるだろう。だが、元々そういう性
格ではない瑠璃は特に気にしてはいない。むしろ刺さるような視線を力にするように言葉
を続けた。

「皆も何となく知ってはいるかと思うけど、もうすぐ『さんご祭』があるよね？」

「あっ、ああ…。俺達は島民だからな。」

「うん。私も知っているよ。だってお母さんが『祭りの為に商品を揃えないとね！』って言って張り切っていたし…。もちろん私も出来る事を手伝ってるよ。」

「ええ…。僕の家も似たような感じです。まぁ、僕の家の場合は美々の所のように商品を出す訳じゃないから、仕事量とかは普段と変わらないですけど…。でも、父が仕事に対して少し積極的な考えになってきたんで、何か仕事量が増えてしまって…。」

「量って…？」

「島内のあちらこちらに自分の家が手掛けた植物を置きたがるんですよ。飾り付け？　みたいな感じで…。今まで関わろうとしなかったくせに…。しかも気温とかを気にせず置こうとするから毎回確認しなくてはならなくって…。最近、帰宅する際には島内を1周回るようにしているんです。ちゃんと各植物達に合った場所に置いてあるのかを確かめる為にね。」

「あ〜、なるほどな…。」

「だから翔君も美々ちゃんも、最近忙しそうなんだね〜。一応、僕の家もお店だから父ちゃんも色々と料理を考えていたりしてはいるよ〜。でも僕はいつもどおり過ごす事が出来ているんだ〜。」

「まぁ…そうだろうな。」

　必然的に子供達も常より忙しく感じてしまうはずの時期でも、健太は特にそうは感じず通常運転のようだ。思い返して僅かに顔を青ざめさせながら語る美々と翔と違い、話す健太の姿は相変わらず呑気で穏やかなものだ。それは元の性格もあるのだろうが、実際に彼の家は2人の所よりも忙しくないのだろう。何故なら開店時でも客がほとんどいない、閑古鳥状態の店なのだから…。

そんな事を幼馴染達は思っていたが、これ以上健太の機嫌を悪くさせたくないようだ。あえて誰も口にしようとはしない。むしろ微妙な雰囲気を壊すように、瑠璃は小さく息を漏らした後に再び口を開いた。

「…で、話を続けるけど。その『さんご祭』のイベントの1つとして料理対決をやるはずだったんだけど、審査員の人が『祭りをやる間は自分も祭りを楽しみたい！』って言って、祭りの日に対決を行うのを嫌がっちゃって…。料理対決を『さんご祭』よりも前にやる事になったの。だけど急に日にちを変えちゃったから、出る人がいなくなっちゃったらしくて…。それで当日参加もよくなったの。」

「へぇ…。そんな事があったんですね。」

「私も『お祭りの時に料理の対決がある』っていうのはお母さんから聞いた気はしたけど、まず参加しないし…。だから詳しくは知らなかったよ。」

「俺の家もまず関係ないからな。そういう事をやるっていうのは知っていたけど…。色々と変わったのは知らなかったな。」

「まぁ、私もお祖父ちゃんがお祖父ちゃんだから聞いただけだし。知らない人も多いと思うよ。」

『さんご祭』の最中に行うはずだった企画の裏事情を、自分の祖父が島長である事で何気に知っていた瑠璃。その経緯も彼女なりの言葉で説明する。その姿は僅かに得意気でもあったが、彼女が無意識に『そういう口調と態度』になり易いというのもよく知っているからだろう。あえて誰も触れようとはしない。むしろ予想だにしていなかった『さんご祭』の裏事情を知れた事に何だか不思議な喜びも感じていた。

だが、その喜びに浸る3人とは違い、健太は別の意味で喜びを感じているようだ。それが証拠に瞳を輝かせながら、こんな事を言い放った。

「あの料理対決が当日でも大丈夫なら、父ちゃんに教えて出て貰おう！　それで優勝してから父ちゃんの料理を認めさせるんだ！」

「っ!?」

瑠璃が話を出した時点で何となく予感はしていた。『父の料理が大好きな健太が話に乗るのではないか？』という嫌な予感が。それは見事に的中してしまい、勇達は目を見開き固まってしまう。というのも、出場するのは健太の父が決める事だし、出場しようがしまいが好きにすれば良いとも思う。だが、健太の口から出たのは自分の父が優勝する事を疑わないような言葉だ。彼の父の料理を何度も食べている自分達が、未だ『不味い』という感想しか抱けない料理しか作れないというのに。そんな事を思いながら勇達は健太を驚いた表情で見つめる。内心、余計な事を吹き込んでしまった瑠璃に苛立ちを含ませながら――。

妙に乗り気な健太に驚き戸惑いながら、瑠璃に視線を送る3人。特に5人のまとめ役に近い立場である勇は、料理対決の後の事…正しくは優勝出来ず悲しみ嘆く健太の様子も想像したらしい。余計な事を言った瑠璃を睨み付ける。その相手が自分にとって『大切な人』である瑠璃でもだ。だが、当の瑠璃は自分が密かに恨みを含ませた瞳で見つめられている事に気が付いていないらしい。変に乗り気になってしまった健太を呆れながらも、何故か楽しそうに見つめている。それらの様子に翔と美々は勇に同情。琥珀も彼らの細かい心情や事情は未だ掴み切れていなかったが、微妙に空気が穏やかなものから張り詰めたものに変わったのは察したらしい。気まずそうに視線を巡らせていた。

そうして穏やかなものとは少し違った空気に包まれ、皆が黙り込む事しばし。さすがに海の音だけが響く異様な空気に堪えられなくなったのか。翔はタメ息のようなものを漏らしたかと思うと、徐にこんな言葉を呟いた。

「…料理対決に出場するかどうかは最終的におじさんが決める事だと思いますが…。優勝はかなり難しいと思いますよ。」

「え〜？　どうして〜？」

「…『ああいう大会』みたいなものって、よほど自分の料理に自信を持っているような人じゃないと難しいからですよ。健太のおじさんの料理は確かにマズ…いえ、独特な味で好き嫌いが分かれ易い物が多いです。でも味も優勝が難しいと思う理由ですが、何よりおじさんは自分の料理に自信を持てていないと思うんです。その事は…おじさんを近くで見てきた君も気が付いているでしょう？　何となくだったとしても。」

「っ！　そっ、それは…。」

途中でまた健太が嫌がるであろう言葉を翔は口に出しかけてしまったが、言われた相手はその事に気が付いてはいないらしい。むしろ翔が続けた言葉は健太が密かに感じていたものでもあって。直球で言ってくる彼に言い返す事が出来ない。そればかりか翔の言葉に続くように他の2人も口を開いた。

「確かにおじさんって…いつも自信なさそうだよな。前、島に雑誌の人が来た時も、取材を断ったみたいだし…。」

「うん…。あの時は私のお母さんも残念がってたよ。『健太君のお父さんも取材に答えれば良かったのに〜！』って…。もっ、もちろん『まぁ、それがあの人らしいのかもね。』っていう事も言っていたから…別に怒っていたりとかはしていなかったと思うけど…。」

「う〜！　それは僕も思っていたけど…！」

よほど悔しいと感じた出来事だったのか。2人の言葉に健太は嘆き始める。だが、その健太の反応や2人の言葉の意味が分からなかったのか。琥珀は不思議そうだ。そして戸惑いながら不意に尋ねた。

「あの…取材って?」

「ん?　ああ。この島にね、去年雑誌の人が来たの。詳しくはよく分からなかったけど『色んな島の事を撮りたい』って言われて、話を聞かれたり写真を撮られたりしたの。私も撮って貰ったりしたんだ!」

「へぇ～。そんな事があったんですね。」

「ああ。写真のほとんどは使われなかったみたいだけど、瑠璃は変に目立つ奴だから…。写真もちゃんと載せて貰ってたんだ。」

「…『変に目立つ』って、どういう意味?　勇。」

「あっ…。」

「はいはい。落ち着きましょうよ、瑠璃。」

「そっ、それよりもさ…!　明日、雑誌を持ってきてあげたら…どうかな?　琥珀君も…見たいよね?」

「そっ、そうですね…。『雑誌』と呼ばれる物は、海に漂うボロボロになったのしか見た事がありませんし…。興味があります。何よりこの島の事をもっと知りたいですし…。」

「分かった!　明日、持ってくるね!」

思わず漏らしてしまっただけの言葉だったが、変に不機嫌になりそうな瑠璃。それでも幼馴染達と、空気を読んで話も合わせてくれた琥珀の言葉の効力だろう。瑠璃の機嫌は徐々に直っていく。その様子の変化は琥珀でも分かるほどで彼は何だか安心する。そして話を切り替えようとしていた幼馴染達も、作戦が成功した事に一安心。それと同時に琥珀に対して感謝の想いを抱くのだった。

そうして琥珀の協力もあって、妙に張り詰めていた空気が僅かに緩んでいく。すると空気が戻っていったのを見計らったように、健太が再び口を開いた。

「とにかく！　料理対決があるんなら参加する～！　それで優勝して～！　父ちゃんの料理を認めさせるんだから～！」

「いや…お前がやる気になってもな…。」

「ええ…。参加して貰うのはおじさんなんですよね…？　色々と間違っている気が…。」

「ふっ、2人共…！」

張り切って気合いを入れるように声を上げる健太に対し、勇と翔は呆れた様子で呟く。その声はいつになく気合い十分な健太には聞こえていないようだが、もし聞こえてしまえば再び機嫌を悪くしてしまうだろう。そう感じた事で美々は必死に2人を止めようとしたのだが…。

「まぁ、参加するかどうかはおじさんが決めれば良いんだし。話だけでもしてみれば？ただ対決の日まで少ししかないから…。」

「分かった～！　帰ったらすぐに話をしてみるね～！」

「あっ！　ちょっ、健太⁉」

瑠璃の言葉を受けて健太は勢いよく立ち上がると、空となった重箱を持って住居がある方へと駆け出す。その様子は常日頃ののんびりとした様子とは違い、かなり素早い動きだ。しかも動きと相まって彼の耳には声が届いていないらしい。思わず呼び止めようとした勇の声に振り向く事なく走り抜けていく。その様子に4人は思わず固まるのだった。


初めて見てしまった幼馴染の姿に固まる事しばし。一瞬でも再び静寂な時間が生まれたからだろう。事の成り行きを見ていた琥珀の耳に聞こえていた波音が、心なしか大きく響いていた。それを感じながらも瑠璃達に何と声をかければ良いのか分からず黙り込んでしまう。すると健太を呼び止めようとした勇が、やはり一番最初に我に返ったようだ。瑠璃に対してこんな事を言い始めた。

「…っていうか、変に煽るなよ。瑠璃！　健太のヤツ、妙に気合い入れたじゃねぇか！　どうするんだよ⁉」

「っ！　そっ、そうですよ！　このままじゃ…本当に参加しちゃうかもしれないですよ⁉」

「おっ、落ち着いて下さい…！」

「そっ、そうだよ…！　瑠璃ちゃんだけを責めちゃ…！」

勇の言葉に続くように瑠璃に対して責める翔。その2人を琥珀と美々は止めようと必死に声を上げる。それらの様子は直前が嘘のように何だか騒がしいものに変わっていて。波音が感じられないほどになっていた。

　だが、周りの様子が騒がしいものに一変していても、瑠璃は特に気にならないようだ。それは元々が騒がしい性格なのだからかもしれないが、声を荒げる皆を見つめながらも僅かに首を傾げるだけだ。そればかりか不思議そうな表情を浮かべながら、こんな事を言い始めた。

「別に良いんじゃない？　参加するかどうかは、おじさんが決める事なんだし。好きにさせちゃえば。」

「いや、そうなんだけど…！　優勝出来なかったら…！　健太の機嫌が…！」

　なおも責めるような言葉を浴びせる勇。それに対し瑠璃は呆れたのかタメ息のようなものを漏らしながら言葉を続けた。

「…それにさ。私は料理対決に出れば、健太のおじさんが変われると思うんだよね。少しだけ自信が持てるようになるっていうのか…。そうすれば美味しい物も作れるようになるかもよ？」

「瑠璃…。」

「あと私は…おじさんの料理嫌いじゃないよ？　味は…まぁ食べるのが大変だけどさ。何だろう…。『温かい』…っていうのかな？」

「えっと…。『愛情が込められている』…っていうヤツですか？」

上手く表現が出来なかった瑠璃は考え込みながら言葉を紡ぐ。それを聞き、幼馴染達の中で一番『そういう事』に長けた翔が考えながら言い直す。すると自分の言いたかった事が上手く訳された事が嬉しかったのか。瑠璃は笑顔で頷いた。

「そうそう！　健太のおじさんが作る料理は愛情が沢山あるんだよ！　だから食べていて何だか安心するんだ。あっ、なかなか食べられないんだけどね！」

「確かに…。瑠璃ちゃんが言いたい事、私は分かる気がする。私も毎回料理すると、お母さんが言ってくれるの。『美々の料理は優しい味がするね。私の事を考えて作ってくれるからだね、きっと。』って。特別に凄い料理を作っている訳じゃないんだけど…。」

「いや、美々の料理は普通に美味しいぞ？」

「ええ…。少なくても瑠璃さんが作った物よりは美味しいです。」

「あっ、ありがとう…。」

「…って、どういう意味よ!?　2人共！」

「あっ、あの…。話がまた…少し外れているような…。」

瑠璃の言葉に対し何となく体験談を出してみた美々だったが、2人から褒められる事は予想していなかったらしい。思わず照れて俯いてしまう。だが、その微笑ましいやり取りを目の当たりにしても、瑠璃は何気に言われた言葉に腹が立ってしまったようだ。不満げな表情を浮かべながら騒ぎ始める。その様子もまた微笑ましいと言えば微笑ましいものだが、話はやはり本来の部分から外れ始めている。それを何となくでも感じた為に琥珀は思わず声をかければ、どうやら自分でも気が付いたらしい。瑠璃は誤魔化すように軽く咳払いをする。そして改めて力強い声で続けた。

「とにかく！　私は健太のおじさんが料理対決に参加するってなったら応援するの！　優勝はさせられないけど、おじさんの料理は嫌いじゃないから！」

「まぁ、それは…俺も一緒だな。おじさんの事は嫌いじゃないし…。」

「うん！　私も応援するよ！」

「仕方ないですね…。皆さんがそこまで言うなら…僕も応援しますよ。まぁ、僕らが応援しても…優勝は難しいかと思いますが。」

瑠璃の力強いその言葉に同調しながら皆は頷く。その様子は一見すると瑠璃に言わされているのかと思われそうだが、彼らが口にする言葉は本心であって偽りはない。それを言い出しっぺの瑠璃だけでなく、琥珀も感じたらしい。目の前で繰り広げられている会話は自分と関係のない内容のはずなのに、不思議と胸の中で温かいものが芽生えている事を実感する。それを表すように琥珀の表情は自然と柔らかいものになっていた。

瑠璃の言葉をきっかけに皆の意志は1つの方向に固まっていく。だが、その事だけで盛り上がる訳にもいかない。というのも、健太が帰った後になって気が付いてしまったのだ。それは…。

「…っていうか、健太が帰ってしまったらウロコ探しはどうするんです？　低い場所なら皆で取れるかと思いますけど…。高い場所の場合は難しいですよ？」

「あっ…。」

翔に改めて言われた事で皆はようやく気が付く。健太がいない場合の不便さにだ。何故なら健太は5人の中で一番動きがゆっくりなのだが、それを補うように体格が良く力も持っている。だからこそ高い場所の物を取ったりする時には、一番手を貸して貰っている人物だ。そんな『頼れる存在』である彼がいないとなると、ウロコ探しは困難になってしまうかもしれない。その事にようやく気が付いた皆の口からは間の抜けた声が漏らされる。それだけでなく焦った様子で次々と言葉を漏らしていった。

「さて…。どうすっかな…。」

「地面とか…草むらにあるのだったら私も拾えるけど…。」

「しょうがない…。ここは私が…！」

「いや、それは危険過ぎますよ。いくら君の運動神経が良くてもね。それに…もし下に落ちてしまったら、どうするんです？　受け止められる人はいないですよ？」

「でも…！」

健太がいない中でウロコ探しを行う自分達の姿を想像したらしい。3人の表情は徐々に曇っていく。それは不満そうに騒ぐ瑠璃の言葉が耳に入らぬほどで、3人は俯きながら考え込んでいた。

一方、そんな3人の様子を海から見つめる琥珀。だが、見つめるその表情は徐々に沈んだものになっていく。というのも、話し合う声が小さくとも自分の事で皆が考え込んでいるのを悟ってしまったからだ。それにより申し訳ない気持ちが強くなった琥珀は、こんな事を言い始めた。

「あっ、あの…。皆さん！　今日はその…帰ってくれても…大丈夫ですよ？」

「えっ…。でも見つけられたウロコ…少なかったよ？　それに私ならまだ動けるし…！」

「えっと…。」

　確かに瑠璃の言う通り、自分が指示した場所から見つかったウロコの数は2枚だけだった。今も何となくではあるが、同じ方向からウロコの気配も感じられる。だから探せばまだ見つかるかもしれない。それに自ら言った通り、瑠璃もまだ元気が残っているようだ。不満げにしながら言葉を発し、更に僅かだが琥珀を睨み付けてくる。その様子に一瞬琥珀は怯み、何と言葉を続ければ良いのか戸惑ってしまう。だが、自分と瑠璃とのやり取りを心配そうに見つめてくる瞳が、多少なりとも力になったようだ。小さく息を漏らすと決意したように口を開いた。

「ウロコを探してくれる気持ちは、とても嬉しいです。本当に感謝しています。でも…あまり夢中になり過ぎて瑠璃さんや皆さんが怪我をしてしまう姿は…見たくないんです。あっ、もちろん元の原因は僕なので…そんな事を言うのは変だとは思いますけど…。」

　そこまで言って琥珀は不意に言葉を途切れさせる。そして改めて瑠璃と彼女の幼馴染である3人を見つめながら続けた。

「でも…本当に嫌なんです。皆さんが僕のせいで怪我をしてしまうのは…。だって皆さんは僕にとって…『大切な友達』だと思っているんです。『人魚』と『人間』という別の場所に住み、全く違う者同士だとしても…。」

「琥珀…。」

本来の住処に戻れず、家族や仲間に会えないこの状況では琥珀が一番心細いはずだ。それなのに自分の事は顧みず、告げられたのは島で出会った子供…自分達を気遣う言葉だ。しかも告げるその姿は言葉と同様に優しさと共に真っ直ぐ澄んだものが含まれていて。見て聞いている瑠璃達を気持ち良くもさせていく。それと同時に琥珀の想いにも気が付いたらしい。少しずつ冷静さも取り戻す。その証拠に小さく息を漏らした音が聞こえたかと思うと、こんな事を告げた。

「…分かった。琥珀の為にも…今日はもうウロコ探しは止めるね。」

「瑠璃さん…。」

「でも…明日からはちゃんと探すから。もちろん皆で協力して、琥珀に心配させ過ぎないぐらいでね。」

「はいっ！　お願いします！」

騒動の発端は自分のせいだというのに、思わず余計な心配事まで口にしてしまった琥珀。だが、そんな彼に対しても瑠璃は責める事はない。むしろ同調するように告げた上で、彼への手助けをする意志を未だに示してくる。その姿は瑠璃達も自分の事を『友達』

と思っているもので。それを感じた事で琥珀の胸の中に宿る温かさは更に増すばかりだ。それにより琥珀の笑みはより深いものになり、嬉しさを主張するように海面を尾びれで叩いていた。そして心配そうにしていた琥珀の様子が、徐々に嬉しそうなものに変わっていったのが分かったからだろう。変に強くなっていたウロコ探しへの意欲は少しずつ落ち着いていく。それによりこの日のウロコ探しは結局止めたのだった。

そうして琥珀と瑠璃達が改めて友情を深め合っていた頃。一足早く皆から離れていった健太は自宅兼お食事処『まんぷく亭』へと辿り着いていた。相変わらず不人気な店であるからだろう。客は1人もおらず、まさに閑古鳥状態だ。だが、そんな静まり返った店内でも、やはり料理人としてのプライドがあるのか。父は厨房に立ち、料理の研究を続けているようだ。何かが焼けるような香りもしてくる。その匂いは瑠璃達や他の人々からすれば『焦げ臭い』と感じるだろうが、彼の息子である健太はそうは感じてはいないらしい。むしろ必死に厨房に立ち続ける父の姿が大好きである為、思わず見とれてしまっていた。

するとと見とれる健太の視線に気が付いたのか。はたまた入ってきた足音で気が付いたのか。振り向く事はしなかったが、徐に口を開いた。

「…どうしたんだ？　健太。今日はいつもより早いじゃないか。」

「うん。あのね、父ちゃんに話があって…。」

「？　話って…。あっ、少し待っててくれ。これが完成するからな。」

料理の途中だというのに一人息子が話しかけてきたからだろう。彼の父は会話に答えるべく一気に料理を仕上げていく。言葉通り更に火を通したかと思うと、コンロのスイッチを切り出来た物を皿に盛り付けたのだ。そうして完成させたのは、香ばしい香りを漂わせた魚貝入りの野菜炒めのようだ。魚貝とは明らかに素材の違う物が一緒に混ぜ込まれている。だが、料理名だけ聞けば美味しそうだと感じても、それを作ったのは独特な料理を完成させてしまう健太の父だ。案の定、皿に盛られた炒め物は各素材が判別しにくいほど全体的にくすんだ灰色をしている。香りも香ばしいと言えば聞こえは良いが、正直言って嗅ぎ続ければ咳き込んでしまうほどの強い臭いだ。それでも料理を作り上げた人物の息子である健太には、やはりこの強烈な臭いや見た目は通用しないらしい。むしろ父が作った料理はどんな物でも好きだからだろう。見ている内に食べたくなったらしく、重箱の中に入っていた割り箸を取り出した。

取り出した割り箸で、父が作った料理に手を伸ばす事しばし。少し前に昼食を食べたはずだが、父の料理を食べ続ける健太の手と口の動きは止まらない。それればかりか他の人ならば1口食べれば箸が止まるような代物を、健太はためらう事なく食べ進めていく。そしてあっという間に皿に盛られた炒め物を空にすると、満足そうに自らの腹を軽く叩いた。

「ふぅ～。美味しかったよ～！　父ちゃん。」

「そっ、そうか…。というか…お昼ご飯は食べられなかったのか？」

「ううん。ちゃんと食べたよ～。っていうか、皆があまり食べなかったから僕が残りを食べたりしたんだ～。」

「…それでよく食べられるな。」

「うん。だって父ちゃんの料理が大好きだもん！　いくらでも食べられるよ～。」

「そっ、そうか…。」

息子の食欲に改めて驚かされる健太の父親だったが、同時に芽生えたのは強い喜びだ。作った張本人でも食べるのに戸惑ってしまう料理を自分から、しかも嬉しそうに食べてくれるのだ。喜びを感じてしまうのは当然と言えば当然だろう。それが証拠に口元を緩ませながら空になった皿を下げた。

「それで…。何かあったんじゃないのか？」

「？　何かって？」

「いや、帰ってきた時に何かを言いかけていたみたいだから…。」

皿を洗いながら帰ってきた時の健太の様子が気になり尋ねる。だが、当の健太は昼食の後、更に父の料理を食べた事で気持ちまで満たされていたらしい。質問の意味が分からなかったらしく不思議そうに首を傾げる。それでも問い詰めるように自分の事を見つめてくる瞳で、ようやく父の質問と自分が言おうとしていた事を思い出せたようだ。笑顔のまま切り出した。

「あっ、うん！　あのね～、父ちゃんに話があったんだ～。」

「話？　それって…？」

「えっと…。瑠璃ちゃんから聞いたんだけど～。『さんご祭』の時にやるはずだった料理対決が、お祭りの前にやる事になったんだって～。」

「ああ、それは聞いた気もするが…。」

息子からの話に彼の父は知っていたかのように頷く。というのも、昨日来た島長の口から、そんな話が出ていたのを思い出したからだ。その時はただ島民の1人である自分に『さんご祭』に関する話をしにきただけだと思っていたのだが…。

「それで～、その料理対決が早くやる事になったから、自由に参加しても良くなったんだって～。だから父ちゃんも参加しようよ～。」

「…はっ？」

息子の話を聞きながら、皿や調理道具の片付けを終える父。食器洗いにより濡れてしまった手をタオルで拭いながら小さく息を漏らす。だが、安心したのも束の間、息子から驚きの提案をされた事で思わず間の抜けた声も漏らしてしまう。そして続きの言葉も出なくなり、無言で息子を見つめる事しか出来なくなっていた。

だが、当の健太は自分の発言により、父の思考が停止してしまった事を分かっていないらしい。それが証拠に父を見つめたまま言葉を続けた。

「ねぇ～。参加しようよ～。皆の前で料理作ろうよ～。」

「いや…。さすがにそれは出来ないよ。俺は人前に出るのが苦手だし…。何より…美味しい料理だなんて作れないいんだから…。」

　呑気な声で再び出場を促す健太に対し、父はそう言って反論し始める。実際、自分の性格と料理の腕を熟知している為に無謀であると感じていたからだ。だからこそ口調は優しくとも反対の意思を示したのだが…。

「大丈夫だよ～。僕、凄く応援するし手伝うから～。それに僕は父ちゃんの料理が大好きなんだ～。美味しくって優しい味がね～。それを皆に伝えたいの～。」

「健太…。」

「だから～料理対決に出ようよ～。」

「…分かった。お前がそこまで言うのなら…。少し出てみようか。」

「わーい、やったー！」

　相変わらず呑気な声で話を続ける健太だったが、その内容は自分の気持ちを浮上させるものだ。現に息子の言葉に鼓舞されたからだろう。彼の父は息子の要望に同意するように頷いてしまう。そして自分の言葉に父が答えてくれた事がかなり嬉しかったようだ。直前よりも喜びを前面に押し出した笑顔になる。そんな彼の姿は父親からすれば可愛いと感じるものでしかなくて。そう感じてしまった事で、結局もう断り直す事は出来なくなるのだった。

　そうして料理対決に出場する事になった健太の父。その事に息子の健太はかなり嬉しそうだ。だが、喜んでばかりもいられない。健太の父は基本的な料理のスキルを上げる所から始めなくてはならないのだ。その事に関しては元『まんぷく亭』の主人の娘でもあり、彼よりも料理のスキルを持つ健太の母が海女の仕事の合間に教える事になった。『火加減には十分気を付ける事』や『味付けは感覚ではなくて味見をしながら進める事』という基本的なものから教える事になった。それは正直言って母にとって面倒臭いものだ。だが、一生懸命応援する息子の姿や、何より以前よりも料理に対して真摯に向き合う夫の姿を見たからだろう。段々と協力したいと感じるようになる。それにより彼女の指導はより厳しいものになったが、息子が傍で見守っていたからか。教える側も学ぶ側も意欲は消えない。その結果、指導から僅か2日で基本的な料理はほぼマスターし、失敗もほとんどしなくなっていた。

だが、基本的な料理を学び直す事が出来ても、料理対決で良い成績を残す事は難しそうだ。というのも、改めて瑠璃から聞いた話によると、運営側から『当日は何かオリジナルの物を出す事』と言われたようなのだ。その『オリジナルの物』は食べる事が出来れば何でも良いそうなのだが、健太の父に手の込んだ物は作れない。それは健太の両親が共に感じてしまった為に、やる気は徐々に失われていく。そして健太自身も両親の悩みが変に伝染してしまったらしい。心配そうに2人を見つめ、気持ちも沈み始めていた。

そんな健太の様子に幼馴染達は当然気が付く。特に料理対決の話を持ちかけた瑠璃は、自分にも少なからず原因があった事にようやく気が付いたらしい。何時にもなく浮かない表情になっていた。

「どうしよう…。私のせいだ…。私が…変に誘っちゃったから…。」

「瑠璃…。」

確かに料理対決の話を出したのは瑠璃からだったし、力強く薦めてきたのも彼女だ。だからこそ責任感を持つのは当然なのかもしれない。だが、瑠璃に促されたとはいえ、それに何だかんだ言って乗ってしまったのは自分達だ。責任と呼べるものは自分達にもある。それを口にすべきなのだろうが、上手く言葉がまとまらず声に出す事も出来ない。その結果、勇は気まずそうに瑠璃から視線を逸らすと、そのまま俯くのだった。

すると2人の間で微妙に張り詰めた空気が流れているのを、他の皆も傍にいた事で感じ取ったらしい。少し考え込んだかと思うと、不意に翔は口を開いた。

「でも…『オリジナルの物』ですか…。難しいですね…。」

「そうだね…。どんなものが良いんだろう…。おじさんらしいものが良いよね…。」

「うん…。僕も考えているんだけど…分からなくて…。僕は父ちゃんの料理はどれも美味しいから、どんなものでも良いと思っているんだけど〜。父ちゃんは『料理が出来ないから余計難しい』って言ってて〜。」

「まぁ、そうでしょうね…。」

健太は未だに自分の父親の料理の腕を分かっていないようだ。いくら少しずつ彼の料理技術が上達したと言っても、オリジナル料理など到底作る事が出来ないというのは自分達でも分かっているのにだ。その盲目さに呆れてしまう翔だったが、健太が密かに悩んでいる事も当然分かっている。そして分かった上で少しでも健太の悩みを減らしたいと考えたのだろう。一緒になって考え込み始めた。

一方、そんな皆の様子を海から顔を出して見つめる琥珀。だが、その表情は皆と同様に浮かない表情をしている。無理もない。自分の大切にしている友人達が落ち込んでいるのだから。それも理由は友人同士の些細な事なのだろうが、知り合ってまだ間もない自分が何かを言う訳にはいかない。それでも同時に抱いたのは、この微妙に張り詰めてしまった空気を断ち切らせたいという想いで。その想いを実行させるべく琥珀は思考を巡らせた。

すると琥珀の脳裏に『ある物』…瑠璃から見せて貰った雑誌の事が過る。そこには先日聞いた通り、珊瑚島の事が書かれたページがあった。しかも内容は島内の様子や、島民の事だけでなく島の特産物の事まで書かれていたのだ。それらの内容を上手く使えれば友人達の悩みも少しは解消出来るかもしれない。この島の事も島に住む人達の事もよく知らない琥珀である為、そう考えてしまうのは単純だと思われるだろう。それでも自分を『友達』と言ってくれた5人の悩みを少しでも解消したいと思ったからだろう。戸惑いを含ませながらも、こんな言葉を口にした。

「あっ、あの…！　この島らしい物を使うのはどうでしょうか…！」

「『島らしい物』…？　って、言われてもな…。」

「確かにこの島は美味しい貝とかが採れるけど…。でも…『島暮らしだと珍しくない』って言うし…。難しいかも…。」

「そっ、そうですか…。何か変な事を言って…すみません…。」

「いっ、いや！　琥珀は悪くないよ！　だから…謝らないで…！」

美々からの言葉に変に冷静さを取り戻してしまったからだろう。琥珀は申し訳なさそうに呟く。その姿は考え込みながらも見守っていた瑠璃も更に落ち込みそうな姿だ。だからこそ必死に謝り返すのだった。

一方、そんな瑠璃達のやり取りを、終始考え込みながら見つめ続ける翔。この日も健太が持ってきていた重箱入り弁当を見ている内に、何を思ったのか。不意に動き始めたかと思うと、重箱の中に僅かに残っていた物を指で拭う。それは健太の父が作った『特製ソース』で、何故か指先に付いたそれを口に含ませる。それにより量が少ないとはいえ、当然口の中には独特な風味が広がったからだろう。翔の表情は瞬時に青ざめていく。だが、不快に感じてしまう味に屈する事なく何とか飲み込むと、徐に口を開いた。

「このソース？　を変えれば…他の人でも食べられるかもしれません。」

「え…？」

「あくまで僕の感想ですけど…。おじさんって揚げ物を作りたがるみたいじゃないですか。実際、最初に味が落ち着いたのは揚げ物でしたし。ただ…揚げ物が良くなっても、このソースで壊している気がするんです。なので、少しでも味を変える事が出来れば…もう少しまともになるんじゃないでしょうか？　まぁ、単純な話と言えば単純ですし、あくまで僕の感想…。」

「それ良いね！　面白そう！」

いつもの癖でつい生意気な事を言ってしまったが、よほど深く悩んでいたからだろう。その事を自覚しないまま言葉は声となって、幼馴染達の耳に入ってしまう。それでも当の幼馴染達も悩んでいるからだろう。失礼な翔の言葉に反論しようとはしない。むしろ彼からの話が名案だと感じたようだ。瑠璃と同調するように頷く。それだけでなく瑠璃の次の言葉を発端に話し合いを始めた。

「でもソースの味って、どうすれば変わるんだろう？」

「う〜ん…。テレビとかで観ると、お野菜やお肉やお魚、あと海草？　から取れるダシで味が変わるって言ってたよ。」

「ダシか…。けど何を使ったら良いんだ…？」

母親の為に日々家事をこなし、料理も一通り作る事が出来る美々。だが、どうやらそれは自分の経験だけでなく、テレビ等を使って情報を得ているからららしい。そんな彼女の姿は勉強熱心という言葉が相応しいもので。幼馴染達も改めて内心驚かされてしまう。それでも驚き以上に感じたのは、母の為に学ぶ事を怠らない彼女に感心したという様子だ。それが証拠に幼馴染達は、少し目を見開きながら美々の事を見つめる。だが、美々に感心しても良いアイディアは思い付かない。それにより5人は考え込み静まり返ってしまうのだった。

そうして考え込んでしまった事で、皆の間で再び沈黙した空気が流れる。その空気は海から顔を出して5人のやり取りを眺め続けていた琥珀も、無意識に戸惑わせてしまうものだったらしい。その視線は定まらず、明らかに困惑とした色を含ませている。すると言葉も発せられないほどに戸惑った様子の琥珀に気が付いたからか。はたまた彼を見た事で自分達の大きな目的を思い出したからか。今更ながら今日のウロコ探しを行うべく準備を始める。そして新たな決意と共に今日の海が穏やかな様子にも気が付いたらしい。それを見計らったように今日は海中でのウロコ探しを行うつもりのようだ。着替えたかと思うと軽く準備体操も行い、瑠璃は海に勢いよく飛び込んでいく。その流れは周りが言葉を発せられないほど素早いもので、現に皆は瑠璃のそれらの動きを見つめる事しか出来ない。そして当の瑠璃も皆が何も言えないのを良い事に海中へ潜り込んだ。

飛び込んだ海の中は、この数日間の荒れ模様が嘘のように穏やかだった。周りの岩肌や水流で揺らめく海草の動きもはっきりと見え、変に体に力を入れずとも泳ぎ回れるほどに静かでもある。その事に正直物足りなさも感じてはいたが、大切な友人の為にも瑠璃は水中を泳ぎ回る。すると岩肌に見覚えのある光が張り付いているのを発見。瑠璃はその光…岩肌に張り付き地上からの光を浴びて更に輝くウロコに近付くと、はがす為にヘラ状のスプーンを宛てがった。

その後、周辺の岩に張り付いていたウロコをいくつも発見した瑠璃。最近、健太の父親の料理対決の話もあって、あまりウロコを回収出来なかったからだろう。その事を補うように次々とヘラ状のスプーンでウロコをはがしていく。そして5枚ほど集め終わると、琥珀に返すべく海上へと向かって泳ぎ始めた。だが…。

（新しいソースか…。）

目に付くウロコを一通り集め終え、後は海上に上がるだけになったからか。一安心した事もあり、瑠璃の脳裏に海に潜る前の出来事が過る。健太の父の料理を美味しくさせる為の方法について、幼馴染達と話し合っていた事が…。

（…『美味しい物を作るにはダシが大事』って美々が言ってたっけ。そのダシが海草からも取れるとも言っていたな…。そうだ…！）

幼馴染からの言葉を思い出した瑠璃は、名案が思い付いたように海中で手を打つ。当然それだけではなく彼女は更に泳ぎながら、ウロコの他に『ある物』を手に取る。そして満足そうな表情を浮かべながら海上へと上がっていった。

一方の地上では、瑠璃の幼馴染達が浮かない表情をしていた。というのも、気が付いたら瑠璃が海の中に入っていた上に、未だ地上へ上がってこないのだ。確かに常日頃から時間さえあれば海に潜り、地元の海女達も驚くほど長く潜れるぐらい肺活量や泳ぐ能力に長けてはいる。だが、それでも10分以上潜り続ける事は珍しく、むしろ幼馴染達にとっても初めてだと感じる出来事だ。それは同時に心配という想いを芽生えさせ、段々と不安という感情へと変わっていく。その証拠に皆の表情は曇り始め、切羽詰まった声が漏らされるようになっていた。

「何か…瑠璃ちゃん遅いよね？」

「本当だね～…。美味しい物でも見つけたのかな～？」

「お前は本当にそればっかりだな。けど…本当に上がってこないな。もしかして何かあったのか？」

「僕、見てきます！　こうなってしまったのは、元々僕のせいですし…。」

「いや、ウロコが全部ないと潜るのは難しいのでしょう？　なら無理しない方が良いですよ。こういう場合なら本来は島の大人を呼んでくるのが一番なんでしょうけど、そうしたら琥珀の存在に気付かれてしまいますし…。かと言って、僕達は潜れないし…。どうしましょう…。」

海に潜ったままの瑠璃を心配し、皆は口々に言葉を漏らす。本当ならばすぐにでも海中へ潜り確認すべきなのだろうし、皆の気持ちもそうしたいのは山々だ。だが、島育ちとはいえ瑠璃の幼馴染達は皆、彼女のように泳ぎが達者ではなく深く潜る事も出来ない。それもあって皆は心を乱していたが、体は全く動かす事が出来なかった。

そんな時だった。琥珀の近くの海面から気泡が見えたのは。しかも気泡だけではない。僅かな水音も聞こえたかと思うと、何かが一気に姿を現したのだ。その正体は…。

「…瑠璃さん！」

「良かった！　無事だったんだな！」

「？　あっ、あぁ…。よく分かんないけど…。ウロコはいくつか見つけたよ？　ほら。」

無事に海上へ上がってきた瑠璃の姿に、皆は安堵を含ませた息と声を漏らす。だが、直前の皆の様子を知るはずもない瑠璃は不思議そうにするだけだ。そればかりか皆が気にかけているのは琥珀のウロコだと思ったらしい。海中の岩からはがした5枚のウロコを得意気に見せる。その相変わらずな姿に皆は呆れそうになるが、無事だった事と新たなウロコを集めてくれた事に、思考の大半が占めたからだろう。誰も瑠璃を責めるような言葉を口にはしなかった。

そうして得意気な様子の瑠璃からウロコを受け取る琥珀。だが、受け取ろうとした時に琥珀は気が付いた。瑠璃の手の中にウロコ以外の物、海草が握られていた事に…。

「あの…それは？」

「あぁっ、これ？　海の中からウロコと一緒に採ってきたの！　使えるかなって思って！」

「使うって…。」

「もちろん健太のおじさんの料理に！　ほら、美々が『海草は良いダシが取れる』って言ってたじゃん？　だから採ってみたの！　どうかな？」

「えっ、えっと…。」

元気良く答える瑠璃だったが、それを受け止める琥珀は上手く言葉を出す事が出来ない。しかも助けを求めるように周りを見てみれば、他の4人も固まってしまっている。無理もない。瑠璃が海中から採ってきた海草は良いダシが取れる事で有名な昆布と言った類ではなく、明らかに有名ではない小さい物だったのだから。それはどう見てもダシが取れそうな物ではなかったが、採ってきてくれた相手は料理も知識もない瑠璃だ。仕方がないと言えば仕方がないのだろう。改めてそんな事を思いながら、勇は思わず考え込み始める。瑠璃の気遣いを否定し過ぎず、かと言って海草の事を上手く指摘出来る方法を…。

するると考え込む勇の傍らで1人の人物が動き始める。それは幼馴染達の中で一番知識を持ち、ある意味言葉も達者な翔だ。少し考え込んでいたかと思うと、徐にこんな事を言い始めた。

「こんな海草だけではダシは取れないと思いますよ。小さいですし。昆布とも違いますしね。」

「え〜、そうなの？　良い考えだと思ったから、せっかく採ってきたのに…。」

翔の正直過ぎる言葉に瑠璃は僅かに沈んだ表情を見せ、不満げな言葉も漏らす。その様子に勇だけでなく、再び広がりそうになる不穏な空気を察知したのだろう。琥珀まで内心焦り始める。すると彼らのそんな様子に気が付いているのか、いないのか。翔は再び口を開いた。

「まぁ、『ダシが取れない』って言っても、これだけだと…って話です。もっとダシが取れそうな物を足せば良いんですよ。」

「ダシが取れそうな物…。」

「ええ。確か貝類とかでもダシって取れるんですよね？　美々さん。」

　再び広がりそうになっていた不穏な空気を、怖がりな性格である事からも察し怯えていた美々。だが、そんな美々に対して翔は徐に質問を投げ返してくる。それにより美々は思わず肩を跳ねさせてしまうが、素直で律儀な性格でもあるからだろう。突然過ぎる質問に戸惑いながらも頷いた。

「うっ、うん…。テレビでも言っていたし、私もたまにそうするよ。小さい貝だとその分沢山いるけれど…。ダシはちゃんと美味しいよ。」

「なるほど。つまり沢山の貝があれば、それだけダシが取れるって事か。それで美味しいダシが取れれば…ソースの味も良くなるって事なんだな。」

「ええ。まぁ、僕達が勝手に考えただけですし、そこまで上手くいくとは限りませんが…。」

　話を聞いていく内に翔が何を言いたいのか分かったようだ。勇は自分で理解したなりの事を周りに聞かせるかのように声に出す。すると勇が翔の言いたい事をまとめ声にしてくれたおかげか。なかなか話を理解する力が低い瑠璃も、ようやく理解出来たようだ。それが証拠にこんな事を言い始めた。

「分かった！　つまりは海草だけじゃなくて、貝も採ってくれれば良いんだな！」

「えっ、ええ…。ただ少し休んだ後の方が良いと思いますけど…。」

「じゃあ、行ってくる！」

「あっ、おい……！」

「るっ、瑠璃さ……！」

話を理解した途端、琥珀に海草を渡して再び海中に飛び込む瑠璃。その一連の流れは素早く、皆が止める時も与えてはくれない。それにより皆は瑠璃が再び無事に上がってくるのを祈る事しか出来ないのだった。


更に時間は過ぎて。時計を誰も持っていない為誰も正確な時刻は分からないが、どうやら夕刻に差し掛かっているらしい。それを表すように島に差し込む陽の光は夕日特有の朱色をしていて、海面をも染め上げている。そして時間の経過を示すように、翔達の前には大量の貝と海草が山積みにされていた。

「どう、凄いでしょ!?」

「あっ、ああ……。すっ、凄いとは思うが……。」

「こっ、これは……採り過ぎではないでしょうか……?」

あの後、何度も海に潜り貝や海草を採っていた瑠璃。その成果は絶大で、水色の8リットルバケツには溢れるぐらいの貝や海草が詰め込まれている。それは瑠璃のパワフルさを改めて思い知らされるもので、皆は思わず固まってしまう。それでも翔がつい責めるような言葉を呟けば、瑠璃はすぐにこう答えた。

「え〜。だって、こういうのって多ければ多いほど良いってもんでしょ？　健太のおじさんが沢山練習出来るようにさ。」

「えっ…。もしかして…その為に採っていたの？」

「うん！　少しずつおじさんの料理が美味しくなったって言っても、材料は沢山あった方が良いんでしょう？　それにこれだけあれば別の料理にも使えるだろうし！」

「何か…色々と凄いですね。瑠璃さんって…。」

　幼馴染の為とはいえ、その行動力の凄さに琥珀は感慨を含ませた声を漏らす。それに対し当の瑠璃は得意気な表情で胸を張るのだった。

　一方の健太はというと、普段と違い戸惑った表情になっている。無理もない。自分が勝手に盛り上がるようになっていた事に乗ってくれただけでなく、その手伝いとして材料集めまでしてくれているのだから。しかも父の事を見越してか、材料は多めに集められていて。その量は健太でも驚いてしまうほどだった。

「？　どうしたの？　健太。」

「えっ…。どっ、どうしたって…？」

「いや…。何か元気がないみたいだからさ。お腹でも壊したのかなって思って…。」

「ああ…。確かにあり得ますね。いつも食べ過ぎていますから。」

「お前らな…。」

「だっ、駄目だよ…！　そんな事言っちゃ…！」

驚きのあまり固まってしまう健太の姿に、幼馴染達もさすがに驚いたようだ。発せられる言葉はいつものように大食漢の健太を戒めるような内容だったが、表情は戸惑いを含ませたものを浮かべている。すると当の健太は一瞬驚いたようだが、すぐにいつもの様子で答えた。

「違うよ～？　お腹が痛くなった訳じゃないんだ～。ただ嬉しいなって思って～。」

「…嬉しい？」

「うん。だって僕の為に、こんなに採ってくれたんでしょう～？　ありがとうね～、瑠璃ちゃん。」

「…ううん。私は自分がやれる事をしただけだよ？　最初、料理対決の話をしたのは私だったしね。だから…少しでも手伝いたかったんだ。」

常と変わらないのんびりとした口調の健太に対し、お礼を言われた瑠璃は僅かに沈んだ表情と言葉で答える。それでも一瞬でいつもの笑顔に戻ると、こう言いながらバケツを渡した。

「だから…おじさんに渡しておいてね？『明後日の対決頑張ってね。』…って事も一緒にさ。」

「うん。本当にありがとうね～。」

貝と海草が大量に入ったバケツを手渡されただけでなく、自分の父へ向けて健闘の言葉を投げかける瑠璃。その事は当然健太にとって嬉しく感じるもので。笑顔でバケツを受け取った。

一方、そんな幼馴染2人のやり取りを見て、他の皆もようやく一安心したようだ。直前までとは違い、その表情には僅かな微笑みが浮かべられている。妙に張り詰めていた空気も緩み、それを感じ取ったからだろう。琥珀も自然と笑顔を取り戻していく。すると穏やかさを取り戻したからか。不意に翔はこんな事を言い始めた。

「じゃあ僕達もおじさんの健闘を願って、贈り物をしましょう。」

「えっ…。でも私達は何も用意してないよ？」

「そうだぞ。そりゃあ何かはあげたいけどさ…。」

「ええ…。僕も同じ気持ちではありますけど…。」

ようやく空気が落ち着いたというのに、妙な提案をしてくる翔。それに対し皆は戸惑いを含ませた声を上げる。だが、そんな皆の戸惑いも翔は分かっているらしい。戸惑った様子の皆を見つめながら言葉を続けた。

「甘いですね。僕は別に物をあげようとした訳ではありませんよ。…アドバイス、つまり助言をあげようって言うんです。」

「助言…？」

「ええ。『おじさんのソースがどうすれば美味しくなるか。』って事を書き出すんですよ。ほら、僕達って健太やおばさんの次におじさんの料理を食べているじゃないですか。だから味も分かっている方だと思うんです。なので、色々と言えると思うんですけど…。どうでしょうか。」

「それ良いね！　そうしよう！」

戸惑った様子の他の幼馴染達に説明していたつもりなのだが、何故か勢いよく答えたのは瑠璃だった。その姿に正直言って呆れてしまう翔だったが、瑠璃を戒める言葉は出なかった。というのも、よく見れば健太と自分を除く幼馴染2人が力強く頷いているのだから。その表情は驚きながらも翔の出した提案が名案だと感じているらしく、瞳まで輝かせていて。翔も何だか安心する。そして徐にズボンのポケットに手を入れると、いつも持ち歩いているメモ帳とペンを取り出す。そんな翔に勇達は次々と語り始めた。健太の父親の料理についての感想や、ソースの味についてのアドバイスを――。

第13話

　料理対決で健太の父が少しでも良い成績を残せるようにと始まった、翔を中心とした味の感想発表会。その内容は主にソースに関してなのだが、元々見た目も食欲を失う色をしていたからだろう。『色をもっと美味しそうな色にした方が良い』という事から始まる。更に味に関しても『もっと皆が食べ易い味にして欲しい』という言葉が出され、翔はそれを丁寧に書き込んでいく。だが、勇や瑠璃は普段料理とは無縁な生活をしているからか。その程度しか感想を出す事が出来ない。それでも母の為に普段料理をする事が多い美々がいるのだ。実際促すように翔が視線を向ければ、戸惑いながらも美々は答えた。

「えっと…。色はよくある茶色い物で大丈夫だよ。醤油を使えば良いと思う。それで味は…海草や貝から取ったダシを強めにするの。じっくりと煮込めば…きっとダシがちゃんと出ると思うから…。あと味付けは醤油で大丈夫だけど、変に濃くなり過ぎない方が良いと思う。せっかくのダシの味が壊れちゃうから…。」

「なるほど…。」

　やはり常日頃から台所に立ち続けているからか。告げてくるそれらの言葉は、他人からすれば単純なものだろうが的確なものだった。更に美々に続いて琥珀も口を開いた。

「そうですね…。僕は人の食べ物っていうのは健太君の家からのものしか、ほとんど食べれてはいないんですけど…。美々さんの話は良いと思いますよ。海草は味が薄めですけど、ここの貝は美味しいですし…。なので両方使えば美味しくなる…と思います。すみません…。よく分かっていないのに…。」

「いえ。ちゃんと意見を出してくれて嬉しいですよ。ありがとうございます。」

少しでも皆に協力するべく意見を出そうとした琥珀。だが、やはり海底近くに住むからだろう。上手く言葉を出す事が出来ず、美々からの意見を引用した事を口にする。それでも話を聞きメモを取り続ける翔は、お礼を口にしながら丁寧にメモを書いていて。そんな彼の真剣な様子に、琥珀はますます申し訳なく感じてしまうのだった。

それらの事を改めて詫びようとした琥珀だったが、結局そうする事は出来なかった。というのも、一通り皆から助言を聞き出して満足したのか。翔のメモを取る手の動きが完全に止まったのだ。そして破いたかと思うと、助言が書かれた紙を健太に手渡した。

「…というわけで、これが僕達の意見です。聞くかどうかはおじさん次第だと思いますけど…。一応、渡しておいてくれませんか？」

「うん！　皆、ありがとうね～！」

普段だったら皆から聞かされる父の料理の評価は不快に感じるものだ。だが、料理対決が近いからか。彼なりに珍しく悩んでいた事で、健太の耳は素直に皆からの意見を取り込んでいく。そして念の為にと翔が書き出してくれた意見書も、いつもの笑顔を向けながら素直に受け取った。

「本当にありがとうね～。父ちゃんに渡しておくよ～。それで僕もお手伝いするね～。」

「うん！　頑張ってね、健太！」

「…まぁ、頑張るのは健太じゃないけどな。」

受け取りながら意気込みを口にする健太に、奮い立たせるように声をかける瑠璃。その様子は少し前とは違い楽しそうでもあり、勇のツッコミも聞こえていないようだ。そんな瑠璃の様子に相変わらず呆れてしまう勇だったが、これ以上は言っても無駄だという事をよく分かっているからだろう。タメ息のようなものを漏らすだけだ。だが、そんな幼馴染の様子を気に留める事なく、健太はバケツとメモを手にしたまま自宅へと戻っていく。応援してくれる皆の気持ちがよほど嬉しかったのか。笑顔のままで…。

そうして皆から受け取った材料と味の評価が書かれたメモを手に自宅へと戻る健太。すると料理対決が近いからだろう。いつものように父は台所に立っているが、その表情は浮かなく眉間にシワまで寄せている。だが、明らかに近寄りがたい雰囲気も漂っているというのに、皆のおかげで機嫌が良くなっているからか。健太が気にした様子はない。そればかりか思考を巡らせる父の前に、貝と海草入りのバケツとメモを差し出した。

「…これは？」

「瑠璃ちゃんが採ってくれた貝と海草～。あと皆からの料理の感想だよ～。父ちゃんが料理対決に出るからって用意してくれたんだ～。『頑張って』とも言ってたよ～。」

「そうか…。」

差し出された物達が一瞬理解出来なかったらしい。健太の父は不思議そうに尋ねる。それでも息子からの説明ですぐ理解したらしく、それを表すように頷いた。だが、その表情は理解したはずなのに未だ浮かない。というのも、健太の父は未だに思い悩んでいるのだ。規模が小さいとはいえ、自分のような料理下手の者が料理対決に出て良いのかを。その想いは膨らんでいき、思わずこんな言葉を呟いた。

「…なぁ、健太。本当に…良いんだろうか。俺みたいなのが対決に出ても…。」

「…父ちゃん？」

「俺は…分かっているんだ。自分の料理の腕前を…。人前に出られるようなものじゃないって事を…。」

そう語る父の姿は最近の中で一番暗さを漂わせていて。室内の空気まで重苦しいものに変えさせるほどだった。

だが、重苦しくなる一方の空気を健太は徐々に変えさせていく。ある言葉をきっかけに…。

「確かに皆はさ、父ちゃんの料理を食べたがらないよ。でも僕は…父ちゃんの料理が大好きなんだ。だって食べると優しい気持ちになるからね～。」

「健太…。」

「僕は皆に…そんな父ちゃんの料理を認めてもらいたいんだ。」

一見すると常と変わらない穏やかさを含ませた様子で語る健太。それでも自分は彼の父親だからか。穏やかな声色の中でも真剣さを含ませている事に父は気が付いていた。それと同時に自覚したのは、息子の言葉により芽生えた強い『やる気』だ。その感情は普段からあまり芽生えないもので正直戸惑いも自覚する。だが、決して不快だとは感じなかったからだろう。父は小さく息を漏らすと健太が持ってきたバケツとメモを手に取る。そして改めて健太に向けて告げた。

「お前の気持ちはよく分かった。俺なりに頑張ってみようと思う。だから…手伝ってくれないか？」

「…うん！」

いつもより父が気合いを入れてくれた事が自分でも思っていた以上に嬉しかったらしい。健太は元気な声で返事をし、全身から放たれる空気も喜びを表している。その様子を父は愛おしそうに見つめ、２人のやり取りを密かに見ていた母も微笑みを浮かべるのだった。

その後、親子によってソース作りは始まる。だが、いくら自分の妻からの指導で料理の腕が少しずつ上達したとはいえ、ソース作りは全くの未経験だ。どう作り上げれば良いのかよく分からない。それでも息子の健太から言われた言葉の力か。自分でも驚くほどにやる気が満ち溢れていて。その事を自覚していた事で、父は自然と台所に立ち続ける。そして子供達からのメモを片手に作業を続けた。

まずは瑠璃が採ってくれた貝と海草を煮詰めてダシ汁を作る。材料の段階では子供1人で摂ってきたようには思えないほど大量だったが、やはり少しでも濃くダシを取るべく煮詰めたからだろう。煮込んだ後に出来た煮汁に近いダシ汁の量は少ない。それを無駄にしないよう父は何回分かに小分けすると、メモを基に味付けをしていく。そして味見をしては改良していくのだ。一見すると単調な作業の繰り返しに思えるような事だが、料理作りにおいては重要な事。何より大切な息子の願いを叶えてあげたいのだ。改めてそう思った父はひたすら作業を続ける。その集中力はどれほど時間が経過しているのか、父本人ですら分からなくなるぐらいだ。だが、父は空が闇色に染まっても、白み始め再び光輝くようになっても止めようとはしなかった。

そうして作業を続けて、どれぐらいの時間が経過しただろうか。ふと気が付けば窓の外から差し込む光は夏特有の眩しいものになっていて、それだけで昼近くになっている事が分かる。しかも台所の傍にあるダイニングでは、一晩中ソース作りに付き合っていた彼の息子・健太が椅子に座った状態で机に突っ伏して寝息を立てている。集中していた為にあまり気が付かなかったが、どうやらいつの間にか眠ってしまっていたらしい。それも眠る息子の様子や現在の時刻から考えれば、幼馴染達と会いにも行けなかったようだ。その事に申し訳なく思いながら、父は最後の味見をしてソースを仕上げていった。

　更に時間が少し経過した後。不意に甘く香ばしい香りを感じ取った健太の意識は、徐々に覚醒していく。そして目を擦りながら瞼も開ければ、台所から父が僅かに微笑みを浮かべながら見つめていた。

「…父ちゃん？」

「…付き合わせてごめんな、健太。でも、おかげでソースが完成したよ。」

「本当!?」

　父の言葉を聞き、健太は勢いよく立ち上がる。その瞬間、同じ姿勢で眠っていた事で体に微かな痛みが走ったが、健太は気にならないらしい。自分を見つめる父に駆け寄る。一方の父は駆け寄る息子を見つめながら、完成させたソースを少しだけ箸に付けて息子の口に含ませる。それに最初健太は驚いたように一瞬目を見開いたが、すぐに舌先を通して味が伝わったらしい。表情を緩ませるのだった。

　そうして無事にソースが完成した事に一安心する健太と父。すると直前に舌先で感じたソースの味を思い出したからか。ふと健太は『ある事』を思い付く。それは…。

「ねぇ、父ちゃん？　少しだけソースを貰える？」

「？　それは良いけど…どうしたんだ？」

　突然の息子の言葉に父は何とか尋ね返すが、その表情は戸惑いの色が見えている。だが、そんな父の姿にも息子の健太は気にならないようだ。それればかりかいつもと同じ人懐っこい笑顔で続けた。

「えっとね～…。皆に味見させたいんだ～！　父ちゃんを応援してくれたから、お礼も兼ねてね～！」

「…そうか。少し待ってなさい。」

従いたくなる息子からのいつもの笑顔と純粋な瞳を向けられた事で、父は自然と頷いてしまう。そして完成させたソースを息子の友人達に味見させるべく、野菜も用意していく。だが、手だけは味見の為の準備を進めていくが、その内面は騒がしくなっていた。自分の料理が息子以外に受け入れられるとは、未だ思えてはいなかったのだから…。

そんな不安を抱いていた父だったが、それは杞憂に終わる。というのも、皆にソースの味見をさせた健太が、自宅に帰ってくるなりこう言い始めたのだ。

「あのね～！　皆、凄く喜んでたよ～！『美味しい』って言ってた～！」

「そっ、そうなのか…？」

健太自身は父の料理を褒める事しか口にしないが、他人からの評価は嘘を言わず告げてくる。その事を実の父であるが故に分かっているのだが、未だ信じられないのだろう。浮かない表情を浮かべながら、口からは戸惑ったような声が漏れてしまう。すると父が納得し切れていない事を、健太なりに分かっていたのか。それとも彼の幼馴染達が気を利かせてくれたのか。健太は手にしていた小さな紙を父に差し出す。それを父は不思議そうに受け取ったが、目に入った文字を見て固まってしまう。何故なら…。

『新しいソース、美味しかったよ！』

『なかなかの味だった。』

『凄く美味しかったよ。』

『これなら少しは料理対決で頑張れるんじゃないんですか？』

「これは…。」

受け取った紙に書かれた子供達からの賞賛の言葉に、思わず驚きを含ませた声を漏らす。更に予想外の言葉達に思考が止まりそうになる父に、健太は言葉を続けた。

「ねぇ～？　皆、喜んでたでしょう～？」

「そう…だな。」

健太の問いかけに父は戸惑いを含ませたままの声を漏らす。だが、その表情は息子の幼馴染達から『ソースの感想』を受け取った後だからだろう。直前よりも表情は穏やかなものに変わっている。そして息子の健太も、そんな父の姿を見て更に嬉しくなったらしい。終始笑顔を浮かべるのだった。

そうして日も明けた翌日。健太の父はいよいよ料理対決の日を迎える事になった。その表情は一応料理が上達し、他の子供達からソースの味を認められたからと言っても緊張しているのだろう。強張ったものになっている。だが…。

「大丈夫だよ～、父ちゃん。父ちゃんの料理は優しいからさ～。食べたら皆『美味しい』って言ってくれるよ～。」

「…そうか？」

「うん！　絶対そうだよ～。」

自信満々に告げてくる息子にいつもなら呆れてしまうが、強い緊張を抱いている影響か。ありきたりな言葉だというのに、呆れよりも喜びの方が大きくなっている。それが証拠に息子からの激励の言葉は素直に滲み込んでいき、父の精神も浮上させていく。そして気分を浮上させたまま料理対決が行われる場所…島の港へと向かうのだった。

その頃珊瑚島の港では、料理対決に出席する者達が入港。それだけでなくカセットコンロや鍋と言った基本的な調理器具の他に、優勝の証としてのトロフィーである備品等も搬入。料理対決の担当スタッフ達はそれらを次々と設置していった。

「…よし。こんなもんかな？」

「大体の準備は出来たか？　そろそろ審査員長のミスター・ブラウンだけでなく、出場者もやって来る。機材だけじゃなく優勝トロフィーも開封しとけよ！」

「了解です！」

料理対決のプロデューサーらしき男性はそう指示を飛ばす。一方のスタッフ達は頷きながらも手は休めようとしない。指示通りに作業を進める。そして最後に優勝の証であるトロフィーの包装も解いてテーブルの上に設置。太陽光を受けたトロフィーは元々の黄金色を更に輝かせていた。

するとと会場の準備が出来たのを見計らったように、料理対決の出場者が港へとやって来る。その中には島外から来た2人の男女だけでなく健太の父。更には応援として健太や島長の孫でもある瑠璃もやって来る。おかげで常ならば波音と島民の気配が僅かにするだけの静かな港には、多くの人の気配がして。妙な賑わいを見せていた。

「え〜。では、時間にもなりましたし料理対決を始めたいと思います。出場者の皆さんは調理の準備を、応援の方々は囲いの外に移動して下さい。」

騒ぎ始める人達に聞こえるようにプロデューサーは声を上げる。それに対し健太達は頷くと、ロープで作られた囲いの外へと向かう。その様子を見ながら健太の父も調理場へと向かった。

一方、その頃。料理対決が行われている港から離れた別の海岸では、勇達が集まっていた。瑠璃達がいなくても琥珀のウロコを集めようと思ったからだ。正直言えば健太の父の料理対決の応援に行きたいという想いもあるにはある。だが、それ以上に琥珀の手助けをしたいという想いが強かった事もあり、応援に行くのは諦めたのだ。そして当初の目的の為に3人は集合。早速、ウロコ探しを始めようとしたのだが…。

「んじゃあ、俺達なりにウロコを探すか。」

「あの…！　ちょっと良いですか？」

泳ぎが達者ではない勇達は海中でのウロコ捜索を諦める。それでも陸上での捜索ぐらいなら出来ると考えた勇を筆頭に翔と美々は頷く。だが、動き始めようとした3人に琥珀はそう言って呼び止める。更には急に呼び止められた事で不思議そうにする3人に琥珀は言葉を続けた。

「その…ウロコの気配を探っていたら、今日はあちらの海岸の方に強い気配を感じたんですけど…。何か多くの人の気配も感じるんですが…。何かあるんですか？」

「えっ…。あっちって…。」

琥珀が言った方角に視線を向けた瞬間、勇達の表情は僅かに曇る。というのも、彼が指摘した先は島で一番大きな港がある場所なのだが、その分行事の会場にされる事が多い。現に今も料理対決が行われている場所なのだ。その事に気付いた3人は思わず顔を見合わせると、慌てて港の方向へと向かう。それを琥珀は不思議そうに見ていたが、必死に自分が指し示した先に向かう姿に何も言えなくなったのだろう。戸惑いながらも無言で見つめるのだった。


そうして3人が港の方向へ向かっていた頃。港で行われていた料理対決は大詰めに差し掛かっていた。皆の調理が一通り終わっていたのだ。その中には健太の父も含まれていて、自ら作り上げた揚げ物を皿に盛り付ける。当然それだけではなく、子供達に協力して貰い完成させたソースも添える。そして満足そうに息を漏らすと、審査員長であるミスター・ブラウンに食べて貰う為に運んだ。

丁度その時だった。強い風が1つ海から港へ吹き抜けたのは…。

「うわっ…！」

「きゃっ…!?」

急に発生した強い風にスタッフだけでなく、島育ちで環境に慣れているはずの瑠璃達も思わず悲鳴に近い声を上げる。その原因となる風は一瞬のものであった為、幸いにも機材等が壊れたり人が倒れたりするほどではない。だが、それでも勢いよく吹いたその風は僅かに荒れていた海の波を大きくするほどで。小さいとはいえ波しぶきが陸へと上がっていく。しかも巻き上げられたのは海水だけではなく、密かに海上を漂っていたウロコまで飛び出す。そして打ち上がったウロコは誘われるように優勝トロフィーのカップ内に侵入してしまう。まるで誘われているかのように…。

「ふぅ…。何だったんだ？　今のは…。あっ、失礼しました。では、審査を続けたいと思います。改めて料理を完成させた方から、審査員長のミスター・ブラウンの前に出して下さい。」

「はっ、はい…。」

突然の強い風に動揺しつつも、司会も行う担当プロデューサーはすぐに冷静さを取り戻す。その証拠に一瞬動揺を含ませた声を漏らすものの、何事もなかったように料理対決の進行を再開させる。一方、そんな司会の姿に健太の父は逆に戸惑うが、自分の息子が熱い視線を向けている事に気が付いたのだろう。気分を落ち着かせるように小さく息を漏らすと、自分の料理を審査して貰うべく揚げ物を載せた皿を運ぶのだった。

先ほどの騒動が嘘だったように、料理対決の方はその後も順調に進んでいく。既に一通り実食という方法での審査は終え、後はミスター・ブラウンの独断で優勝者が発表される…という段階になっていた。

「う～。僕までドキドキしてきたよ…。早く発表して欲しい～。」

「父ちゃんが優勝するとは思っているんだけど～。変にドキドキしちゃうよ～。」

「…そうだね。」

「そっ、そうだね…。」

『自分の父の料理が一番』という想いを抱き続けている健太は、やはり料理対決でも優勝出来ると思っているらしい。表情は一応緊張しているのか強張ってはいるが、その口から出てくるのは父の料理に対する自信を含ませた言葉達だ。そんな健太の傍らで瑠璃は頷くが、その表情は戸惑いの色を滲ませている。というのも、瑠璃には何となく分かってはいたのだ。健太の父は優勝出来ないという事を。もちろん自分は料理をほとんどした事がないし、食べた事があるのは祖父や島民達が作った料理ばかり。島外の人達が作った料理なんてほとんど口にした事がないから、他の人がどんな料理を作るのかは分からない。それでも瑠璃には妙な自信があった。いくら料理の腕が上がったとしても、ようやく食べられる物になったという程度。それぐらいの料理レベルである健太の父が、優勝出来る可能性と呼べるものがかなり低い事を。そして思った事で否応なしに考え込んでしまう。健太の父が優勝出来なかった時に、何て声をかければ良いのかを。普段の瑠璃ならば考え込まないはずだが、変に自信満々の健太を傍で見ているからか。はたまた対決への出場を薦めた事に責任を感じているのか。普段の彼女にしては深く思い悩んでしまう。そして深く考え込んだ影響だろう。いつの間にか瑠璃までもが、健太の父が優勝する事を祈るようになっていた。

だが、やはり奇跡が起きる事は難しいようだ。それが証拠に結果発表も行われたのだが、健太の父は優勝出来なかった。

「どうして…。どうして父ちゃんの料理は認められないの…？　僕は…大好きなのに…！」

「健太…。」

ある程度の予想は瑠璃でさえも出来ていたが、優勝出来るという考えしか抱いていなかったからだろう。結果が発表されるや否や、健太は悔しさのあまり声を上げ泣き始める。その傍らに瑠璃はいたが、何と声をかければ良いのか分からないからか。落ち込む彼の名前を呟いただけで、それ以上は何も出来なくなる。それでも気まずい空気を感じ取っているのは瑠璃だけだからだろう。料理対決自体は更に進行していき、遂には優勝トロフィーが授与される時になっていた。

その時だった。トロフィーを手にしたスタッフはある違和感に気が付く。手にしたトロフィーが異様に重く感じたのだ。

「？　何だろ…。」

「おいっ！　早くトロフィーの準備をしろ！」

「あっ、はい…。」

他のスタッフに言われ、我に返ったそのスタッフは改めてトロフィーを持ち上げる。そして指示通り司会も務めるプロデューサーの元へ運ぼうとしたのだが…。

「っ⁉　なっ、何だこれ…！」

「うわっ…！」

運ぼうとした時の振動が、中に入ったウロコには妙な刺激となってしまったらしい。トロフィーのカップの口から水が噴き出してくる。しかも噴き出す水の勢いは、何気に凄まじいものになっていたようだ。トロフィーを持っていたスタッフや受け取ろうとしたスタッフだけでなく、プロデューサーや出場者。更にはミスター・ブラウンや応援に来た皆も戸惑いの声を上げ、逃げ出す者も現れ始めてくる。そんな皆の様子は直前までの雰囲気と違い、慌ただしく切迫したものに変わっていった。

だが、皆が混乱に陥る中でも瑠璃は意外と混乱してはいなかった。というのも、次から次に噴き出す水を見て何となく気が付いたのだ。この水の正体が、琥珀のウロコから生み出されたものではないかという事に…。

「…行くよ、健太！　ウロコを回収しないと…！」

「えっ…？　ちょっと…！」

そう声をかけたかと思うと、急に駆け出していく瑠璃。その事に驚いた為に健太は我に返ったのだが、顔を上げた事でようやく気が付いた。父が優勝出来なかった事で落ち込んでいる内に、周りが少し大変な状況になっている事に。それは普段の健太ならあまり焦らないのだが、大好きな父が巻き込まれている事。更に直前の瑠璃の言葉を思い出したからだろう。何時にもなく表情を強張らせる。そして噴射される水を止めるべく、瑠璃の後を付いて行った。

だが…。

（近付けない…！）

トロフィーのカップから溢れ出る水は、予想していたよりも勢いがあるらしい。目の前で起きている事だというのに、トロフィーのカップに近付くのも非常に困難だ。しかも人魚のウロコから作られる水は、やはり特殊なものであるらしい。蛇のように時々うねっていて、更に瑠璃の行く手を阻む。それでも自慢の泳ぎで進み、瑠璃はようやくトロフィーへと到着。カップの底に張り付くウロコも取り出す事にも成功した。

「よし…って、うわっ！」

ウロコを取り出す事に一安心する瑠璃。だが、半分力が暴走した状態のウロコは止まらない。以前よりも水の勢いは凄まじく手だけではなく、全身ずぶ濡れの状態になり、流されそうな感覚にもなる。そんな状況に瑠璃は思わず声を上げてしまうが、ウロコを離そうとはしない。むしろ以前琥珀から聞いた話を思い出したのか。なるべく空気に触れさせないように、両手で挟み込んで強く握っていた。

そんな瑠璃の元に健太もようやく辿り着く。やはり5人の中で一番大きな体格の持ち主だからか。動きはゆっくりではあるが、水の抵抗はあまり響かなかったらしい。瑠璃がウロコの元に辿り着くまでにかかった時間よりは短かった。

「大丈夫？　瑠璃ちゃん！」

「あっ、うん…。大丈夫だよ。ただウロコの水が止まらなくて…。」

声はいつもの元気な様子で答えるが、その表情は僅かに焦りが見え隠れしている。それに追い打ちをかけるように瑠璃の手の隙間からは、ウロコから生まれたのだろう。水が滴り落ち、足元を濡らし続けるのだった。

その時だった。2人の耳に声が聞こえてくる。それは…。

「瑠璃ー！」

「健太君ー！」

「大丈夫ですかー！」

　突然の事態に子供以上に大人達は未だ動揺していて、2人から距離を取っている。だが、そんな大人達の様子にも特に気にしてはいないのか。幼馴染3人は、2人の名を叫ぶように呼びかける。そして水浸しの状況や、直前の琥珀の話を思い出したのか。翔は何が起きたのかを何となく察知したらしい。ウロコ集めに役立たせようと、用意していた小瓶を取り出すと勢いよく投げた。

「受け取って下さい！」

　声と共に投げられた小瓶は、放物線を描くように2人の元へと飛んでいく。その高さは妙に力が入ってしまった事で瑠璃の身長を超えるほどのものだ。それでも彼女の傍らにいた健太が何とか受け取りコルク状のフタも開ける。そして素早く瑠璃が小瓶に入れ、健太がフタも閉めるという連携も上手くいったようだ。一気に空気に触れられなくなったウロコは効力も失っていく。その証拠に周辺を川のようにしていた水は徐々に消えていき、いつもの港へと戻っていった。


　水が完全に引いた事で、ようやく普段の状況に戻った事を悟ったらしい。大人達は自分達の本来の役目を思い出したのか。恐る恐るではあったが元の配置に戻っていく。そして瑠璃が手にしていたトロフィーを受け取ると、優勝者へと授与。こうして料理対決は何とか幕を閉じたのだが…。

「う〜。やっぱり悔しいよ〜。父ちゃんの料理が…優勝じゃないなんて…。」

　直前の様子が嘘だったように本来の調子を取り戻した健太。だが、それにより大好きな父の料理が認められなかった悔しさも戻ってしまって。健太は俯くと嘆きの言葉を漏らす。すると小さく息を漏らしたかと思うと、健太の父はこう声をかけた。

「…ごめんな、優勝出来なくて。でも優勝出来なくても俺は嬉しいんだ。いつも俺の料理を…お前が美味しそうに食べてくれるからな。」

「父ちゃん…。」

　本人ですらない健太が一方的に落ち込んでいるだけだ。それなのに父は申し訳なさそうな様子で言葉を口にしてくれる。更には僅かに微笑みを浮かべながら言葉を続けた。

「本当に…いつもありがとう。お前は自慢の息子で…最高の客だよ。」

「っ！　父ちゃん…！」

　大好きな父からの言葉に、健太の瞳からは一気に涙が溢れてくる。そんな息子を父は抱き締めると、労わるように背中を擦る。その光景は父が作り出す料理と同様に温かいもので。瑠璃達も何だか幸せな気分になるのだった。

　すると温かい父子のやり取りに感極まったのか。審査員であるミスター・ブラウンは近付くと、急にこんな事を言い始めた。

「アナタノ料理ヲ選バナクテゴメンナサイ。デモ、料理ハ素晴ラシカッタヨ。『特別賞』ッテヤツデスネ！」

「…！　あっ、ありがとう…ございます！」

予想していなかった賞賛の言葉だけでなく、握手までも求められる。その事に一瞬言葉を失うほど動揺する父だったが、何とか我に返ったようだ。お礼を口にしながら促されるように、差し出された手を握り握手を交わす。そして握手を交わした瞬間、港は今日一番の歓声に包まれていって。盛り上がったまま料理対決は終了した。

そんな事があった翌日。昨日の賑わいや騒動が嘘だったように、島の様子は静かで穏やかなものに戻っている。だが、それは『他の島民にとっては…』というだけの話だ。子供達は相変わらず騒がしく動き回る事になる。というのも、昨日は騒動の影響で琥珀のウロコは1枚しか見つける事が出来なかったのだから…。

そんな中、健太は何だかご機嫌な様子で朝を迎えていた。昨日の料理対決で周りに少しだけ父の料理を認めて貰えた事。そのおかげで更に父の料理が好きになったのだ。『まんぷく亭』にすぐお客が来てくれるようになるかは分からない。だが、それでも一向に構わないと感じてしまうほどに喜びは強くなっている。そして昨日の事を思い出しながら、健太は思わずこんな言葉を呟いていた。

「僕は父ちゃんの料理を受け継ぐんだ〜。…あの優しい味をね〜！」

口調は相変わらず伸びやかなものだったが、声は言葉の内容と同様に強い決意を込める。更に決意の表れか。両手で固く握り拳を作っていた。

そうして健太なりに将来への決意表明をしていると、室内から声が響いてくる。それは……。

「健太ー！　お弁当作りを手伝ってくれないか？」

「今行くー！」

台所から響いてくる大好きな父の声に、健太も元気の良い声で返事をする。更に当然それだけではなく、小走りで実際に台所にも向かう。そして父が作った料理と『特製ソース』を弁当箱に入れると、それを手に元気に外へと飛び出す。今日も瑠璃達の元へと向かう為にだ。その表情は昨日よりも明るく、今日の天候のように晴れやかなものだった。

だが、健太だけでなく瑠璃達、更に琥珀も気が付いていない事があった。海中のいつもの岩よりも更に深い場所で、密かに回収されなかったウロコが1枚あった事。しかも回収されなかったそのウロコは海流ではがれてしまい、寂しそうに海面を漂っている事に。そして本島にまで流れ着き、人手に渡る事になるのだ。だが、そんな情報は小さな離島にまで流れてくるはずがない。それにより子供達は今日も島の中で元気良く走り回るのだった

――。

第14話

『アイツが仮令人魚であろうと関係ない。だって友達なんだから――！』幼馴染5人の中でまとめ役に近いからか。彼は力強さを持つ性格をしている。それと同時に強い正義感も持っていて。その固い意志は大人達に対しても、揺るがないほどだった――。

珊瑚島は一般住居が上段、商店等は中段という傾向で建物が並んでいる。そして一番下段に建ち並ぶのは漁師達の住居が主だ。その理由はとても単純。船を管理し易いからだ。漁師にとって船は重要な仕事道具。故に仕事の為に動かし続けているのだが、それだけではなく管理も日々行わなくてはならない。運転に支障をきたす傷が付いていたら補修しなければならないし、エンジン部分等も定期的に点検。交換が必要な箇所があれば、専門業者がいる本島へ向かわなくてはならない。また管理だけでなく、漁師は天候にも敏感だ。仕事道具である船を嵐から守らなければならないのだから。それにより漁師達の住居は港が一番近い下段が多くなるのだった。

そんな下段に『阿古屋　勇』も住んでいた。父が漁師だからだ。その父は漁師らしく海を愛していて、口は悪いが正義感も強い。その性格は息子の勇にもいつの間にか受け継がれていたようだ。だが、勇の父は主に遠洋の方で活動する漁師。ほとんど島には帰ってこず、常日頃の勇は母と2人暮らしの状態だ。その状況は寂しくないと言えば嘘なのだが、勇は耐え続けるしかなかった。何故なら本来は勇にも兄…学がいたのだが、もう島から出て行ってしまったのだ。しかも原因は古い考えを持つ父との喧嘩で、以来一度も顔を見ていない。だからだろうか。父の事は嫌いではないのだが、尊敬する相手でもなくなってしまう。むしろ密かに苦手意識も持つようになっていた。

それでも最近はあまり父の事を意識しなくなっていた。正確には考えられなくなっていたのだ。というのも、あの夏休みが始まって間もない日。瑠璃が最初に琥珀と出会った事で、自分達も自然と関わるようになったのだ。そして関わるようになってから、必然的に毎日が騒がしいものへと変わっていく。その騒がしさは疲労も感じるほどだったが、それ以上の楽しさも実感。同時に日々の楽しさのおかげか。例年ならば夏休み等の長い休暇中は、父の事を嫌でも思い出してしまう時期でもあった。だが、最近は琥珀の事に集中しているからだろう。父の事を考えられないようになっていく。それは世間からすれば『親不孝者』と言われてしまうだろう。だが、勇からすれば少しでも嫌な事から抜け出せられたのだ。抱いたのは『毎日が楽しい』という想いで、それを実感しながら毎日を過ごす。そして実感した事で、例年以上に楽しく充実した夏休みを過ごしていた。

だが、そんな楽しかった日々も終わりを迎えてしまう。ある日勇が帰宅すると、何やら母が忙しそうに家中の掃除をしていたのだ。その様子を最初は不思議に思いながら見つめる勇。それでも母の行動に何となく覚えがあったからか。勇は自然と呟いていた。

「ただいま、母さん。…父さんでも帰ってくるの？」

「あっ、お帰りなさい勇君。ええ、そうなのよ。さっき連絡があってね。明日ぐらいに父さんが帰ってくるんですって！　久し振りで…とても嬉しくて…！　つい張り切って掃除を始めちゃったの。…勇君も手伝ってくれるかしら？」

「…分かった。」

深く父の事を愛しているからだろう。そう語る母の姿は幸せを滲ませているほどに笑みを浮かべている。それを見る事は息子である勇にとっても、幸せを感じられる光景だ。だが、その胸中は複雑でもあった。何故なら父は厳しい人物なのだ。きっと帰ってきたら、息子達の近況を聞きながら口を出そうとするだろう。しかも今は琥珀もいる。もし彼…人魚の存在に気付いたら何を言い始めるかが分からない。それらの事が頭を過ぎってしまい、勇は変な不安を抱いてしまう。だが、父の帰りを楽しみにしている母に対して、それらの事を告げられる訳がない。改めてそう思った勇は複雑な想いを胸の奥に閉じ込める。そして母と共に父を迎え入れる為に、家の掃除を開始するのだった。

その翌日。夏らしい日差しが降り注ぐ正午近くになったころだろうか。珊瑚島の一番大きな港に1隻の漁船が入港してくる。それは勇の父で船を岸の近くに停めた後、手慣れた様子で停泊用ロープで固定。しっかりと固定させたのを目視等で再確認すると、港を歩き始めた。

港に降り立った勇の父が真っ先に向かったのは当然自分の家だった。そこは漁師達の為の住宅地に並ぶ1軒で、10分もかからずに辿り着く事が出来る。その便利さに感心しながらも父は半年振りの我が家へと帰宅。愛しき妻からの出迎えに喜びと安心感も抱いていたのだが…。

「…？　勇はいないのか？」

「えっ、ええ…。恐らく島内に瑠璃ちゃん達と一緒にいると思うんだけど…。よく分からないのよ。最近何かしているみたいだけど、私には何も話してくれなくって…。」

「…そうか。」

息子・勇の気配がしなかった為に尋ねてみれば、妻は僅かに沈ませた表情でそう答える。その言葉や姿は息子の事を理解し切れていない無力さか。…1人でいる事の寂しさなのか。夫でも完全に理解する事は難しそうだ。それでも妻が落ち込んでいる事だけはよく分かっていて。いても経ってもいられなくなった彼は立ち上がる。そして出かける直前に、こう妻に告げた。

「…少し島内を散歩してくる。ついでに…勇が何処で何をしているのかも見てくる。」

「分かったわ。気を付けてね。」

僅かに冷たくなった声に気が付いたのか。彼女は戸惑いながらも夫を見送る。それを背中で受け止めながら、彼は帰ったばかりの自宅から出て行く。息子の勇が何をしているのかを確かめる為に…。


一方の勇は瑠璃達と共に、島内の森へと来ていた。琥珀のウロコを探す為だ。あれから約半月もの日が経過し、大分琥珀の尾びれにはウロコが戻っている。そのおかげか。島に打ち上がった時よりも、海を潜れる深さは深いものになってきたようだ。だが、それでも未だ10枚ほどウロコを失ったままで。その状態では深海近くにある人魚の世界には、到底辿り着く事が出来ないらしい。それにより結局、琥珀のウロコ探しは継続されたままになっていた。

その事に子供達も内心焦っていた。大切な友人をいつまでも助けられてはいないのだから。だが、それでも自分達が出来る事には限りがある事も、子供達は分かってもいた。だからこそ少しずつでもウロコを回収する事を決意。その為にも5人は動いていたのだが…。

「大丈夫？　勇君。」

「…何が？」

「えっ、えっと…。少し…元気がないみたいだから…。」

元々、他人の目を気にする性格であったからだろう。勇の僅かな変化に気が付いた美々は思わず尋ねる。しかも尋ねてきたのは美々だけだったが、勇の変化には他の幼馴染達も気付いてはいたらしい。ウロコ探しの為に散っていたはずだが、いつの間にか勇の前に集まっている。その事に少し驚く勇だったが、幼馴染達から一気に注目されて逃げられない事も分かっていたらしい。促されるように答えた。

「元気がない…って言うか、少し悩んでいるって言うか…。」

「何かあったんですか？」

「ああ…。父さんが半年振りに帰ってくるらしくて…。」

「えっ…。おじさんが…？」

勇が何かに考え込んでいたのは分かっていたが、その理由を聞いて皆は思わず俯いてしまう。というのも、幼馴染故に皆はよく知っているのだ。勇の父が自分達も怯んでしまうほどに厳しい性格をした人物である事を。だからこそ息子である勇だけでなく翔や美々、更には人見知り等がない瑠璃や健太まで俯いてしまう。そして皆の間で自然と緊張が走り、気持ちまでもが沈んでしまったからだろう。ウロコを探す手はほとんど止まってしまうのだった。

その後も気分は沈んだまま5人は琥珀の元に戻っていく。やはり少し前の動揺が響いてしまったからか。あの後も結局ウロコを見つける事は出来なかった。その事に琥珀は当然気が付いたが、皆が沈んだ様子をしているのも悟ってしまっていて。問い詰める事は出来ない。その結果、琥珀の気持ちも何故か沈んでしまっていた。

するとと琥珀の様子に気が付いたのか。微妙に気まずい空気が漂い始めていたのを感じ取ったからか。不意に勇は呟いた。

「あ〜…。ごめんな、琥珀。その…今日はウロコが見つけられなくて…。」

「いえ、それは仕方ないんですけど…。何かあったんですか？」

「あったって言うか、何て言うか…。」

不思議に思った為に思わず尋ねた琥珀。だが、尋ねられた勇は視線を巡らせながら呟くだけだ。その姿は島に来て彼らの事を知ってまだ短い時しか流れていなくても、珍しいと感じてしまう光景だ。それと同時に琥珀は尋ねて良いのかも分からなくなってしまう。だからこそ黙り込んでしまったのだが…。

「勇のね、お父さんが帰ってくるの。」

「勇さんの…お父さん？」

「うん。漁師さんを…船に乗って魚を獲る仕事をしていて、たまにしか帰ってこないんだけどね。ただ凄く厳しい人で…。」

「瑠璃っ！」

自分が答える前に父の事を語り出す瑠璃に、勇は思わず声を上げる。だが、当の瑠璃は自分の言葉が止められた理由を分かっていないらしい。相変わらず不思議そうな顔をしている。その様子に勇は呆れるが、それで済ます事が出来ない状況であるのも気が付いていた。何故なら2人のやり取りのせいか。…瑠璃が中途半端に口にしてしまった自分の父の事が気になったのか。琥珀が戸惑いを含ませた表情で自分達の事を見ていたのだから…。

「…まぁ、瑠璃が言っている事は全部間違い…って訳じゃないんだ。父さんは帰ってくる度に色々と言ってくるしな。」

「色々…ですか?」

「ああ。俺に『漁師になれ』とか、『海には魔物がいる』とかな。まぁ、別に気にしてはいないけど。」

「そう…ですか。」

勇からの話を聞き、琥珀は僅かに表情を曇らせる。だが、それは一瞬の出来事であった為に瑠璃や勇だけでなく、他の3人も気が付いていないようだ。その証拠に5人はウロコを集められなかった事に申し訳なさそうにしながらも、いつものように自宅へと帰っていく。そして5人の様子を琥珀は複雑な表情で見つめていたが、皆の姿が完全に見えなくなったからだろう。岩陰に移動すると、海中へと体を沈ませていく。直前の子供達の声が響いていた事が嘘のように、辺りを静寂とした空気が包み込んでいった。

だが、人目に付かないようにしたはずの行動を、5人とは違う人物が1人見つめる。それでも見ていた者は不思議な事に声を発しない。琥珀の一連の行動を無言で見つめた後、やはり何も言わずに立ち去っていく。それにより琥珀は、人に見られていた事にも気が付かないのだった。

一方、その頃。勇は他の幼馴染達と別れ、自宅へと戻ろうとしていた。だが、苦手な父が既に戻っている可能性があると思っているからか。その足取りは重く、表情も沈んだものになっていた。

（変に気にしないようにしよう。色々と言われても…いつもみたいにいれば良いんだ。）

普段の勇ならば緊張する事はないが、やはり少し苦手な相手に会うからだろう。自分に言い聞かせるように足を進める。それでも気持ちが落ち着くまでは帰りたくなくって、勇は島内を回るように歩いていた。その時間は予想以上にかかり、彼が帰宅出来たのは幼馴染達と別れて1時間近くも後になってからだった。


気分を落ち着かせるまで歩き、ようやく帰宅出来たからだろう。勇が帰宅すると、既に父は家にいた。しかも何か言いたいのか。勇の事を睨み付けるように見ていて、思わず体を強張らせる。

「おっ、お帰りなさい。父さん。」

「ああ、ただいま。相変わらず元気そうで安心した。ところで…夕食の後に話がある。良いな？」

「はい…。」

久し振りに再会する息子に対し、気遣うような言葉に一安心する勇。だが、それを壊すように父は言葉を続けていて、勇の緊張は一向に解けない。そればかりか父の言葉に圧倒されて返事をする事だけで精一杯だ。だが、そんな息子の様子を気に留める事なく、父は夕食に口を付け始める。その傍らでは勇の母も心配そうに見ていたが、夫に対し恐怖も抱いているからか。横から口を出す事は決してせず、黙々と家事をこなすのだった。

気まずい空気が漂う夕食も終えて。父が入浴した後に続くように勇も入浴した。本来ならば入浴という行為は、気分が落ち着く効果があるはずだ。だが、先ほどの父からの言葉があってか。勇の気分は落ち着く様子がない。むしろ浴室の熱気と相まって、動悸はますます速まっていくばかりだ。それにより結局、気分が一向に解消されないまま、勇は入浴を早々に終了。何かに突き動かされるように居間まで来ると、父の前に座った。

「ああ。もう風呂は済んだのか。」

「はい…。お待たせしました、父さん。」

未だ父に対して緊張している節があり、普段と違って敬語のまま話す勇。だが、当の父はそんな息子の事を気に留めてもいないのだろう。緊張した様子の息子を前に、単刀直入でこう切り出した。

「じゃあ早速だが…。お前は父さん達に何か隠してはないか？」

「隠すって…。何をですか？」

直球で告げられた質問に勇は思わず質問で返してしまう。というのも、実際に彼が何を指摘したかったのか分からなかったからだ。もちろん頭の何処かでは、『父が人魚の存在に気が付いてしまったかも…。』という考えを抱いていたのは事実だ。だが、それは勇が勝手に思っただけだし、かなり低い可能性だ。大半の人は人魚が実在する事も知らないだろう。だからこそ勇は抱いていた『可能性』をあえて口には出さず、逆に父へ聞き返してみせた。自分から琥珀の事を打ち明けないように…。

　だが、勇が誤魔化そうとした態度が父は気に入らなかったらしい。元々鬼のような顔をしていたのだが、眉間にシワを寄せて更に怖い表情を作る。そして見てしまった事で怯んだ勇に向けて言葉を続けた。

「そうか…。お前はそう言って誤魔化すつもりなんだな？　実は言わなかったが、俺は見たんだ。島の裏の海岸でお前と他の子供達が見知らぬ子と一緒にいるのをな。」

「えっ…。」

「それも一緒にいた見知らぬ子には尾びれの様な物が付いていた。まぁ、少し距離があったから普通なら単なる見間違いだと思うだろう。だが、俺が目の良い事はお前も分かっているだろう？」

「そっ、それは…。」

　父の言葉に勇は戸惑いをより強める。職業柄なのか。遠くで跳ねる魚を判断出来るほどに、父の視力が良い事を思い出したからだ。だが、それは同時に父が見た物の正体を見抜いた事を証明していて。誤魔化せない事も証明している。その証拠に父は止めを刺すように、こう息子に告げた。

「なぁ、勇。あれは…『人魚』だろう？」

「っ！　それは…。」

そう告げる父は真っ直ぐ息子を見つめていて、勇の緊張はより高まる。その緊張の強さは無意識に息を止めてしまい、苦しみを感じるほど心臓が激しく波打っている。それでも誤魔化せない事も当然分かってはいたのだろう。決意を固めた勇は遂に打ち明け始めた。

「瑠璃が打ち上がっているのを見つけました。俺も最初は…すぐに元の世界へ帰るべきだと思っていましたし、その事を言いもしました。だけど尾びれのウロコが完全に戻らないと…元の場所には帰れないらしくて。だから…皆でウロコを集める事にしたんです。」

そこまで言ったかと思うと、勇は不意に言葉を途切れさせる。そして未だ自分の事を睨み付けるように見つめる父に対し、言葉を付け加えた。

「父さんに…他の大人達に隠していた事は、駄目だっていうのは分かっています。でも彼は困っているのです。だから…帰れるようになるまでいさせて下さい。他の人にも言わないで下さい。…お願いします。」

強い瞳で自分の事を見つめる父に怯みそうになりながらも、勇は何とか言葉を続ける事が出来た。だが、抱いていた恐怖が大きくなり過ぎていたからか。彼なりの精一杯の誠意を示したかったからか。勇は頭を下げた。実の父に対して懇願の態度を表すような深い土下座をしながら…。

一方の父はというと、息子の姿に呆れてしまったのか。タメ息のようなものを漏らす。

そして自分の目の前で未だ頭を下げ続ける息子に向けて徐に呟いた。

「…大体の事情は分かった。他の島民達にも一応秘密にはしておこう。」

「あっ、ありがとう…ございます。」

予想外の父の言葉に嬉しくなった勇は、お礼を言いながら顔を上げた。だが、その瞳に映る父の顔を見て、勇は思わず固まってしまう。というのも、見つめた先にいた父の表情が相変わらず険しいものだったのだ。直前の言葉が嘘だったと思えてしまうほどに。それに気付いた事で勇は再び固まってしまうのだった。

だが、そんな動揺する息子を前にしても父が止まる事はない。むしろ固まる息子に向けて言葉を浴びせた。

「…ただ、どんな事情でも『あれ』を島にいさせてはならない。『あれ』は…人魚は古くから『海の魔物』と呼ばれ、『不吉の象徴』とも言われているんだ。人間の近くにいさせると何が起きるか分からない、そんな存在だ。だから、すぐに島から追い出すべきだ。」

幼い頃から漁師としての知識を叩き込まれていたからだろう。父の言葉に迷いはない。むしろ『自分が語った事は間違いではない』と言わんばかりに強固さを含ませていて。勇は怯み父の言葉にも同意しそうになった。

それでも父の言葉に同調するようなものが口から出る事はなかった。何故なら脳裏に琥珀の姿が過ったからだ。自分達の僅かな変化を毎回心配そうに気にかけてくれる『大切な友達』の姿が…。

「アイツは…琥珀は恐ろしい存在じゃない。俺達の事をいつも気にしてくれる…優しい奴だ。『友達』になったんだ。」

「勇…。」

「それに…琥珀は困っているんだ。自分の住む世界に、仲間達の元に帰れなくて…。それを追い出して…見捨てたくない！」

琥珀の事が脳裏を過り続けていたからか。勇の言葉は自分でも驚くほどに、強く切羽詰まったものになっている。それでも父を見つめるその瞳は、声や言葉とは違って強く真っ直ぐで。『勇』という名前が似合うぐらいの勇ましい姿だった。

そんな勇の真っ直ぐな思いを無言で聞き続ける父。だが、いくら息子の話を聞き真っ直ぐな姿を見ても、頑固者の性格であるからだろう。彼の口から漏れたのは、こんな言葉だった。

「…お前が何と言おうと俺は認めない。」

「父さん…！」

「いくら彼がどんな性格をしようとも『人魚』である事には変わらない。そして『人魚』は災いを生む存在だ。それを置かせているお前を、お前達を！　許せる訳がないだろう！」

そう声を荒げたか思うと、父は徐に立ち上がる。そして荒い足取りで歩き出したかと思うと、そのまま夫婦用の寝室へと向かい強く扉を閉めてしまう。まるで、これ以上話を聞きたくないと言わんばかりの態度だった。

一方の勇は、声を荒げ自室に戻っていった父の姿を見つめる事しか出来ない。それでも父が扉を閉める音で我に返ったのだろう。ようやく立ち上がる事が出来た。だが…。

（どうして…どうして琥珀の事を分かってくれないんだよ！）

我に返った事で芽生えたのは強い憤りだった。その強さは痛みを感じるほどに唇を強く噛み締め、両手で固い拳を作るぐらいだ。それでも居間にいつまでもいる訳にはいかないと思ったのか。勇も自室へと戻っていく。おかげで2人が直前までいた居間は一気に静まり返ったが、不穏な空気は僅かでも残っていたのか。勇の後に入浴し、今出てきたばかりの母が胸騒ぎを覚えてしまう。だが、誰もいない今の状況では真相を掴み切る事は出来ない。それにより母は静まり返った居間に1人立ち尽くすのだった――。

第15話

翌日。珊瑚島では相変わらず朝から太陽の光が降り注いでいる。それを受け止める植物や建物達は光り輝き、夏らしい眩しい風景が広がっていた。だが、朝から素晴らしい風景が広がっているというのに、ある一軒の家…勇の家では空気が違っていた。昨晩の事が影響しているからなのだろうが、妙に静まり返っていたのだ。その証拠に久々に親子3人で朝食を摂っていたのだが、そこに家族団らんを表すような会話はない。終始無言のまま食事を摂り続けている。確かに父がいる時には、厳格な彼を敬うように静かにしている事が多い。だが、今の静けさは以前以上に張り詰めたものになっていて。それを感じ取っているからか。母は何か言いたげに夫と息子の様子を見ていたが、元々内気な性格でもあるからだろう。結局、声をかける事が出来ない。そして母が話しかけられないのを良い事に、勇は無言のまま家を出た。

終始無言で島内を歩く勇。一見するとただ考え事をしているように見える。だが、その胸の中では確かに父に対する強い憤りが渦巻いている。はっきり言って、すぐにでも誰かに憤りを撒き散らしたくなるほどだ。その密かな、でも確かに抱く強い感情は当然幼馴染達も察知していたらしい。いつもの待ち合わせ場所に向かえば何か言いたげにはしていたが、自分達からは話しかけようとはしない。『触らぬ神に祟りなし』という雰囲気で見守り続けていたのだ。それは瑠璃も同様で、珍しく声をかけてはこない。その事に少し不満も抱いてはいたが、勇は何とか堪えながら琥珀の元へと向かった。

胸の中で熱いものが渦巻いているのを感じながら、勇は瑠璃達と共に琥珀の元へ辿り着く。琥珀がずっといるこの海岸は、大きな港から離れた場所にあるからか。人の通りはほとんどなく、波音が大きく聞こえるほどに静かな場所だ。その音は常と変わらないもののはずだが、やはり巷で話題になるぐらい癒しの効果があるからだろう。周りに当たり散らしそうになっていた感情は少しだけ落ち着きを取り戻す。だが、やはり父に対する憤りが完全に消滅する事はなかったらしい。呻くような声で勇は呟き始めた。

「昨日…。父さんに琥珀の事がバレた。」

「そんな…！」

思わず呟いてしまった言葉に美々は泣きそうな声を漏らす。その姿に勇は今更ながら申し訳なく感じたが、一度口から出してしまった言葉は簡単に消す事は出来ない。そう他人事のような事を考えながら、勇は言葉を続けた。

「まぁ、バレたって言っても父さんだけみたいだし。その父さんにも琥珀の事を周りに言わないように頼んでおいたからな。多分大丈夫だと思う。」

「そっか〜。良かった〜！」

「ああ。だけど、父さんが俺の頼みを守ってくれるとは限らないんだけどな。」

勇が続けた言葉に健太は安堵を含ませた声を上げる。だが、それに対し思わず否定するような言葉も口にしてしまう勇。それにより周辺の空気は固まってしまうが、憤りが残り続けている勇は気が付いていないらしい。むしろ憤りを発散するように言葉を発し続けた。

「それは父さん次第だから、どうしようもないんだけど…。けど、それ以上に腹が立ってさ。」

「何が…。」

「だって父さんってば！　琥珀の事を…人魚の事を悪く言うんだぞ!?　『海の魔物』とか『不吉の象徴』って！」

「それは酷いね！」

勇が密かに抱いていた怒りの感情の正体を聞き出そうとした翔。すると思惑通り勇は答えてくれたが、吐き出されたものには自然と乱れた感情も含まれてしまったようだ。荒っぽい声になっている。しかも勇以上に純粋で熱い性格の持ち主である瑠璃が同調してくれたからだろう。それを力に勇は想いを漏らした。

「何でだよ…。何で琥珀を…人魚を…！　『不吉の象徴』って決めつけるんだよ…！　確かに他の人魚には会った事ないから分からないけど…。でも琥珀はいつも俺達の事を気にかけてくれる…。それぐらい優しい奴なのに…何で分かってくれないんだよ…！」

「勇さん…。」

少し前の怒り混じりのものとは違って、今勇の口から出たのは悲痛さを滲ませた声で。それを聞いている内に、皆は暗い表情を浮かべてしまう。特に皆を落ち込ませる元凶である琥珀は、それを自覚しているからだろう。胸の中が申し訳ない想いに包まれていた。

勇からの悲痛な言葉により、胸が張り裂けそうな痛みを自分で感じてしまう琥珀。それでも自分の為に必死になってくれた勇を、少しでも落ち着かせたいと思ったのか。不意にこんな言葉を漏らした。

「あの…。ありがとうございます。僕の事を…気遣ってくれて…。」

「そんなの当然だろ？　琥珀は『大事な友達』なんだから！」

「そうだよ！　友達は守るものでしょう！」

何と言えば良いのか分からないながらも、思わずお礼の言葉を漏らしてしまった琥珀。すると自分の言葉に対し勇と瑠璃は力強く反応し、他の3人も同意見なのだろう。頷いて見せる。それらの姿は、5人の事を『友達』だと思っている自分と同じだと実感出来るものだったからだろう。琥珀は自分で強い喜びを抱いている事を実感していた。

だが、喜びに浸るだけで済ます訳にはいかない。勇が父から聞かされたという言葉は、あながち間違いとも言い切れなかったからだ。それにより琥珀は小さく息を漏らすと再び口を開いた。

「皆さんにそう思って頂けて…とても嬉しいです。皆さんは初めて出来た『人間の友達』ですから。だけど勇さんのお父さんが言っていた事は間違いではない。むしろ事実と言えば事実なんです。」

「事実…？」

「ええ…。以前、ウロコの事を説明した時に、『人魚の肉や血は口にすると永遠の命が得られる』という事を軽く話しましたよね？　その力を知って大半の人間達は恐れてくれるんですけど、一部の人間は逆に欲しがるようになってしまって…。何度か人魚の血と肉を求めた者達が海に出た事があるんです。でも当然、人魚達は自分達の身を守ろうとして…。その捕らえようとした人間達を船ごと水の底に沈めました。それ以外でも、人魚を捕らえようとした人達とは関係のない方々も、以前人魚が姿を現した場所の周辺で嵐に巻き込まれたりしました。それは直接人魚達が手を出した訳ではなく偶然でしたが、場所が場所でしたので…。人間達は更に僕達…人魚を恐れ責めるようになったのです。だから…勇さんのお父さんが言う『海の魔物』や『不吉の象徴』というのは、『全てが間違い』…という訳ではないのですよ。」

そこまで言ったかと思うと、琥珀は不意に言葉を途切れさせる。そして自分の話を聞き入り理解しようとする5人を見つめながら、こう言い放った。

「だから…僕を恐れる事は、拒絶する事は間違いではありません。むしろ今更と言えば今更ですが、追い出してくれても構いません。何かが起きる前に、皆さんが巻き込まれてしまう前に…。」

「そんな事…！」

一瞬の間の後に驚くべき事を口にする琥珀の姿に、瑠璃は思わず力強く否定の言葉を口にしようとした。だが、その言葉は途中で呑み込まれてしまう。何故なら自分達を見つめているその表情は、常の人懐こいものや切なげなものとは少し違う。真剣なものだったのだから…。

そんな琥珀の姿に当然瑠璃だけではなく、他の3人まで落ち込み始める。だが、4人が落ち込んだ事で重苦しくなり始めていた空気が、再び薄らいでいく。勇の言葉をきっかけに…。

「父さんが何か言っても、仮令他の人魚達がそうであっても…俺は琥珀を追い出さない。何があったって琥珀の事は『大切な友達』だって思っているから。」

「勇さん…。」

「それに何かあっても追い出さなかった事に後悔なんてしない。…皆もそうだろ？」

「そうだね！　人も人魚も困っていたら放っておけないもんね！」

同意を得るような形の言葉になってしまったが、結果的には空気を変える事が出来たらしい。その証拠に勇の言葉に瑠璃は元気の良い声で同調し、直前まで暗い表情をしていた皆も僅かに笑みを浮かべながら頷いている。それらの様子は、重苦しかった場の空気も緩んでいった事を表してもいる。そして皆も同じ思いだった事を改めて知れたからだろう。

勇は安心する。また勇の言葉や皆のおかげで、琥珀は胸の中に温かいものが広がっているのを改めて感じたらしい。申し訳ない気持ちは未だ抱いていたが、その表情は穏やかなものに変わっていた。

そうして子供達が琥珀との友情を改めて認識し合っていた頃。勇の父は1人島内を歩き回っていた。帰ってきたのは実に半年以上も前だが、珊瑚島は穏やかな様子で温かく彼を迎えてくれた。だが、以前ならば素直にその島の様子を受け入れていたのだが、今の彼はそうする事が出来ない。というのも、息子・勇の昨日の様子や、人魚の事が頭を過ぎっていたからだろう。苛立ちと共に胸の中で不快なものを抱いていた事も自覚していた彼は、表情を戻す事が出来ない。そればかりか現在の島の気候とは真逆な心情を抱きながら歩いていた。

嵐のような心を自覚しながら歩き続ける事しばし。適当に歩いていたつもりだったが、心の何処かで島長にだけでも挨拶をしたいと思っていたらしい。気が付けば無造作に動かしていたはずの足が、珊瑚島の上段…島長の家等がある区域へ辿り着く。更に彼が来ていたのを察知したかのように、島長の家の扉が突然開放。中からその家の主で島長でもある1人の老人が姿を現した。

「…おや？　阿古屋君じゃないか。帰ってきたのかい？」

「あっ、はい…。帰ってきたのは、その…昨日なんですけどね。…挨拶が遅れてしまってすみません。」

「いや、構わんよ。無事に帰ってきてくれただけで嬉しいからの。」

上下関係に厳しくされている訳ではないが、やはり島長という立場の人物を相手にしているからだろう。今まで険しい表情を浮かべ続けていた彼は表情を緩ませ、口調も丁寧なものにする。そして申し訳なさそうに言葉を発していたのだが…。

「本当に無事に帰ってこられて良かったの。奥さんも…勇君も喜んだんじゃないかい？」

「えっと…。」

少しだけ気持ちを緩ませていたが、島長の言葉により彼は表情を強張らせる。そればかりか妙に体にも力を入れながら答えた。

「妻は確かに喜んでくれました。ですが息子は…勇は喜んでいないかと思います。」

「そうか…。今、時間はあるかい？　酒は出せないが、阿古屋君さえ良ければ今から私の家で一緒に茶を飲もう。」

何となくでも島長として勇の家の事を知っていたからだろう。老人はそう言ってお茶に誘ってくる。その姿に彼は正直戸惑いも抱いていたが、それ以上に気遣ってくれた事に喜びも感じていたからだろう。気が付くと島長の提案に同意し頷くのだった。

島長に誘われるがまま家に上がる勇の父。島長の家を訪れたのは島を出ていった時の挨拶の時以来、実に半年以上も前の話だ。だが、孫である瑠璃と2人での暮らしだからだろう。時が経過していても特に室内に変化はない。家具は少し年季の入った木製の物ばかりが並び、人が集まり易いよう拓けた室内にもなっている。それらの光景は寂しいとも感じられるが、穏やかで島民想いの温かさが滲み出ているからか。勇の父はこの雰囲気が気に入っている。その証拠に温かなその雰囲気に促される形で、勇の父は小さく呟いた。

「息子が…勇が俺に歯向かったんです。」

「お前さんにかい？」

「ああ…。前まではそんな事なかったのに…。やっぱ俺が島から離れなければ良かったんでしょうか？　それとも…育て方が悪かったんでしょうか？」

「阿古屋君…。」

何とか言葉を紡ぐ勇の父だったが、その声は昨晩とは違って『父の威厳』というものが見られない。かなり弱々しい姿をしている。それは常日頃会えない島長ですら珍しいと感じていて。正直驚きも隠せない。だが、それ以上に落ち込んでいる彼の事を慰めたいとも感じたからだろう。少しの間の後、島長は口を開いた。

「確かに…勇君との交流が薄くなっていた事は原因の1つなのだろう。学君が出て行ったのも…それが発端なのかもしれない。…それは阿古屋君も気が付いているね？」

「はい…。」

「だが、交流出来なくなるのは仕方のない事でも、勇君が強く反発したのはそれが原因ではないと思うぞ？」

「と、言いますと…？」

「簡単な事だ。それだけ成長したって事さ。…心がね。」

「心が…。」

島長に言われて思わず勇の父は目を見開く。一方の島長はそんな彼を温かい瞳で見つめながら話を続けた。

「ああ。子供達は日々成長するものだからね。それは表面だけでない。内側…心もだ。毎日様々な経験を経て、色んな事を考えるようになる。…まぁ、私達大人は既に成長し終えているからね。体だけでなく、その思考も凝り固まってしまう。悲しい事にな。」

「島長…。」

そう語る島長が何を思っているのかは勇の父でも分からない。それでも遠くを見つめている瞳が僅かに寂しそうに見えて、勇の父は思わず俯いてしまう。だが、島長をそうさせてしまった事に申し訳なく感じながらも、勇の父の口は止まらない。沈んだ声になりながらも、こんな言葉を口にしていた。

「確かに俺達は大人だから…考えが固まってしまっているのかもしれない。けど、子供の事を心配するのも大人だと思うんです。その事をアイツにも…勇にも分かって欲しかっただけなんですけど…。どうすれば良かったんでしょうか？」

「そうだな…。難しい事と言えば難しい事だ。こちらが一方的に言葉を口にして伝えようとしても、相手は受け入れようとしない事ばかりだしな。…とりあえず伝えようという意志は止めずに、成長を見守ろうではないか。」

「そう…ですね。」

月並みな言葉を口にする事しか出来なかったが、助言してきた相手が島長だったからか。勇の父は少しずつ納得していく。そして彼に助言をした側の島長も、一応彼が納得してくれた事に一安心したらしい。安堵を含ませた息を漏らした。


その後、差し出されたお茶を飲み終えて。勇の父は島長の家から出て行く。体感的にはあまり時間が経過していない気がするが、やはり久しぶりの温もりに甘えていたのだろう。島長に会った時にはまだ低い位置にあった太陽が、今は真上近くまで昇っている。光も弱かったのが、今は真夏らしい強いものが降り注いでいる。それらの光景に勇の父は時間の経過の早さを感じながら、半年振りの島を味わうべく歩き始めた。

島内を歩き続ける事しばし。相変わらずの穏やかな珊瑚島の様子に、勇の父の気分は徐々に落ち着きを取り戻していく。だが、いくら島長から助言を貰っても、未だ勇の父の表情は晴れ切らない。相変わらず歩き続けるその表情は、僅かに暗い影を宿したままだ。というのも、彼の頭の中には昨晩の息子とのやり取りが未だ巡り続けているのだから…。

(息子の成長を…父親として喜ばなくてはならない事は分かっている。『大人になったな。』って言ってな。けど…分からせたいんだ。『人魚は魔物』だという事を…。親として…子供を危険な目に遭わせたくないからな。)

　脳裏に過り続ける息子の姿を思い出しながら、彼の父は改めてそんな事を考える。だが、元々口下手な事もあり、素直にその言葉を口にして伝える事が出来なくて。それにより勇の父は暗い表情のまま歩き続けていた。


　すると彼の思考を何者かが見ていたのか。島の上部にある原生林周辺を歩いていると、彼の瞳に息子の勇と幼馴染達の姿が映り込む。その姿に一瞬体を強張らせるが、どうやら渦中の息子達は探し物をしているらしい。見られている事に気付いた様子はなく、辺りを見渡しては手を伸ばしたりしていた。

（そう言えば…『人魚の為にウロコを探している』とか言っていたな。）

何かを探す素振りを見せながら歩き回る子供達の姿に、昨晩の勇の話を思い出した父。それと同時にあの時の必死な息子の姿も思い出してしまい、何だか胸の中が締め付けられるような感覚に襲われていた。

だが…。

（あんな顔…久し振りに見たな。）

　他の子供達と共に探し物をする勇の姿を無言で見つめ続ける父。その様子は一見すると目的の物がなかなか見つけられないからだろう。僅かに焦った表情を浮かべながら動き回っている。だが、当然それだけではなく彼らから漂う雰囲気は、何処か楽しそうな部分も含ませていたからか。それを見ていた父の気分は少しずつ浮上していく。そして忙しくも楽しそうにする息子達に、余計な事をして邪魔もしたくないと思ったからだろう。父は5人から離れていった。

そうして5人の傍から離れた父はすぐに帰宅。そのまま自宅で過ごすと思われたのだが…。

「えっ…。もう仕事に戻るんですか？」

帰宅したかと思うと、彼は洗濯された物等をリュックサックに詰め込んでいく。それは明らかに漁師の仕事に戻る為の身支度で、妻は思わず戸惑いを含ませた声を上げる。だが、当の夫はその手を止めない。むしろリュックに一通り荷物を詰め終えると、彼女に向かってこう告げた。

「少し…やり残した事を思い出してな。予定よりも早いが船に戻ろうと思う。」

「そう、ですか…。じゃあ、『さんご祭』も欠席するんですね？」

「ああ。悪いが島長や他の皆にも伝えて貰えるか？『来年には絶対出席する』って事も伝えておいてくれ。」

「それは別に構いませんけど…。でも勇には最後に会っておいた方が…。」

素早く船に戻ろうとする彼に対し彼女は妻として、1人の母として声をかける。だが、声をかけられた側の彼は何も言わない。僅かに苦しみを含ませたような笑みを浮かべるだけだ。それでも彼女は何かを察したのか。…ただ単に夫に従う性格だからか。それ以上問い詰めるような事はせず、彼の背を無言で見送る。そして彼女の夫であり勇の父でもあるその人物は、そんな彼女に見送られながら家を出て行く。島内を歩き回っていた時よりも更に日が傾いていた。

だが、島を包み込む空の大半が、明るい陽射しに照らされていたからだろう。島から少し離れた上空で灰色の雲が集まり始めていたのだが、彼は気が付かないのだった。

そんな漁師にあるまじき致命的なミスを犯していたのだが、当然勇の父はそれに気が付かない。港に停泊させている船を出航する為に、エンジンの様子を見たりロープを外したりと準備を進める。だが、一見すると何の滞りのない動きでも、脳裏には勇の姿が過っているからだろう。手は動き続けているが、その表情は僅かに浮かないものだった。

（…分かっている。ちゃんと言葉にしなくてはならない事ぐらいはな。けど…アイツは受け止めてはくれないだろう。今まで息子と向き合おうとしなかった父親だし…。何より…酷い事を言った奴だからな。）

そう改めて思えば、同時に過るのはやはり昨夜の事。必死に『友達』を守ろうとしていた息子に対して、冷たい態度と言葉をぶつけた自分の姿だ。いくら人魚が漁師や船乗り達にとって脅威となる存在だとしても、昨日の事は自分でも大人げないとは思っている。だが、その事に気が付いてはいても元の性格が邪魔をしてか。素直に詫びる事も弁解する事も出来ないのだ。その結果、勇の父が行えたのは逃げるように島を離れる事だった。頭の中では駄目だと理解しているのに…。

（次に戻った時にはアイツにちゃんと詫びよう。それで…『一人前になったな。』と伝えよう。）

頭の中でそんな事を考えながら勇の父は船に乗り込む。そして自分の仕事場でもある遠洋へと向けて出発した。

そうして気持ちも新たに出航して、どれぐらいの時間が経っただろうか。車と違って渋滞のない海の上である為、進んだ距離は確かに長い。だが、時間としてはそれほど経過していないはずで、島を出てせいぜい1時間ぐらいだろう。だから海の状態や空模様に大きな変化はないはずだったのだが…。

（あんなに良い天気だったはずなのに…辺りの様子がおかしい…。）

船で海上を進めば進むほど、ほぼ立っていなかったはずの波が高くなっていく。空も青くはなく灰色の雲に覆われていて、当然陽の光も降り注がれていない。それらの光景は明らかに悪天候になっている事を表していて、勇の父は密かに焦り始めていた。

（もっと早く気が付けば良かったか…！　いや、気が付いた所で間に合わなかったかもしれないし…！　とにかく今は一旦島に戻るべきか…！）

考え事をしていたとはいえ、天候の変化にも気が付なかった自分を責める。それでも体だけは動き続け、島に引き返そうと船を操作していた。だが…。

（くそっ…！　間に合わない…！）

発生した高い波が何度も攻めてきたからだろう。それに当たった船は左右に大きく揺れて、まともに操縦出来なくなる。もちろん長い間漁師として働き続けていた彼は簡単に諦めはしない。形勢を保ち少しでも安全地帯へ逃げるべく、必死に舵を握り操る。だが、やはり自然の力には敵わないようだ。大きな波が船体の横に強く当たり、船は更にバランスを崩す。しかもバランスを崩した拍子に操縦席の扉が開き、勇の父はそこから追い出されてしまう。そして船の揺れに従うように体も大きく揺さぶられ、船から海へ突き飛ばされた。

「あっ…。」

船から投げ落とされた瞬間、勇の父の瞳に映ったのは自分の船全体だ。だが、その脳裏にはやはり家族の姿が過り、同時に強い懺悔の気持ちが芽生えていた。

（すまない、皆…。勇…。）

最後の抵抗として海に飛び込んだ後も、泳いで船へ戻ろうとした。だが、それでも人間が海に敵うはずもなく体は疲労していく。更に疲労した影響からか。意識までも薄れていき、その身は海中へと沈んでいく。大切な息子に謝罪出来なかった想いを抱えたままで──。

第16話

船から海へ叩き落された事で体ごと海中へと沈んでいく勇の父。既に意識を失い始めているからか。彼の瞳には何も映らず闇色ばかりで、音も特に聞こえない。海上の方は突然の嵐により大荒れだが、海中ではそれとは真逆の静寂とした世界が広がっていた。

そうして沈み始めて、どれぐらいの時間が経過しただろうか。様々な感覚を失い始めても一応はまだ生きている為、実際はそれほどの時間は経過していないだろう。だが、体感と共に時間的感覚も失い始めていた彼には、よく分からない状態になっている。正にそんな時だった。自分の周囲に何者かがいる事に気が付いたのは…。

（…何だ？　何がいる…？）

様々な感覚が消え始めている彼にとって、周囲を漂うその者の気配が本物なのかは分からない。現実のものではなく、夢の中での出来事なのかもしれない。それでも彼は僅かに取り戻す事が出来た意識をかき集めていく。そして闇色に染まっていた視界を、瞳を開いた事で取り戻したのだが…。

（…!?　あれは…！）

瞳を開いた事で何となくでも視界を取り戻したのだが、そこに映ったものを見て密かに動揺してしまう。何故なら彼が見たものは昨日島で見たのと似た姿をした者、『人魚』と呼ぶに相応しい人の姿をしながら尾びれが付いた存在だったのだから。だが、その姿を認識し切る前に勇の父の意識は再び喪失。再び視界は暗転してしまう。そして再度意識を失った彼の状態を察していたのか。現れた人魚らしき存在は勇の父の体に触れると、そのまま引っ張る形で海上へと上がっていった。

意識を失っている間。勇の父はこんな光景を見ていた。それは闇に包まれた光景の中で、自分の前に『人魚』が現れるというものだ。しかも現れた『人魚』は昨日息子達と一緒にいた者とは違う。随分大人で男の姿をした『人魚』だった。

（お前は…？）

『私は…お前が会った事のある者の関係者だ。こんな形で現れてすまないね。お前が会った人魚に渡して欲しい物があってな。』

そう言ったかと思うと男性の『人魚』は何かを掴んだ手を勇の父の前に差し出す。それを当然拒絶しようとしたのだが…。

（ふざけるな…！　誰が…『人魚』の望みなんて…！）

『あの子を…頼むよ。』

拒絶の言葉を口にしようとしたが、それは結局途切れてしまう事になる。というのも、彼は気が付いたのだ。手渡しながら告げてくる『人魚』の表情が、自分と似ている…息子を思う父親のようなものになっていて。彼は密かに親近感を抱く。そして抱いた感情に従うように彼は『人魚』の男性に向かって手を差し伸べた。

そうして手を差し伸べた瞬間、勇の父は再び何かに引っ張られる感覚になる。しかも引っ張られた感覚だけではなく、急速に体感も戻り始めている事に気付く。そして感覚に従うように瞳を開ければ、彼は動揺を強める。何故なら彼の瞳に映ったのは闇でも海中の光景でもない。雲1つない美しい星空が広がっていたのだから。更に己の体も海上を漂うような柔らかい感覚ではなく、何やら固い場所にいるようだった。

「はっ…？　あっ…!?」

少し前とは全く違う感覚に、勇の父は思わず声を漏らしながら体を起こす。すると一気に視界と思考が戻った彼は、ここが自分の船の上である事を理解。それと同時に動揺はますます深まっていた。

(妙だ…。さっきまで確かに海の中にいたはずなのに…？)

急な展開に頭は付いていかず、勇の父は混乱し続ける。その混乱は少しの間、体が動けなくなるほどだった。

だが、体と共に再び飛びそうになっていた思考は戻る事になる。というのも、混乱しながらも彼は気が付いたのだ。自分の手の中に何かが握られている事に…。

（これは…！）

恐る恐る握られている物を確認するべく手を開いてみれば、彼の手の中には『青くて丸い物』がある。それは不思議な光も放つ物だったが、彼にとっては初めて見る代物だ。それがどうだろう。光を放つ以外にも『青くて丸い物』は不思議な力を宿しているらしく、見ている内に彼は一気に思い出した。直前に『人魚』の男性に会った事。その『人魚』から渡して欲しいと頼まれた事を…。

（…あれは夢ではなかったんだな。つまりあの『人魚』が勇達と一緒にいたヤツに渡して欲しい物は、これって事か…。）

海に投げ出され溺れていた時に見た事だった為、『人魚』の男性に会ったあの出来事は一瞬夢の話だと思われていた。だが、それが現実である事を裏付けるように、勇の父の手の中には未知の物がある。それにより勇の父はようやく直前まで見ていた事が、現実の事であると理解。そして同時に先ほど会った『人魚』の男性を思い出した事で、ある想いを抱いていた事も思い出したからだろう。彼の口からは自然とこんな言葉が漏れた。

「仕方ない。…渡しておくか。」

漁師という職業に就いているからか。別名『海の魔物』とも言われている『人魚』という存在は未だに受け入れる事が出来ない。それでも彼が会った『人魚』の男性が、自分と同じような雰囲気…我が子を思う父親を思わせていた事も思い出してしまったからだろう。妙な親近感も湧いている事を自覚した彼は、拒絶の想いを一旦胸の奥に封じ込める。

その彼の手の中では、『青くて丸い物』…琥珀のウロコが沈黙しながらも不思議な光を放っていた。

翌日。自分を止めようとした妻を一方的に振り払って出て行った為、結局自宅には戻らなかった勇の父。それでも密かにあの後島の近海には戻っていて、船の中で一夜を明かしていた。その後、日が昇ると島のいつもの港へ停泊し島に上陸。子供達と上手く接触出来るように、ゆっくりと島内を歩き始める。その島内は自分が昨日遭遇した出来事が嘘のように、相変わらず穏やかな風が吹き陽も降り注いでいて。それを浴びた彼の胸の中はまた1つ穏やかなものに変わっていった。

そうして己の胸中が穏やかになっていく感触に浸りながら、歩き続ける事しばし。勇の父が辿り着いたのは自分の船を停泊させている港とは離れた場所。小さいながらも港としての役割を果たしている所とは違って、波音がより大きく聞こえるほどに静かな海岸だ。そこは島民ならば知っている場所なのだが、船を停泊出来るほど広くないからだろう。島民達はほとんど寄り付かない場所だ。だが、その寂しい場所でも子供達にとっては秘密基地の感覚が持てるからだろう。息子達がよく遊びにきている事は、島へほとんど帰らない勇の父でも知っているような所だった。

そんな子供達だけが来ているような場所に、勇の父は1人でやって来た。それも表情は常以上に固い表情をしている。というのも、これから彼が拒絶していた存在…『人魚』に会うからだ。託された物を渡す為に…。

「…おい。そこにいるんだろう？　出てこい。」

静かな海に向かって声をかける勇の父。だが、その相手である『人魚』は顔を出そうとはしない。一昨日の様子からして子供達が相手ならば顔を出していると思われるのにだ。その事に僅かながら妙な苛立ちを覚えたが、やはり大人だからなのか。決して表に出そうとはしない。それればかりか小さく息を漏らすと、再び口を開いた。

「…昨日、お前の事を知っている奴に会ってな。『これを渡して欲しい。』と言われた。だから受け取って欲しい。」

それだけ言うと勇の父は海に向かって人魚のウロコを投げる。彼の手から離れたウロコは吸い込まれるように海面へ向かって飛んでいき、小さな水音を響かせて沈んでいく。その一連の流れを見届けていたが、海からはやはり何の気配もない。相変わらず静かな波音が響いているだけだ。その変化のない様子に彼は呆れたようにタメ息を漏らす。そして海に背を向けて歩き始めたのだが…。

「…何故、これを返してくれたのですか？　僕が人魚だと気付いているんですよね？　それなのに、どうして…？」

背を向けて立ち去ろうとした時、僅かに水音がしたのには気付いていた。だが、振り返った事で、改めてその姿…『人魚』を認識したからだろう。勇の父は一瞬、息を呑んでしまう。それでも彼の問いかけに答えるように言葉を続けた。

「言っただろう？　頼まれたからだと。その頼む姿が俺に似ていた部分もあったしな。」

「似た部分…ですか？」

「ああ。子を思う父親のような態度をする奴だったんだ。」

「っ！　そう…なんですか。」

勇の父が告げた『人魚』にやはり心当たりがあるのだろう。琥珀は一瞬、驚いたように目を見開いて呟く。それを見つめながら彼は更に答えた。

「それに…頼んできた奴は俺を助けてくれたからな。漁師はそういう事に対して恩返しをしないと気が済まない存在なんだ。仮令それが…漁師にとって『不吉な存在』と呼ばれている人魚であってもな。」

「そう、なんですね…。」

改めて言われた事がショックだったのか。勇の父の言葉を聞いた琥珀は、落ち込んだ様子で小さく呟く。どうやら頭では『自分達は人間から受け入れられない存在』だという事を分かっていても、面と向かって言われたのが初めてだったからか。琥珀は自分で予想していた以上にショックを受けてしまう。その証拠に自然と頭を俯かせ、静かな海面を見つめる体勢になっていた。

だが、俯く琥珀の傍らで勇の父はこう言葉を続けた。

「それに…お前は息子達の『友達』なんだろ？　だったら俺達大人も大切にしようと思っただけだ。」

「…っ！」

勇の父の口から出た言葉に琥珀は海面に向けていた顔を上げる。すると彼の瞳には、言葉と同様に穏やかな表情で見つめてくる姿が映っていて。驚いた琥珀は息を呑み、思わず目を見開いてしまう。そんな琥珀の姿が勇の父には少しおかしいものに見えたようだ。僅かに笑みを浮かべた。

「じゃあ…渡す物は渡したからな。俺はこれで失礼する。息子達と仲良くしてやってくれ。」

「はい…！　ありがとうございます！」

背を向けてそう言い残し立ち去る勇の父。一方の琥珀は彼の言葉等が嬉しかったのだろう。少し前とは違って明るい声と表情で答え、彼の後ろ姿を海から見送る。その2人の様子をすっかり昇り切った太陽が夏雲と共に見守っていた。

琥珀に見送られながら歩く事しばし。役目を終えた達成感からか。琥珀が何となくでも『良い人魚』だと分かって喜びを感じているのか。表面上は常と変わらない無愛想な表情に見えるが、その胸中は穏やかだ。僅かではあるが、表情も緩んでいる。その変化はどうやら周りも気が付くほどらしい。自分の船に戻ろうとする道中で、息子の勇とすれ違ったのだが…。

「とっ、父さん…？」

「おはよう。今から海に行くのか？」

「あっ、ああ。あのさ…！」

「気を付けて遊べよ？　母さんや俺、島の皆を悲しませない為にもな。」

「はい…。」

　一昨日の事が脳裏を過っているからか。勇の声は上擦り、明らかに戸惑った様子を見せている。だが、それに対して勇の父は穏やかに答えながら頭も撫でてくる。当然勇はその態度に戸惑い、彼の傍らにいる幼馴染達もかなり驚いているようだ。表情と体の動きを固めたまま2人のやり取りを見つめている。それでも元々口下手でもある勇の父は、それ以上は何も語ろうとしない。穏やかな様子のままに子供達の前から立ち去り、自分の船へと戻るのだった。


　一方の子供達は勇の父の様子の変化に戸惑いながらも、何とか琥珀の待つ海岸へと辿り着く。すると5人の様子に気が付いたからか。少し前の出来事が嬉しかったのか。琥珀は語り始めた。勇の父が自分のウロコを届けてくれた事を…。

「えっ…。父さんが…？」

「はい。僕の事を恐れていても、ウロコはちゃんと渡してくれたんです。その事が僕はとても嬉しかったです。」

「…そっか。」

最初は自分の父が琥珀に対面した事を知り、勇は戸惑い不安も抱いていた。せっかくの『友達』を傷付けるような事を言ったのかと思ったからだ。だが、父と出会った時の事を話す琥珀は苦しそうな表情をしていない。むしろその時の事を語る姿は喜びを露わにしていて。聞いている内に勇は体の強張りを解いていく。その変化は勇の傍らにいる瑠璃達も気が付いたらしい。こんな言葉を投げかけた。

「やっぱり…おじさんって良い人だね！」

一瞬、瑠璃の突拍子もない言葉の意味が分からず固まる勇。それでもすぐに直前の琥珀の話を聞いての感想だと気が付いたのだろう。力強く頷きながら答えた。

「ああ！　何たって俺の父さんだからな！」

そう答えた彼の表情は以前の暗さがない。むしろ夏空のように晴れやかな笑顔になっていて。それを見た他の幼馴染達や琥珀まで、つられるように笑顔になる。そんな子供達の和やかな様子を太陽や白い雲、更には海が温かく見守るのだった。

そうして珊瑚島にて琥珀が島の子供達と共に、大人の心の温かさを感じていた頃。地上とは違い冷たい海底近くでは、複数の影が集まっていた。その影は一見すると人の形に似ているのだが場所は海底だ。当然、『人間』ではない。その証拠に人に似た姿の者達は腰から下が魚の形をしている。それは琥珀と同じ『人魚』と呼ばれる者達だった。

「それで…琥珀はいたのですか？」

「ああ…。と言っても、実際には会ってはいないんだがな。」

「ちょっと！　それって大丈夫なの？『人間』の傍にいるって時点で心配なのに…少しだけでも今はウロコを失っているんでしょう？　色々と弱まっているんじゃ…。」

「力の方は大丈夫だろう。少しずつでも戻り始めているのをお前達も感じていると思うが？」

「それは、そうだけど…。」

集まる『人魚』達の中の1人…勇の父を助けウロコを渡した男性は淡々と答える。だが、他の者達は心配なのだろう。表情は浮かない。無理もない。『人間』が『人魚』という存在を恐れているように、彼らもまた『人間』を恐れているのだ。大昔とはいえ自分達の血肉を求めて襲ってきた『人間』という存在を…。

代々語り継がれたその古い歴史が脳裏を過っているのか。皆の表情は一向に暗いままだ。それでも男性は話を続けた。

「お前達が心配するのはよく分かる。『人間』はかつて我々の仲間達を多く傷付けていったからな。だが、今回の『人間』は大丈夫だと思うぞ？　俺も会ってはいないが、琥珀の傍には沢山の光のような存在がいるみたいだし。何よりウロコを渡した者は、俺と同じ…子を持つ親の瞳をしていた。『似た者同士』って感じの奴だったからな。」

「『似た者同士』ですか…。でも、やっぱり…。」

仲間の『人魚』達に心配しなくて良い旨を伝えようとしたが、やはり暗い歴史のせいか。皆は納得出来ていないようだ。その様子に呆れながらも、男性は言葉を付け加えた。

「それに…もし琥珀に危機が迫るのなら我々が救い出せば良い。それぐらいは感知出来るのだから。そうすれば全てが解決だ。…そうだろ？」

「…そうですね。」

答える内に無意識で『人魚』本来の力が滲み出ていたらしい。穏やかだった海中の流れが速まり、明らかに荒れ始める。それは近くを泳いでいた深海魚達も怯え、逃げようと必死に泳ぐほどだ。だが、そんな周りの変化にも他の『人魚』達は恐ろしいとは感じていないようだ。むしろ安心したように表情を緩ませるのだった——。

第17話

『私はこの島が大好き！　だってこの島にはお祖父ちゃんだけじゃない。沢山の家族がいるんだもん！』その言葉を心の中で巡らせながら、その少女は今日も島内を駆け巡る。揺るぎない『島愛』を抱き続けながら――。

珊瑚島の下段には主に漁師の家、中段には店舗やその経営者達の家が建ち並ぶ。だが、賑やかな雰囲気の漂う2つの段とは違い、一番上段は静かな雰囲気が漂った場所になっている。というのも、上段に建つのは翔の家も含む農業を生業とした者達や島長の家ぐらいだからだ。それは基本的に島外から来た者達はほとんど訪れない、島民達だけの空間となっている。更に静かな雰囲気に拍車をかけるように、その場所の大半は草木に覆われた森が広がっていて。それにより仮令観光客が島を訪れても、上段は相変わらず静かな時が流れていた。

そんな島の上段に存在する島長の家に少女…『宝貝　瑠璃』は住んでいる。島長の孫娘だからだ。だが、彼女の住む家は島長の家だからか。島民達の寄合所としても代々活用されてきた場所だからか。その家の居間は１００人近くが集まっても余裕があるほどに広い。更に水回りの設備以外にも、10畳以上の広さを持つ部屋が5つも備わっている。つまり10人近くの人数が一緒に住んでいても、支障がないほどの大きな家だった。

それでも現在、この大きな家に住んでいるのは島長と孫娘の瑠璃だけだ。もちろん以前は島長の一人娘で瑠璃の生みの母でもある女性も一緒に住んでいた。だが、一人娘であった事で甘やかしてしまったからか。島民達から自然と『次期島長』という目で見られていた事が重圧と感じたのか。島での生活を苦痛と感じたらしく、10代後半で自宅だけではなく島からも出て行ってしまう。一応約10年後には戻ってきたのだが、その時の彼女は既に妊娠。島民達の混乱を余所に、島長が呼んだ医師に協力して貰い出産。その時に『瑠璃』が誕生し、混乱の中でも島民達は大いに喜んだ。

だが、やはり出産を経験しても彼女の想いは変わらなかったようだ。戻ってきたと思われた約1年後に島から出て行ってしまう。それも自分で生んだはずの瑠璃を島に置いて行ったままだ。その行為はいくら大らかな性格の者達ばかりの島民達も、苛立ちや怒りを感じるほどだ。それでも生まれた子供に罪はない。基本的に人情に厚い島民達はそう思ったらしく、幼子を抱える事になった島長を支える決意を固める。以来、島長として島民達をまとめる事に忙しい彼に代わり、皆は瑠璃の世話をして子育ての手助けをした。そのおかげもあり『さんご祭』の時期を中心に何かと忙しい島長であったが、孫を育てる事が出来ていた。そして自分達を支えてくれる島民達の優しさに触れ続けていたからか。物心がつく頃から瑠璃は島長になる事を望むようになったのだ。その様子に最初は戸惑いも抱いた島長だったが、幼いながらも固い決意を持っている事が分かったからだろう。そんな孫娘に対して喜びを感じるようになる。更に成長していっても幼い頃と意志が変わらない瑠璃の姿は、自分の孫娘でありながらたくましくも思えて。島長は微笑ましく瑠璃の成長を日々見守っていた。

そうして穏やかな時が過ぎていたある日。瑠璃を含めた子供達5人は琥珀と出会った事で、騒がしくも楽しい日々を送っている。だが、それはあくまで子供達だけの話だ。『人魚』の事を知らない他の島民達は相変わらず静かな生活を送っている。それでも時期が年に一度行われる『さんご祭』の準備期間中だからか。表面上は静かでありながら、島民達は露店の準備や商品の準備、そして島外からの来客の手配等々…。かなり忙しそうにしている。それは当然、島長である瑠璃の祖父も含まれていて。むしろ彼は島の中心人物だからだろう。既に老体と呼べるものだというのに、島内を動き続けている。その姿は毎年見かけるものだったのだが、少し前に雑誌で『自慢の離島、大特集！』という見出しで特集をされたからか。今年の『さんご祭』は例年よりも2倍近くの観光客が来る予想になっている。だからなのだろう。島長を含めた島民達は例年以上に島内を飾り付け、備品を揃えていたりと念入りな準備を進める。そして同時に打ち合わせも連日、念入りに行われていた。その打ち合わせは島長だけでなく、島民達も気が付かないほどに白熱していたらしい。毎回のように打ち合わせが終了するのは夜中の零時近くになっていた。

そんな徹夜の日々が続いていたからか。老体である事も相まって、島長の体は密かに悲鳴を上げる。それでも祭りの開催が数日後まで迫っていた事もあり、最後の追い込みと言わんばかりに島長は作業を続行していた。だが、1日だけでも休んでいた方が良かったのかもしれない。何故なら睡眠不足に陥っていた島長は、自宅の階段を上る際に強い眩暈を覚え、体の力が抜けてしまう。そして足を踏み外して転がり落ちたのだ。幸いにも落ちた高さが低かった事もあり、頭を強く打ち付けたり流血等はなかった。だが、どうやら腰を強く打ち付けてしまったようだ。その証拠に起き上がろうと動いた瞬間、強い痛みが走り立ち上がる事が出来ない。そして痛みにより思わず呻き声を上げれば、まだ自宅にいた瑠璃が気が付いたらしい。慌てて祖父に駆け寄った。

「お祖父ちゃん…！」

「あっ、ああ…。瑠璃…。すまないが…先生を呼んできてくれないか？　祭りの為に…昨日からここに泊まっていて…。今は『まんぷく亭』で食事をしている…はずだから…。」

「分かった！　すぐに呼んでくるね！」

痛みで苦しみながらも必死に言葉を紡ぐ島長。その声は弱々しいものだったが、孫娘の瑠璃にはちゃんと伝わったらしい。力強く頷きながら返事をしたかと思うと、自宅からも飛び出していく。その軽くも激しく響かせる足音を聞きながら、島長は大人しく瑠璃が戻ってくるのを待っていた。

その後、祖父の言う通り『まんぷく亭』を訪れた瑠璃は医者を発見。焦るがあまり言葉を発する事が出来なくなっていたが、相手は瑠璃が誕生する瞬間から知っている人物だ。常と違う瑠璃の様子に何かが起きた事を悟る。それにより瑠璃と共に島長宅に向かえば、そこには苦しそうな姿をしている島長の姿があった。そこで医者は声をかけながら、騒動を聞いた健太の父と共に彼を布団の上に寝かせる。そして痛みに脂汗を滲ませる島長を診察しながら、重々しく口を開いた。

「他に異常はないみたいだけど…。この痛み方からして腰にヒビが入っているかもしれない。詳しくは島外で検査しなくちゃ分からんけど、最低1週間は安静にしなくちゃ駄目だ。それだけは分かる。」

「そうなの？　先生…。」

「ああ。下手に動いてしまえば怪我が悪化する。そうすれば歩けなくもなってしまうだろう。それは困るだろう？」

「うっ、うん…。」

「だから安静にしなくてはならないんだ。」

色々な面で理解力に乏しい瑠璃が相手でも、彼女の事をよく知る医者だからだろう。安静にしなければならない理由も丁寧に説明してくれた。おかげで瑠璃は祖父の体の状態を理解する事が出来たが、同時に彼が重傷である事も分かってしまう。それにより落ち込んでしまうのだが、医者はその事も読んでいるようだ。落ち込む瑠璃に向かって優しく微笑みかける。そして気遣うように頭を撫でながら言葉を続けた。

「…そんなに心配しなくても大丈夫だよ。これだけ元気があれば少しの間安静にすれば良くなるさ。もっとも1週間は外を出歩いては駄目だけどね。」

「そっか…。良かった～。」

優しく微笑みながら気遣いの言葉を口にする医者に瑠璃は安心したからか。強張っていた体からは力が抜け、口からは安堵を含ませた息と共に言葉が漏れる。その様子に医者と健太の父も安心したらしい。温かい眼差しで瑠璃を見つめていた。

だが、瑠璃を落ち着かせても一安心は出来ない。というのも、怪我人であるはずの島長が起き上がろうと体を動かし始めたのだ。医者の目から見ても強い痛みにより、明らかに起き上がれない状態だと言うのに…。

「ちょ…！　駄目ですよ、島長！　今は体を休めなければ…！」

「祭りが…『さんご祭』が近いんだ…。大体の準備は出来ているにしても…確認しなくてはならない…。広告ももう少し貼りたいし…。だから…動かなくては…！」

「気持ちは分かりますけど…！　でも…！」

「そうだよ、お祖父ちゃん！　動いちゃ駄目だよ！」

島長の家系に生まれ、幼い頃から教え込まれた島長としての強い使命感か。実際には脂汗を滲ませ続けているほどの激痛が走っているにもかかわらず、島長は行動を起こそうとしている。それは島長を運ぶ為にきた健太の父や、孫娘の瑠璃まで戸惑わせてしまう。特に瑠璃は焦りを滲ませながら妙な気迫を放つ祖父の姿を初めて見たのだろう。健太の父と共に必死に止めようとはしていたが、その表情は怯えた色をしていた。

一方、そんな島長達のやり取りを無言で見つめる医者。瑠璃達が誕生する時だけでなく、島長がまだ今の立場になる前からの長い付き合いでもあるからだろう。その意志の強さも分かってはいるらしく、思わずタメ息のようなものを漏らす。それだけでなく呆れも含ませた声で呟き始めた。

「アンタの気持ちは分かるけど、今は大人しくしていた方が良いぞ。…まだ島長としての仕事を続けたいんだろ？」

「それは…！　だが…！」

「分かったな？」

医者からの忠告だからか。自分の性格をも理解している相手からの言葉だからか。有無を言わせないような医者の言葉と態度に、ようやく諦めたようだ。直前の勢いはなくなり、島長は布団に再び横たわる。その様子に医者は一安心もしていたが、島長は当然不満を抱えていて。その証拠に表情は唇を噛み締めて険しいものを浮かべるのだった。

すると祖父がようやく体を休めてくれた事に安心したからか。少しの間の後、瑠璃は徐にある事を口にした。それは…。

「…分かった。なら私が…お祖父ちゃんの代わりに働くね！」

「…はっ？」

名案が思い付いたように唐突な事を口にする瑠璃。その内容に島長だけでなく健太の父や医者まで驚いてしまったらしい。思わず間の抜けた声を漏らす。だが、そんな大人達を気にする事なく、瑠璃は言葉を続けた。

「だってお祭りが近いのにお祖父ちゃん動けないんでしょう？　だったら私が動くしかないじゃん！」

「そうかもしれないが…！　そんなに簡単な事ではないんだぞ!?　沢山、打ち合わせをしなくてはならないし…！　多くの物を運んだりしなくてはいけない！　とても体力がいる仕事で…甘いものではないんだ！　だから…！」

自分の孫娘の突拍子もない言葉に、島長は思わず声を荒げる。それでも相手は思うがまま突き進む傾向が強い瑠璃だ。直前までは祖父の変化に怯えていたようだが、医者のおかげで落ち着きを取り戻したからだろう。嘘のように力強さを取り戻している。そして声を張り上げている祖父の様子を目の当たりにしても退かずに続けた。

「確かに大変なお仕事だとは思うよ？　お祖父ちゃんを見てきたから、それは分かっている。でもお祭りは皆が楽しみにしているんでしょう？　だったら皆が楽しめるようにしたい。お祖父ちゃんが、いつも頑張ってくれている時みたいに！」

「瑠璃…。」

瑠璃の行動を否定するように声を張り上げていた島長だったが、その勢いは段々と弱まっていく。というのも、気が付いたのだ。一見すると声や表情は常と変わらない明るいものだったのだが、その中に妙な力強さが含まれていた事に。それは本人にとって無意識なのだろうが、島長の自覚を滲ませているように感じてしまう。その事は祖父だけでなく医者も感じていたらしい。同時に瑠璃の成長を実感した事で、大人達は驚いたように目を見開く。だが、そんな大人達の想いに気が付いているのか、いないのか。瑠璃は笑顔のまま告げた。

「だから何をすれば良いのか教えてくれる？　お祖父ちゃん。」

「…分かった。」

ようやく自分の言葉を受け入れてくれた事が嬉しかったのか。祖父が頷くと瑠璃の表情は更に明るいものになる。その姿は愛らしいもので祖父である島長だけでなく、医者や健太も表情を緩ませる。そして2人に見守られながら、瑠璃は祖父から島長の仕事内容を確認。一通り聞き終えると行動を開始するべく、自宅から出るのだった。

祖父の代わりに島長の仕事を行う為に出て行った瑠璃。だが、向かったその先は住居が建ち並ぶ所ではない。勇達と常に待ち合わせをしている海岸近くの木の下だ。というのも、気持ちは祖父の代わりに動く事を決めているのだが、その事をまだ幼馴染達には説明していなかったのだ。だからこそ瑠璃は待ち合わせ場所へと足を進める。そして予想通り既に集まっていた4人に接触すると口を開いた。

「今日からウロコ探しが出来なくなった。」

「はっ…？　何を急に…。」

「いや〜。お祖父ちゃんが怪我しちゃって…。私がお祭りの仕事をする事になったんだ！」

「えっ…。」

いつものように待ち合わせ場所に来て、琥珀の元へ一緒に向かうと思っていたからだろう。その証拠に4人の足は既に海岸の方へと進み出そうとしていた。だが、瑠璃の口から発せられたのは予想していなかった言葉だった。呆気に取られ皆の口からは、間の抜けた声が漏れてしまう。それでも瑠璃の話を聞いている内に、健太は先ほどの出来事を思い出したからだろう。徐に言葉を漏らし始めた。

「あ〜！　怪我って、もしかしてお医者さんを呼びにきた時の話〜？」

「うん、そう！　健太の所のおじさんにもお祖父ちゃんを運ぶのに少し手伝って貰ったからさ。お礼を言っておいてよ。」

「うん。分かった〜！」

「いや、『分かった』じゃなくて…！　島長の仕事って大変なんだろ⁉　何でお前が…！」

「そっ、そうだよ！　お母さんも言っていたよ！　『あの人の仕事は私よりも大変なんだ』って…！　それなのに…。」

「普通に考えると無理だと思いますよ？　まだ子供の君が彼の仕事を代わるのは…。」

健太と和やかに会話をしていたが、それを止めるように3人は声を上げる。しかも内容は少し前に祖父に言われた事と同じものだ。普通ならば同じ事を続けて言われてしまえば苛立つものだ。だが、当の瑠璃は思考が既に祭りの方に向いているからか。特に苛立ってはいないらしい。それればかりか自分を責めるように見つめてくる3人に向かって答えた。

「確かに難しい事かもしれないけどさ。私が動かないと駄目だと思って。皆はお祭りを楽しみにしているし。何より私は…お祖父ちゃんの孫だからね！」

「瑠璃…。」

「じゃあ私はもう行くから！　琥珀に謝っておいてね！」

「瑠璃ちゃん…！」

未だ戸惑いを見せる幼馴染達だったが、瑠璃はやはり気にしてはいないらしい。一方的に言葉を発したかと思うと、4人の前から勢いよく立ち去っていく。それを皆は当然呼び止めようとしたが、元々5人の中で1番か2番目ぐらいに足の速い瑠璃だ。追い付けるはずがない。あっという間に4人の前から姿を消してしまう。その様子に皆は呆気に取られるが、気配まで消えた事で諦めたらしい。タメ息のようなものを漏らすと瑠璃が消えた反対側…琥珀の待つ海岸へと歩き始める。だが、幼馴染故に止まらない瑠璃の事を分かっているからだろう。その胸の中では瑠璃の行動力が気掛かりで堪らない感情が渦巻いていた。

瑠璃の事を気にしつつも、４人は琥珀の待つ海岸へと辿り着く。住居や大きな港がある側とは正反対の場所だからだろう。僅かに賑わっていたはずの空気も波音が聞こえるほどに静かなものに変わっている。それだけで島育ちの４人は不思議と癒され、心も少しだが落ち着きを取り戻していく。そして落ち着きを取り戻したのをきっかけに、海に向かって琥珀を呼び出し。琥珀は姿を現したのだが…。

「あの…瑠璃さんがいないような気がするんですけど…。」

「ああ…。実はな…。」

やはり瑠璃がいない事に真っ先に気が付いた琥珀。思わず不思議そうに尋ねてくる。その青い瞳は真っ直ぐ自分達を見つめていて、話を促すような力を感じ取ったからか。４人は頷き合うと話し始めた。瑠璃が祭りの手伝いをする為に、ウロコ探しに参加出来なくなった事を…。

「…それでね。瑠璃ちゃんがウロコ探しを出来ない事を謝っていたの。」

「それは別に良いんですけど…。その…瑠璃さんは大丈夫なんですか？　１人で行うのは大変なのでは…。」

『人魚』という違う種族であっても、やはり心優しい性格の持ち主なのだろう。自分のウロコを探して貰えない事よりも、瑠璃の事を心配し戸惑いの色を見せる。その姿に胸の中を温かいものが広がっていくのを感じたが、琥珀を気に病ませ続ける訳にはいかない。改めてそう感じたらしく、沈んだ表情になっている琥珀に向けて勇は口を開いた。

「お前が心配しなくても大丈夫さ。一応、大人達もいるんだし。」

「そうですよ。琥珀君は気にしなくても大丈夫です。」

「うんうん。だからウロコの場所を教えてよ～。4人で頑張って探すから～。」

勇の言葉を筆頭に、翔と健太も次々と言葉を発する。それも口にされている言葉の内容は、自分…琥珀の事を気遣うものだったからか。琥珀はそれ以上、瑠璃に関して何も言えなくなる。そして健太の言葉に促される形で、琥珀はウロコの場所を説明。それを聞いた4人は行動を開始するのだった。


一方、その頃。幼馴染達にウロコ探しを行えない旨を説明し終えた瑠璃は、1人で島中を駆け巡る。祖父から聞いた『さんご祭』の仕事…備品の最終確認や皆の祭りに向けての進行状況等を知る為だ。それにより走り回りながら、瑠璃は島民達に接触する事にしたのだ。すると既に健太の父が近辺の島民達だけでも話をしてあったのか。駆け回る瑠璃の姿を前にしても島民達の間では特に動揺してはいないようだ。それればかりか話を聞き回る瑠璃を温かく迎え入れ、彼女からの問いかけにも答えてくれたのだ。そんな皆の姿に瑠璃は感謝もしていたが、祖父の役目を果たそうとする事に躍起になっていたからだろう。それを口にする余裕はなさそうだ。それればかりか更に気合いを入れながら作業を進めていた。

そうして島内を駆け巡り続けて、どれぐらいの時間が経過しただろうか。ふと気が付くと辺りは夕日特有の朱色に染まり、妙に明るい風景を作り出している。正直に言えば、そろそろ帰宅しなくてはならない時間だ。それは島民達も思っていたらしく、瑠璃に忠告しようとしたのだが…。

「あの…瑠璃ちゃん？　そろそろ帰った方が良いんじゃない？」

「ん〜？　と言っても、まだ仕事が終わってないし…。あっ、この旗みたいな物の紐って、この木に付ければ良いんだよね？」

「えっ、ええ…。そうだけど…。」

忠告をしても作業の手を止めようとはしない瑠璃。木に登ったかと思うと、祭りの横断幕の旗を縫われた紐を使って木に縛り付けている。その動きはまだ作業の手を休めるつもりはないのだろう。勢いがあり、それを察してしまった事で島民は何も言わなくなる。そして結局、瑠璃が少し満足して帰ろうとした頃には空は紺色になり星まで見え始めていた。


その後、島民に見送られながら自宅へと戻った瑠璃。作業内容としては話を主に聞くもので、琥珀のウロコ探しに比べれば体を酷使する事は少ない方だ。それでも普段の行動とは違い、祖父の代わりに島長の仕事を請け負っているからか。無意識に芽生えていた責任感も相まって、体だけでなく精神も疲労しているらしい。それを表すように体中に僅かな痛みが走っていて。誰かにその事を告げたくもなってしまうほどだ。

だが…。

（駄目…。お祖父ちゃんも体が痛いんだから…。私は我慢しないと…！）

普段は気ままに言いたい事を言って、やりたいように行動を起こす瑠璃。それでも祖父の事は『自分の一番大切な家族』と思っているからだろう。その大切な人に自分の辛さは打ち明けたくはないようだ。僅かとはいえ発症した体の鈍痛を瑠璃は隠してしまう。そして祖父に軽く今日の成果を報告だけすると、夕食を摂り入浴。2階にある自分の部屋の布団に潜り込むと瞳を閉じた。この痛みが少しでも取れるように、何より明日以降の仕事に対する気合いを入れながら…。

翌日。今日も朝から気持ちの良い青空が広がり、薄っすらと珊瑚島全体が明るくなっていく。すると明るくなり始めていく様子を合図としたかのように島民達も行動を開始。一通り家事を終えた者から自宅を出る。そして島外の仕事に向かおうとしたり、祭りの準備作業等の屋外作業も開始していくのだ。それは瑠璃も同様で、朝食を摂ると自宅を飛び出す。やはり島民達に比べて随分若いからか。一晩しか経過していないが、体の痛みはあまり感じない。その事に密かに安心しながらも、祭りの準備作業の為だろう。店等の施設が主に建ち並ぶ中段へと向かっていった。

そうして今日も『さんご祭』に向けて始動していく珊瑚島だったが、何やら1隻の船が近付いてくる。しかも島に着いた船は1人の女性を下ろすと、再びモーター音を立てながら離れていく。その様子を船から下りた女性は無言で見つめていたが、どうやら何か目的があるらしい。島の上段に向けて迷いなく足を進めていく。空は晴天で島は穏やかな様子だったが、密かに嵐が起き始めていた――。

第18話

瑠璃が再び島長の代理として仕事に励み始めていた頃。彼女の幼馴染達である4人はいつものように集合。その後琥珀に会うと、定番のウロコ探しを始める。1人だけとはいえ人数が減ってしまったからか。はたまた減った人物が5人の中で一番行動力の高い人物だったからか。琥珀からの指示を受けながら探したものの、昨日は結局1枚もウロコを見つける事が出来なかった。しかも今になって改めて考えてみれば、『さんご祭』が終わる1週間後には2学期が始まってしまうのだ。当然、島外の学校へ通うべく多忙な日々に戻る事になる。そうなってしまえば確実にウロコ探しは出来なくなる。だからこそ1日でも早くウロコを全て見つけ出したいのだが…。

「全然…ウロコが見つからない。」

「そう…だね。」

焦るがあまり思わず呟いてしまう勇。その声は無意識でも苛立ちが込められているらしく、かなり冷たいものになっている。普段ならば怖がりの美々が体を震わせ怯えてしまうほどのものだ。だが、勇と同じ考えを抱いているからか。ウロコ探しを通じて少し成長出来たのか。もう体を震わせる事はない。同調する声は相変わらず泣きそうなものになってしまうが、意志を込めて受け答えは出来るようになっている。その様子は確実に美々の成長を表していた。だが、ウロコ探しで焦っていた事もあり勇は気が付いていない。相変わらず焦りの色を漂わせながら辺りを見回している。その姿は切迫した様子をしていたからだろう。美々はそれ以上反応する事は出来なかった。

するとワ人の傍らで、そのやり取りを見ていたからか。微妙に空気が張り詰めているのを感じ取ったらしい。翔はこんな事を言い始めた。

「…まぁ、君が焦るのもよく分かりますけどね。実際、学校がまた始まるまで時間はあまりありませんし…。だからと言って焦っても駄目ですよ。見つかる物も見つからなくなってしまいますから。」

「そうそう。焦らずにのんびり探そう〜。」

「…分かっているよ。」

自分の考えを読んだように言ってくる2人に、勇は不満を滲ませながらも答える。というのも、頭の中では理解していたのだ。今更焦ってしまっても仕方がないという事を。だが、全てを分かっているように改めて告げる2人に、内心苛立ちも感じてしまう。それでも勇もウロコ探しを経て父の偉大さを知り成長したのか。その感情を表に出す気はないようだ。タメ息のようなものを混じらせながらも呟いてはいるが、その声は穏やかだ。そして軽く背伸びをすると再び行動を開始。1枚でも多くのウロコを見つけるべく動き始めるのだった。

そうして瑠璃は島長の代行として、子供達はウロコ探しの作業を再開。珊瑚島は騒がしくも常と変わらない穏やかな時が流れる。だが、それは大半の者の話だ。一部の者…島長だけは少し様子が違うようだ。というのも、腰痛で顔をしかめながら布団の上で休む彼の元に来客があったのだ。それも相手は島民ではない。礼儀として一応室内に入る時には声をかけてくれたのだが…。

「ごめん下さい。少しお邪魔するわね？」

「お前は…！」

室内に響く声と自分に近付くその姿に島長は思わず呟く。そして走る痛みに堪えながらも忌々しく相手を見つめてしまう。何故なら訪問者は元島民で、自分だけでなく瑠璃の事も捨てた実の娘だったのだから…。

訪問者である彼女を見つめる事しばし。久し振りに実の娘と再会したとはいえ、懐かしさや感動と呼べる感情は芽生えてこない。むしろ彼女を見た瞬間、過去の出来事が一気に脳裏を過ったからだろう。島長の顔はより険しくなる。その反応は顔だけでなく、声にも影響を与えたようだ。改めて娘が来た理由を尋ねようとしたのだが…。

「…何しに来たんだ？　今になって…。」

苛立っていたとはいえ、予想以上に低く冷たい声を発する島長。その声や態度は孫も含めた子供達や他の島民達にも見せられないほど、黒く恐ろしい雰囲気を漂わせている。だが、相手は止める声を全く聞き入れず、島から出てしまうぐらいの自分勝手な娘だからか。子供達だけでなく島民達も引く空気を実の父親が放っているというのに、特に怯えた様子はない。それればかりか睨み付ける視線を受け止めながら淡々と答えた。

「何って…。そんなの決まっているじゃない？　瑠璃を引き取りにきたのよ。島は教育や健康面で何かと不便だし…。だから設備や環境が整った都会で育てようかと思って。」

「…何だと？」

突然の娘の言葉に島長の怒りは強まる。だが、当然のように何も気にしていないのであろう。娘の言葉は止まらない。

「それに…さっき瑠璃が祭りの準備をしている姿を見たのよ。まだ幼いのに走り回されて、何か荷物も持っていたわ。あの姿を見ていたら、さすがの私も可哀想に感じたのよ。…まぁ、こんな所で寝ているあなたは感じないのだろうけど。」

「なっ…！　これは腰が痛くてだな…！　何も感じない訳がないだろう！　むしろお前よりも私は瑠璃の事をだな…！」

「どうだか。」

島に着いてすぐ偶然見てしまった光景を思い返しながら、娘は話を続けている。その内容は一見すると一人娘の事を心配しているものに聞こえる。現に表情も悲しそうなものを浮かべていた。だが、その娘の実の父だからだろう。彼は彼女が本当は悲しんでいない事に気が付いていた。だからこそ理由等も含めて言い返そうとするが、娘は鼻で笑うように言い放つだけだ。全く父の話には耳を傾けない。それにより島長は更に強い怒りを覚えるが、その言葉を上手く表に出す事は出来ない。何故なら彼女の言う事が全て間違いだった訳ではなかったからだ。瑠璃から言い始めた事とはいえ、腰痛を理由に自分の仕事を任せたのは事実なのだ。しかも任せた仕事は明後日に行われる『さんご祭』に関係する内容。いくら開催直前の時期で仕上げ段階に突入していても、看板の設置や飾り付け等の力仕事がまだ残っている。はっきり言ってそれらの仕事は、大人でも体が辛くなるものばかりだ。それを自分の孫だとしても子供に任せ続けているのだ。心苦しく感じるのは当然と言えば当然の話だ。その事を改めて自覚したからだろう。島長はより黙り込んでしまうのだった。

だが、そんな島長の気持ちも娘は知るはずがない。密かに後悔の念に駆られる島長を鼻で笑ったかと思うと、相変わらずな様子で続けた。

「だから私が引き取るわ。こんな所で子供を働かせるよりはマシでしょう？」

「…っ！」

そう語る娘は生意気さを滲ませながらも、妙に誇らしげな態度を見せつけている。その様子は島長の堪えていた怒りを噴出させるのに十分な威力を発揮させていたからだろう。その堪忍袋の緒が切れてしまった島長は叫ぶように言い放った。

「生まれて1年で捨てていったくせに…！　何を今更になって言い出すんだ!?　今更…母親ぶりやがって…！」

「はぁ？　ちょっと何よ、急に…。今まで黙っていたくせに、変に言い返しちゃって。それに母親ぶるも何も私はあの娘の母親のつもりだけど？」

「いいから出て行け！　二度と顔を出すな！」

「ちょっ…！　何をそんなに怒っているのよ？　…まぁ、出て行って欲しいのなら船の時間もあるし、とりあえず出て行くけど。でも私は諦めないから。」

強気な態度で娘を追い出す島長だったが、当の彼女は一瞬戸惑いながらも涼しい顔で立ち去る。その後ろ姿を島長は怒りを滲ませた表情で見つめていたが、心の中は真逆な感情を抱き始める。というのも、娘からの言葉で抱いてしまったのだ。『引き取られるべきか？』という考えを。それにより島長は1人で悩み始めてしまう。『さんご祭』の開催日直前という、一番盛り上がる時だというのに…。


そうして思い悩み始めてしまったその日の夜。いつの間にか空は深い紺色のものへと変わっていて、既に夜だという事が分かる。だが、まだ祭りの準備を行っているのであろう。瑠璃は未だに帰宅せず、室内は暗く静まり返ったままだ。その様子はいつもと何も変わらないものだ。だが、少し前の娘とのやり取りが影響しているらしい。いつもと変わらない光景が広がっているはずだというのに、島長の中で強い不安の感情が渦巻く。大切な孫娘が遠くに行ってしまう、そんな漠然とした不安が…。

「瑠…！　つっ…！」

不安な感情に突き動かされるがまま、孫娘を探すべく島長は動こうとする。だが、娘の登場や彼女からの言葉や態度で感情が高ぶっていたとはいえ、現在の彼は腰痛を抱えている。それも馴染みの医師から、動く事に関してドクターストップがかけられているほどの酷い腰痛だ。当然のように動き出そうとした瞬間、腰から激痛が走り表情を歪める。そして額に脂汗を浮かべうずくまりながら、島長は瑠璃の帰宅を待ち続ける。強い不安とは裏腹に、室内は穏やかで静かな時が流れていた。

それから時間は更に経過して。時間の経過と共に薄暗くなっていた室内は、より闇色を濃くした風景へと変わっていく。その暗さは明かりを点けなければ物の位置等が判断出来ないほどになり始めている。だが、先ほどよりは少し落ち着きを取り戻していても、島長の体は未だ強い腰痛を抱えている。正直言って明かりを点けたくても、立ち上がれそうにない。それにより島長が出来た事は表情を歪めながら、再び布団の上に横たわる事だけだった。

丁度その時だった。布団に何とか戻る事が出来た島長の視界が一気に明るくなったのは。どうやら布団に戻る事に必死になっていた為に気が付かなかったが、いつの間にか瑠璃が帰宅していたらしい。明るくなった景色の中で、照明器具の紐から手を離した瑠璃の姿が目に入る。そして自分を見つめてくる祖父の姿に瑠璃も気が付いたらしい。近付いたかと思うと徐に口を開いた。

「何？　お祖父ちゃん。私の顔に何か付いている？」

「あっ、いや…。そういう訳じゃないんだが…。」

「っていうか、もしかして家から出ようとしたの？　駄目だよ！　お医者さんにも言われたでしょう？　無理しちゃ駄目だって！　だから大人しくしていてよ？　ご飯もお祭りの仕事をした時に貰った物があるし…。すぐに温めて用意するから待っていて。」

「あっ、ああ…。分かった。」

明らかに症状を悪化させそうな祖父を注意しながら、瑠璃は台所へと向かう。その様子は常と変わらず、島長は何だか一安心する。だが、安心と同時に島長は悩み始めてもしまう。自分の娘…瑠璃にとっては実の母親が来た事。そして瑠璃を引き取ろうとしていた事を伝えるべきなのかを…。

「どうしたの？　お祖父ちゃん。何かあったの？　あっ。もしかしてお腹空いちゃった？」

「あっ、いや…。確かに腹は減っているが…。別に何でもない。」

「そう？　もうちょっと待ってね。」

「ああ。」

周りの様子や変化に鈍い部分があっても、さすがに島唯一の肉親である祖父の変化には気付いていたらしい。戸惑いながらも彼の変化の理由を尋ねようとしてくる。それに促されて答えれば楽だったのかもしれないが、島長はあえて話そうとはしなかった。やはり自分の口から娘との会話の内容を出すのは、予想していた以上に大きな勇気が必要だと悟ったからだ。それにより島長は瑠璃の問いかけを誤魔化して、昼間のやり取りについては口を閉ざす。その姿に瑠璃の疑問はより強まったが、鍋が丁度良く温まった事を知らせる音が聞こえたからだろう。彼女の意識はそちらに集中してしまう。その結果、祖父を問い質す事は自然と出来なくなり、空気も自然と変わっていった。

それから夕食も食べ終えて。食器の後片付けだけでなく、祖父の着替えや清拭等を何とか行った瑠璃。一息する間もなく現在は入浴していた。入浴する事で今日も無事に一日が過ぎ、それを実感するからだろう。島内を走り続けていた事で発生し溜まっていた疲労も徐々に薄らいでいく気がする。その事を自覚し自然と息を漏らす瑠璃だったが、疲労が薄らいだ事で妙に頭が冴えてしまったのか。脳裏には様子がおかしかった祖父の姿が過っていた。

（お祖父ちゃん…。いつもと違っていた。何処が変なのかは上手く言えないけど…。でも…やっぱり変だったな…。）

風呂に浸かりながら頭の中で疑問を巡らせる。それでも何故か自分からその疑問を再び口にする事が出来ない。何となくだが再び祖父に誤魔化されそうな気がしたのだ。だからだろう。瑠璃は入浴を終えた後も、祖父を問い質す事はしない。自分の寝室に向かうと布団に潜り込み眠る事にしたのだ。常以上に感じていた疲労感を少しでも解消する為に…。

更に翌日。この日は昨日よりも天気が良くないらしく、朝から上空には雲が広がっている。だが、その雲は決して厚くはない。恐らくだが天候を大きく左右させる類のものではないだろう。それを島民達はよく分かっているらしく、その証拠に屋外に洗濯物を干したりしていた。

そんな常と変わらない風景が今日も珊瑚島に広がっている。だが、その穏やかな風景に反して瑠璃の表情は僅かに暗い。というのも、朝から何だか気分が悪かったのだ。その体調の悪さは顔色が白く見えるほどだったのだが、本人からすれば少し熱っぽく力も入りにくいとしか感じなかったからだろう。常と変わらない様子で島内を走り回る。それも祭りが明日に迫っていた為か。走り回る瑠璃の表情には僅かに焦りの色も見えている。そして貼りそびれていた数枚のポスターを手に持ちながら、僅かに重くなっていた足を動かしていた。

そうして高台の中段部分を歩いていると、瑠璃の瞳にある光景が映る。それは下段の所に幼馴染の4人がいる光景だ。どうやら琥珀のウロコを探しているらしく、何やら辺りを見回しながら手を動かして探っている。すると瑠璃の密かな視線に気が付いたらしい。不意に勇から声をかけた。

「おう、おはよう！　瑠璃。今日も祭りの準備か？」

「あっ、うん…。おはよう。えっと…そうなんだ。まだ準備が残っていてね。でも明日だから頑張らないと…。」

「そっか…。あまり無理しないでね？　島長さんも心配しちゃうから。」

「そうですよ。ウロコ探しは僕達なりに頑張っていますから。気にしないで下さい。」

「うんうん。安心してね～。」

「うん…。ありがとうね、皆。」

勇の声を筆頭に幼馴染達は次々と瑠璃へと話しかける。その声は常と変わらず元気の良いもので、体調があまり良くない瑠璃の頭の中にかなり響いてしまう。それもあって瑠璃は皆の前から立ち去ろうとしたのだが…。

「あっ…。」

「瑠璃…！」

皆に背を向けて再び歩き始めようとした瑠璃だったが、その足は一歩進んだだけで止まってしまう。何故なら突然、瑠璃に強い眩暈が襲ったのだから。その強さは石造りの道や壁、更に白い雲が広がる空も一気に暗転するほどだ。当然それだけではなく瑠璃の全身から力が抜けてしまい、勢いよく地面に倒れ込んでしまう。そんな彼女の姿に４人は慌てて駆け寄るが、当然のように無反応。瞳を閉じたまま体を硬直させていた。

「瑠璃！　大丈夫か！」

「瑠璃ちゃん！」

「とにかく運びましょう！　健太君、お願いしますよ！」

「わっ、分かった〜！」

動揺しつつも声をかけながら役割分担をする4人。それにより4人で一番体格の良い健太が瑠璃を背負い、その周りを3人は付いていく。本当ならばウロコ探しの途中なのだが、やはり目の前で倒れてしまった大切な幼馴染の方が気がかりだからだろう。誰もウロコの事を口にしない。そればかりか心配そうに瑠璃を見つめながら声をかけつつ、皆は瑠璃の家の方へと歩いていった。

一方、今日も昨日の話をしたかったからか。島を訪れた瑠璃の母は、島長の家へ向かうべく進んでいた。すると高台の方へ近付くにつれて子供達の声が彼女の耳に入る。しかも顔を上げてみれば自分の娘に何かあったらしい。娘を背負いながら歩く子供達の姿が目に入った。

（…っ！　付いていってみよう！）

体を全く動かさず大人しく別の子供に背負われている瑠璃の姿に、母親としての本能か。妙な胸騒ぎを感じた彼女は後を付ける事を決意。子供達を尾行していく。そんな何かが起きそうな雰囲気が漂っていたが、島には相変わらず静かな波音が響くだけだった――。

第19話

幼馴染達の前で意識を失い、倒れてしまった後。健太に背負われていた瑠璃はこんな夢を見ていた。それは闇に包まれた世界で、今よりも幼い赤ちゃんの姿をしていた自分が出てくる夢だ。当然その頃の記憶はなく、実際に起きた出来事なのかは分からない。それでも夢の中の自分は母親と思われる女性に置いていかれ、終始泣きじゃくっているのだ。その姿は現実のもののように見ていて苦しく感じたからだろう。瑠璃は思わず胸を押さえ、その場にうずくまってしまった。

するど苦しみにより動けなくなる瑠璃の元に誰かが近付いてくる。それは自分の祖父である島長で、彼は泣く瑠璃の体に優しく触れる。更に触れてきたのは祖父だけではない。幼馴染達も含めた他の島民達もいて、触れられた箇所から温もりが伝わってくるのだ。それも同時に温もりだけではなく、現れた皆の辺りから小さくも明かりが生まれていって、その温かくなっていく様子の変化に、夢の中の瑠璃も落ち着いたらしい。涙はすっかり止まり笑い声を上げている。そして楽しそうにする赤ちゃんの自分の様子を見ている内に、現在の瑠璃自身も何だか嬉しくなったのか。気が付けば笑みを浮かべていたのだった。

そうして赤ちゃんとはいえ、泣き止む事が出来た自分の姿に一安心する瑠璃。すると安心した事が何かのスイッチを押したのか。急に強い力に引っ張られる感覚に襲われる瑠璃。そして引っ張られる感覚が落ち着いたかと思えば、赤ちゃんの自分や皆の姿は消失。ただの暗闇に包まれた光景が広がる。更に暗闇の光景を見させられていた瑠璃だったが、自分の周りに何かの気配を感じたからだろう。思わず瞳を開ける。だが、瞳を開いた事で視界が広がったのと同時に戸惑いも生まれてしまう。何故なら自分の顔を覗き込む勇達の姿があったのだ。今にも泣きそうな顔をした皆の顔が…。

「…えっ？　何で皆が…。」

「『何で？』じゃないだろ！　お前が俺達の前で倒れたんじゃないか！」

「ちょっ…！　駄目だよ、勇君。大きい声を出しちゃ…。瑠璃ちゃん、まだ元気じゃないんだし…。」

「そうですよ。心配で腹が立つのは分かりますけどね。怒鳴るのは間違っていますよ。まぁ、僕も同じ気持ちなので止める気は起きませんが。」

「うわ〜…。勇君も翔君も何か怖いね〜。っていうか、大丈夫？　瑠璃ちゃん。何処も痛くない？　お腹減っていない？」

状況が掴み切れなかった事もあり、つい呟いてしまった瑠璃。だが、戸惑う彼女の前で繰り広げられていたのは、自分の事を責めながらも心配している皆の姿で。その光景を見ている内に瑠璃は徐々に思い出していく。自分が皆の前で倒れてしまった事。そして自宅まで運ばれた事を…。

「あっ、うん…。何とか大丈夫だよ。朝よりは全然…。」

「つまり朝から調子が悪かったって事ですね。」

「うっ…。」

健太からの問いかけに答えるべく、現在の己の状態を口にした瑠璃。だが、口にしてしまった事で一緒に朝の様子まで告げてしまう。しかも軽く告げたつもりなのに、その言葉はしっかりと聞こえていたらしい。それを聞いた翔の口から容赦ないツッコミが入れられてしまう。更に翔からのツッコミに思わず呻き声を漏らす瑠璃に対し、皆の言葉は止まない。

「駄目だよ〜。瑠璃ちゃん。ちゃんとお腹いっぱい食べて休まないと〜。」

「そっ、そうだよ…！　苦しいって感じた時には、ちゃんと休んで…。じゃないと…私達も悲しくなっちゃうから…。」

「…そういう事だ。祭りの準備で忙しいのは分かるけどさ。倒れたら意味ないだろ？　それに俺達もびっくりしたんだぞ。いきなり目の前で倒れるからさ。」

「ごっ、ごめん…なさい。」

次から次に浴びせられる言葉に瑠璃の中で気まずい想いが募る。それでも皆が心配している事が分かっていたからか。瑠璃は思わず謝罪の言葉を口にするのだった。

一方、瑠璃の態度の変化に自分達の想いがようやく伝わった事が分かったからだろう。一安心した４人は僅かに表情を緩ませる。むしろ表情だけでなく、心配し過ぎるがあまりに妙に張り詰めてしまった空気も緩んだようだ。その証拠に皆の体は強張りが抜けていった。

すると少し前の室内の空気と、明らかに様子が変わっていったからか。瑠璃と彼女の幼馴染達以外の人物が僅かに体を動かす。それは瑠璃が運び込まれる前に、既に自宅療養をしていた彼女の祖父である島長だ。どうやら皆が瑠璃を運んだ部屋は島長が療養している居間だったらしい。当然のように物音や声で子供達に気が付いてしまった彼は、痛みを堪えながらも孫である瑠璃の状況を把握。子供達と共に彼女が目を覚ますのを待っていたのだ。そして子供達とのやり取りから瑠璃が目覚めたのも察知。それにより腰を中心とした強い痛みが走ってはいたものの、彼は上半身を何とか起こす。更に瑠璃の方を見つめながら呟いた。

「…すまなかったな、瑠璃。私のせいで…無理をさせてしまったみたいで…。」

「そんな事…！　私が勝手にやった事だもん！　だから…お祖父ちゃんは悪くないよ！」

「だがな…。結果的に私のせいで、お前は倒れてしまったんだ。それは家族として許されない事だと思う。だから…すまないと思ってな。」

「お祖父ちゃん…。」

痛みを堪えながら語っているからか。謝罪の言葉を口にしている祖父は、瑠璃が戸惑うほど辛そうな表情をしている。その様子は見ている瑠璃の方も、痛みを感じてしまうほどだ。だが、それ以上に抱いたのは少し違う想いでもあったからだろう。それを告げるべく瑠璃は徐に口を開いた。

「…私ね。この島が…珊瑚島が大好きなの。海だけじゃなくて木や花、何よりも住んでいる皆の事がね。温かくて大好きなんだ。」

「瑠璃…。」

「だからね。そんな大好きな島や皆の為にも早く島長になりたかったの。お祖父ちゃんみたいに皆の事を大切に出来る島長に…。そう思っていたら一生懸命になっちゃったんだ。だから…私の方こそ心配かけてごめんね。」

「…っ！」

そう語る瑠璃の姿は、今まで見た事がないほどに力強さを滲ませていたからだろう。彼女の祖父でもある島長ですら思わず息を呑む。それでも孫の成長を実感した事もあってか。驚きや戸惑い以上に何だか熱いものが込み上げている事を彼は実感する。その証拠に彼の瞳には熱い雫が滲み始めるが、孫を含めた子供達には気付かれたくなかったようだ。シワだらけの手で目元を軽く拭っていた。

そんな島長と瑠璃の様子を少しの間無言で見つめ続ける子供達。だが、見ていた事で瑠璃の熱い想いに改めて気付かされたからか。４人で顔を見合わせ頷き合ったかと思うと、勇は急にこんな事を言い始めた。

「じゃあ、瑠璃は休んでおけよ？　後は俺達でやっておくからさ。」

「えっ…？　やっておくって…。」

　勇の言葉の意味が掴み切れず、思わず不思議そうに呟く瑠璃。すると今度は翔から答え始めた。

「もちろん『さんご祭』の準備の事ですよ。君が倒れた時に…いえ、倒れる前から密かに決めていたんです。僕達も幼馴染として、珊瑚島の住民として何かを手伝いたいってね。」

「そうなんだ〜。だから瑠璃ちゃんは寝ていてよ〜。後は僕達が頑張るからさ〜。」

「うん…。しっかりと休んでいて。明日は…お祭りの当日だから。」

「うっ、うん…。ありがとうね、皆。」

　幼馴染達の突然の言葉に未だ戸惑いが消えない瑠璃。それでも皆が自分の為に行動を起こそうとしている事が分かったからだろう。段々と戸惑いから感謝の想いが芽生えていく。現にその想いは彼女の表情にも表れたらしい。お礼の言葉を口にしながら微笑みを皆に向ければ、4人は一瞬固まってしまう。だが、皆のまとめ役でもある勇は真っ先に我に返る。そして他の3人に向かって言い放った。

「よっ、よし！　皆で協力して…祭りを成功させるぞ！」

「…おー！」

　己の決意を表すように力強く告げる勇だったが、他の3人は薄々気が付いていた。勇の顔が異様に赤く染まっていた事に。恐らく元々瑠璃に対して幼馴染以上の感情を持っていたのだが、力強く真っ直ぐな瑠璃の姿を見たからだろう。改めて妙に恥ずかしくもなってしまったようだ。だが、その事の元凶であるはずの瑠璃は当然気が付いていない。相変わらず真っ直ぐな瞳で皆を見つめている。その姿に勇の胸の中は更に激しく鼓動を奏でていて、それを皆は楽しそうな表情を浮かべながら見つめていた。

そんな勇だったが、どうやら恥ずかしさが頂点に達したらしい。勢いよく立ち上がると逃げるように島長の家から出て行く。その背後には直前の様子が面白かったのか。妙に楽しそうな表情を浮かべながら3人も一緒に出て行った。だが、島長の家から出た事で、その思考は一気に『さんご祭』の準備の為のものに切り替わったようだ。緩んでいた表情を引き締まったものに変えていく。そして確認し合うように互いの顔を見合わせたかと思うと、頷き合って行動を開始するのだった。

そうして島長宅から元気良く出て行く子供達の様子を、ある1人の人物が建物の陰から見つめる。その正体は瑠璃の実の母親である女性で、他の子供に背負われ運ばれる娘の事が気になっていたらしい。後を付けただけでなく室内の様子も見ていたようだ。だが、様子を見ていた事で瑠璃の強い決意も自然と分かったからか。結局、何もする事なく建物から離れていく。それらの時、一言も声を出さず気配も消していたからだろう。雲の隙間から覗く太陽や島に生える草木達以外は誰も気が付かないのだった。

その日の夕方。勇達が帰った後も布団に横たわって休んでいたおかげか。ようやく一時よりも瑠璃の体調は落ち着いた。そして体調が落ち着いたからか。元々、元気の塊である為に、大人しくしていられなかったからか。未だ僅かに脱力感は残るものの瑠璃は1人で外出。そのまま島内を散歩し始めた。

1人で海沿いを歩き続ける事しばし。自分が体を休めている間に、どうやら勇達はちゃんと祭りの準備を行ってくれたらしい。辺りを見渡せば建物の壁に自分が貼った覚えのないポスターが貼られていて、木には『さんご祭』という文字が記されている横断幕も縛り付けられている。それらの光景は一見すると常と変わらない穏やかなはずの島に、妙な賑わいを作り出していたからか。独特な雰囲気を十分に表していた。

そんな空気を味わいながら歩き続けていると、波音に混じって何かが跳ねるような水音が僅かに聞こえてくる。どうやら歩き続けている内に無意識で琥珀がいる海岸の方へ来ていたらしい。その証拠に足音から瑠璃だという事も分かっていたらしく、琥珀は海面から顔を出す。そして瑠璃の方を見ながら徐に口を開いた。

「あの…！　皆さんから聞いたんですけど…。体の方は大丈夫ですか？」

「えっ…。あっ、うん…。まだ少し体がだるいけどね。何とか大丈夫だよ。心配してくれてありがとうね。」

「いっ、いえ…。瑠璃さん達は…大切な友達ですから。」

勇達から既に話を聞いていたからだろう。最初声をかけた琥珀は今にも泣きそうな表情をしていた。それでも心配する自分に対して答える瑠璃の様子は、予想していた以上に明るいものだったからか。琥珀は恥ずかしそうに視線を逸らしながら必死に答える。そして勇達からの話を受けて、ふとこんな事を呟く。

「瑠璃さんは…この島が大好きなんですね。その…無理をしてしまうほどに…。」

「…うん。この島は私が生まれて育った場所だし…。何より住んでいる皆は私の…『家族』みたいなものだからね。」

思わず呟いてしまっただけなのだが、それに対し瑠璃は力強く答える。その表情は笑顔も含ませていて、とても清々しいもので。見ていた琥珀もいつの間にか笑顔になる。そして何だか微笑ましい２人の間を、穏やかな波風が１つ通り過ぎていった。

一夜明けて。いよいよ祭りの当日を迎え、島外から多くの人々が訪問。珊瑚島は朝から賑わいに包まれる。島内の至る所で露店が特別に開かれ、そこには多くの客が行列を作り買い物までしてくれる。それらの様子は例年以上の騒がしさがあり、正直言って戸惑いも生まれてしまうほどだ。だが、自分達の頑張りが示された感覚にもなったのだろう。瑠璃だけでなく、祭りの手伝いをした勇達も何だか嬉しくなる。そして嬉しさを前面に押し出しながら、子供達は楽しそうに接客の手伝いも行うのだった。

更に賑わいは夜になっても続く。『さんご祭』の最大の見せ場であり、最後の行事である花火大会が行われたのだ。しかも今年の花火大会は雑誌取材の効果もあってか。例年よりも多くの打ち上げ花火が用意され、鮮やかに夜空を彩っていた。

「凄いね～！」

「本当に綺麗…。」

「ええ…。さすがの僕も…そうとしか言えませんね。」

次々と打ち上げられていく花火を見上げながら、他の大人達と同様に感慨の声を上げる健太と美々と翔。更にその3人の傍らでは、同じように瑠璃と勇が花火に夢中になっている。そして空を見上げながら瑠璃は不意に呟いた。

「色々と…ありがとうね。」

「は…？　何が…。」

「いや、私が倒れちゃった時にさ。皆で家まで運んでくれただけじゃなくて…祭りの準備までしてくれたじゃん？　その時のお礼をまだ言ってなかったからさ。」

「ああ…。そんな事か。」

一瞬、瑠璃が何を言いたかったのか分からなかった勇。思わず不思議そうに尋ねてしまう。それでも瑠璃が続けてくれた言葉のおかげで、ようやく意味が分かったらしい。僅かに呟いたかと思うと笑みを浮かべながら答えた。

「別に…大した事じゃない。お前が…瑠璃が考えているように俺達も珊瑚島の皆を『家族』だって思っているからな。…『家族』の手助けをしたかっただけだ。」

「…そっか。」

勇の言葉に一瞬驚いたようだが、その言葉が嬉しかったのだろう。瑠璃から自然と笑みが漏らされる。そして再び花火に集中するべく夜空へ視線を向けた。

丁度その時だった。瑠璃の傍に1人の女性…彼女の実の母親が近付いてきたのは。

「瑠璃！」

「えっ…。もしかして…お母さん？」

急に近付いてきた女性に瑠璃は思わず驚きの声を上げる。というのも、瑠璃が最後に母に会ったのは小学校に入学する直前…その傍らでは勇達が瑠璃以上に驚き、戸惑いの表情を浮かべている。それでも瑠璃の母は僅かに笑みを浮かべながら再び口を開いた。

「ええ、久し振りね。…元気にしていた？」

「うっ、うん…。何とかね。っていうか、来ていたの？」

「ええ。たまには祭りを見にこようと思ってね。」

かなり久し振りに母と対面したからだろう。常は人見知りしないはずの瑠璃だったが、その表情からは戸惑いの色は消えない。だが、そんな瑠璃の心情に薄々気が付いていても、母はやはり気にしていないようだ。笑みを浮かべたまま言葉を続けた。

「…私ね。ずっとこの島が嫌いだったの。何だか閉じ込められている気がして…。だから…あなたを生んだ後に島から離れてしまってね。ほとんど帰ってこなかったの。」

「お母さん…。」

「だけどね。島の事を大切にするあなたの姿を見て思ったの。この島も悪くはない。ううん、むしろ良い島だったんだなって…。」

「お母さん…！」

　最初は自分が生まれ育った大好きな島を否定されて落ち込んでいた瑠璃。実の母親から否定されたのだから尚更だろう。だが、母親が続けてくれた言葉は直前のとは少し違う。むしろ正反対とも言える内容だ。その言葉により瑠璃は自分の気分が浮上していくのを自覚する。そして母親は戸惑いの色が消えていった娘を見つめながら、こう言葉を付け加えた。

「また時々だけど…島に帰ってきても良いかしら？　瑠璃が大好きな、この島に…。」

「うん！　待っているね！」

　数年前の時には決して口にしてくれなかった再会を約束する言葉。だが、強い決意と熱い想いを示してくれた娘のおかげで、少しずつではあるが彼女の心情は変わっていったらしい。その証拠に改めて島へ再び来てくれる事を約束してくれた。それは瑠璃にとっても当然喜ばしい事で元気良く頷き、他の子供達も安心したように2人を見つめる。そんな穏やかな様子に戻った母娘を祝福するように、その後も花火は打ち上がり続けるのだった。

　それから更に時間は経過して。盛り上がったまま『さんご祭』は無事に終了。島民達は達成感に浸りたくもなるが、島外から来た者達への対応をしなくてはならない。大半の者は島に住む家族の元や施設に宿泊させなくてはならない。また宿泊の予定がない者達の場合には、時間は既に遅いものの島外の港までの船を出してあげた。それらの行動は早めに起こさなくてはならず、その日の珊瑚島は夜遅くまで人が動き続ける気配に満ちていた。

そんな人々の気配は、海の中にいる琥珀も感じ取っていたらしい。緊張した様子で岩陰に身を潜めながら海に漂い続ける。この島に来たばかりの頃はウロコを失っていた為に力が弱まっていて、海中に潜るだけでも苦しさを感じていた。それが今となっては大半のウロコが集まったおかげか。それに比例するように力も戻り、嫌な苦しさも感じなくなっている。その事は当然喜ばしい事だ。時間はかかっても、当初の目的が遂行されている証拠なのだから。だが…。

（そろそろ…決めなくてはいけませんね…。）

本来の目標が達成されようとしている事は、つまりは琥珀の帰還が間近だという事でもある。だが、それは同時に人魚の世界に帰る事を意味し、必然的に瑠璃達とも別れる事になる。それは本来なら喜ぶべき事なのだろうが、琥珀は自覚していた。自分の中に喜びとは違う感情…むしろ真逆とも言える感情が渦巻いていた事に。それは瑠璃達と関わってきた事で自然と芽生えたものなのだが、彼女達が予想していた以上に真っ直ぐで気持ちの良い人物だったからだろう。日々触れ合っていく内に心地良く感じていたのだ。だが、心地良い日々が長くなるにつれて、自分でも驚くほどに寂しさも大きくなっていて。だからこそ別れ難くも感じてしまうようになっていた。

　それでも元々住む世界が違うのだ。いつまでも皆の傍にはいられない事も当然分かってはいる。だからこそ琥珀は胸の中に広がり続ける寂しさにフタをし続ける事を改めて決意。その感情から目を逸らすように空を見上げる。少し前までは大きな破裂音と共に、様々な色合いをした華により美しい夜空となっていた。だが、今はその鮮やかな華達も消えて、元の星々が広がるだけの姿に戻っている。それは寂しいと言えば寂しい光景だが、物事を考え決意を固めるには丁度良い光景でもある。改めてそう感じたのか。琥珀は静けさを取り戻した夜空を少しの間、無言で見上げ続ける。別れの時が確かにすぐ傍まで迫っていた――。

第20話

『人魚を必ず手に入れてみせる。この世界の気候を操る為に。そして人間が最強の存在となる為に――！』そんな物騒とも言える決意を宿して、男は数人の男達と共に船に乗り込む。向かう先はもちろんウロコが流れてきたあの離島――。

瑠璃達が穏やかに日々を重ね、現在は琥珀も滞在している離島『珊瑚島』。その島から2時間もモーター船を走らせれば、本島へと辿り着く事が出来る。海を隔てているとはいえ、実際にはそれだけしか距離はない。だが、距離があまりなくても、境界線のように海が存在し続けているからか。島から出る人ももちろんだが、祭事等がない限り島へ出入りする者はほとんどいない。それにより閉鎖的ではあるが、珊瑚島自体は静かな時が流れていた。

そんな珊瑚島に1隻のモーター船が近付いてくる。そこにはある人物…『金城』という名の男性と数人のスーツ姿の男達も乗船している。だが、彼らから漂う雰囲気は服装と相まってか。明らかに観光客には見えない。むしろ男達は皆、妙に無表情でもあるからだろう。近寄り難い雰囲気を作り出している。そしてその雰囲気は船上だけではなく、海や空にも影響を与えているらしい。常ならばウミネコが飛び海中には魚達が優雅に泳いでいるというのに、それらの存在だけでなく影も1つもない。妙に静まり返った海の上を船のモーター音だけが響いていた。

　そうして静かな海上を船は順調に突き進んでいるが、その船首に佇む金城は表情を固くしたままだ。というのも、彼には強い目的があったのだ。それは…。

「本当に…『人魚』という存在はいるんでしょうか。」

「ああ。その証拠がここにはあるからな。必ず手に入れてみせる。人類の為にも。だからお前達にも存分に働いて貰うぞ。」

「えっ、ええ…。それは構わないんですが…。」

『人魚を捕らえる』という強い決意を口にしながら、珊瑚島を見つめ続ける金城。その並々ならぬ様子にスーツ姿の1人の男性が戸惑いながら尋ねてくる。無理もない。大半の人間にとって『人魚』とは未知の存在。実際に存在しているのかも分からないものなのだ。正直言って金城からの話を聞いても未だ夢物語のように感じてしまっている。それでもスーツの男達にとって金城は自分達の雇い主だ。仕事の為にも反論する訳にはいかない。それにより男達は疑問を抱きながらも、金城の指示通りに動く事を決めたのだった。

　一方の金城は、そんな男達の想いに当然気が付いてはいた。だが、自分が彼らの雇い主だという自覚を持ち、『人魚を捕らえる』という想いだけに囚われているからだろう。周りが密かに抱いている疑念等に触れる気はないようだ。そればかりか島が近付くにつれて抱いていた想いが強くなっているらしく、男達の言葉に対し気に留める余裕はなくなっている。それだけ金城にとっては人魚を捕らえる事、もとい人間が自然の力を操れようになる事は重要だと考えていたのだから…。

金城が『そういう考え』を強くさせた原因は、彼が生まれ育った環境のせいだ。というのも、金城が生まれ育ったのはある山で、元々住民が50人ほどしかいないような小さな集落だった。そこは住民が少ないからなのか。周りに草木しか見えないほどに自然が豊か過ぎた所だったからか。度々、雨や風による自然の猛威に晒されて、壊滅の危機に陥りそうになっていた。天候が悪化する度に住居が壊され、田畑が荒らされてしまっていたのだ。当然その度に住民達は立ち上がり、自分達の居場所を守る為に協力し合ってはいた。だが、人間が自然の力に敵う訳がない。その証拠に生活するのが困難と感じたのだろう。集落から住民達は更に減っていき、それに比例するように集落の崩壊は確実に迫っていた。

そして遂に住民達にも限界の時が訪れる。全国的にも問題視されていた秋の長雨により、山が土砂崩れを起こしてしまった。しかも土砂崩れにより住居が壊された住民達が復旧した矢先、更なる惨劇が起きてしまう。隣の市を震源とした巨大地震が発生したのだ。

一応、まだ震源から距離があった為、集落を襲った震度数としては低い方だった。だが、元々長雨で傷んでいた集落にとっては、その地震が結果的に崩壊の引き金になってしまった。案の定、度重なる災害のショックにより集落の長が自殺。急激に結束力を失ってしまった事もあり、住民達は次々と集落から離れていく。その離れていった住民達の中には金城の家も含まれていたのだが、金城自身は長から可愛がられていたからなのか。本心では集落から離れる事に納得はしていなかった。それればかりか自分達を集落から追い出させる原因となった自然の力に対し強い想いを抱くようになる。『自然の力を自分達人間が操れるようになれば良かったのではないか？』という想いが。それはかなり強いもので、集落から離れて20年近く経った後も頭の中に残り続けていて。その影響からか。自然の力を操る為の研究を行える施設へと就職するのだった。

だが、いくら研究をしていても人間は自然の力に敵うはずがない。それを証明するように最新の科学技術を使いこなしても天候を操り災害を防ぐ事は出来ない。むしろ豪雨に苦しむ場所に行き雨を止めようとすれば、水の脅威に襲われる。逆に日照りが続き何も収穫出来ない場所に行き雨を降らせようとしたが、一滴も降らせられない。つまり天候だけでなく水の力も操る事が出来ないのだ。それは確かにある程度予想はしていたが、改めて突き付けられた事実に金城は絶望した。

そして強い絶望は時の流れにより徐々に変化。『どんな手を使っても天候…水の力を操れるようになりたい。』という少し歪な想いへと変わっていく。その想いは考えるだけでなく行動まで変えていく。科学力だけでなく魔術に近い世界の事を調べ、書物を読んで学ぶようになったのだ。それらの姿は何かに取り憑かれたように切迫したものになってい て、周りが引いてしまうほどだ。だが、当の金城は自分の変化には気が付いていないらしい。自分の願望を叶える途中で偶然成功させる事が出来た様々な研究結果を売りながら、調べる事に没頭。周りが忠告しようとしていた言葉達を潰しながら研究に明け暮れていた。

そんな日々の中だった。金城が謎の『青い物体』を手に入れたのは。正しくは彼が直接手に入れた訳ではなかったが、願望を叶えるべく動き回っていた時に出会った怪しい商人が手に入れたのだ。

「浜辺に流れ着いた物でな。不思議な光を放つ上に水まで湧いてくるんだ。面白いだろう?」

最初は商人からの夢のような言葉に、金城は半信半疑だった。それでも商人が見せてくれた実物により、彼の考えは変わってしまう。何故なら商人の言う通り見せられた『青い物体』は光を放ち、水を生み続ける代物だったのだ。他人ならば絶対に触れたがらないだろう。だが、その明らかに異様な物に金城は強い興味を抱く。そして興味を抱いた事で金城は『青い物体』を商人から購入。持ち帰ると早速研究を始めた。

簡易的なものとはいえ調べてみた結果、金城は段々と『青い物体』の正体を掴み始める。『青い物体』から僅かに生物反応がある事。その生物は現在分かっている中にはいなかったが、僅かに海洋生物に近い反応があった事。そして同時に『青い物体』は海洋生物に近い存在からはがれ落ちたウロコのような物だという事も、何となくではあるが突き止める。更にウロコのような物は空気に反応して水を生み出す事も分かり、その力は無限で発揮される事も判明。それらの研究結果をまとめながら金城は再び書物を広げると、ある考えへと辿り着く。この『青い物体』が『人魚』に関係する物ではないかという事に。もちろん普通の人ならば、そんな考えは抱かないだろう。だが、既に色々と追い込まれていた金城は、一度抱いた考えを否定しようとはしない。そればかりか真実を確かなものにするべく動き始める。ウロコのような物が流れ着いた場所から海流を調べ、何処から来たのかを突き止めてしまったのだ。それらは僅か数日の間しか行われなかったが、ウロコを手に入れる前から様々な知識を持ち取り憑かれていたからか。出した結論に金城は妙な自信を持つ。そして出した結論を明るみにさせるべく、金城は商人と再び接触。商人の手下である怪しい風貌をした男達を雇うと出発したのだ。ウロコのような物が流れてきた方向…珊瑚島を目指して。

　それらの事を瞳を閉じながら思い返す金城。この数日間は寝る間も惜しむほどに忙しい日々であった。だが、次々と発覚していく事が金城の想像を超える内容で、同時に夢のようなものばかりだ。おかげで理解していく日々は不思議と疲労を感じさせなかった。そればかりか不確かなものとはいえ、掴んでいった内容が素晴らしく感じたからだろう。金城の気合いは更に高まっていく。そして気合いを宿した瞳で珊瑚島を見つめながら、島に足を踏み入る時を今か今かと待っていた。

そうして金城が感情を高めたまま島に辿り着いた頃。その事を到底知らない珊瑚島の中では相変わらず穏やかな時が流れている。特に子供達は変化に全く気が付く様子はない。前日に無事に終了した『さんご祭』の余韻に浸りたい気分でもあるが、子供達はまだ琥珀のウロコを全て見つけられてはいない。半月以上の時が経過しているのにだ。それもあって今日も子供達は琥珀の元に向かう事にしたのだった。

だが、琥珀の元へ向かうはずなのに、子供達は一向に出発しようとはしない。というのも、勇と翔は待ち合わせ場所にいるのだが、健太とは未だ合流していなかったのだ。瑠璃と美々は昨日別れる時に、先に琥珀の元へと向かう事は告げられていた。だから2人と合流出来ていないのは分かっている。それなのに何も言われていない健太と合流出来ていないのは、少し問題と言えば問題ではある。…もっとも、その理由については2人共何となく予想出来てしまっているので、あまり心配もしてはいないのだが。

それにより待ち続けている勇と翔は段々と苛立っているようだ。眉間にシワがより足は僅かに地団駄を踏んでいて、不機嫌さを露わにしている。それでも待ち続けてみれば、2人が待ち始めて約15分後に健太が登場。常と変わらない穏やかな笑みを浮かべながら2人に近付いてきた。

「遅いぞ、健太！」

「ゴメンね～。父ちゃんが作ってくれた朝ご飯が美味しくって～。」

「君はいつもでしょうが。まったく…！」

時間に遅れながらも無事に合流出来た事に一安心する2人。だが、待っていた2人に対して健太は穏やかな口調で答えてくる。その様子に怒りや呆れを抱く2人だったが、今は怒っている場合ではない。前日の疲れがあったとはいえ皆は寝坊。結果、集まった時間は常よりも遅くなっていたのだ。恐らく瑠璃達も同じような状況ではあるだろうが、待たせている事もまた事実だろう。しかも集合時間が遅くなったという事は、必然的に琥珀の元に辿り着く時間も遅くなっているという事だ。その分、ウロコを探す時間は当然短くもなっている。だからこそ1秒でも早く琥珀の元へと向かわなくてはならないのだ。

「次からは気を付けろよ。」

「…うん。ごめんね～。」

勇は一言呟くと、健太はその想いを多少は理解したのか。素直に答える。それらの様子を翔は終始呆れた様子で見つめていたが、勇が動き始めたからだろう。後を追うように健太と共に足を動かす。琥珀と瑠璃と美々が待つであろう、あの海岸を目指して…。

その後も瑠璃達が待つ場所を目指して歩き続ける3人。だが、結局彼女達の元へは行けなくなってしまう。というのも、しばらく歩いていた3人の耳に何やら足音が聞こえてきたのだ。それも聞こえてきた音は数人分のもので、何となくだが島民達の足音とは違ったものだ。その事が妙に気になった3人は思わず足を止める。するとスーツを着た数人の男達が、3人の方に向かって歩いてくる。そればかりか男達の中の1人である茶髪の男が一歩前に歩み出る。そして3人を見つめながら徐に口を開いた。

「初めまして。私は金城って言います。君達は島の子達かな？」

「はっ…？」

「えっ、ええ…。」

「そうだよ～。」

穏やかで紳士的な口調で話しかける金城の姿に、3人は戸惑いながらも頷く。それを見つめながら金城は再び口を開いた。

「ここは良い島だ。…人魚がいても不思議じゃないよね。」

「…っ！」

微笑みながらも告げられた言葉に3人は思わず息を呑む。だが、そんな3人を前にしても金城の態度は止まらない。一呼吸を置くと、更にこう告げた。

「…人魚は何処にいるんだい？」

そう告げてくる金城の姿は、直前と変わらず穏やかで丁寧なものだ。だが、特に勇は直感で気が付いた。金城が微笑みの裏で禍々しいものを含ませている事に。更に金城の禍々しさを感じ取ったのは勇だけではないようだ。その証拠に勇の傍らにいた翔と健太も自然と張り詰めていく空気を感じ取ったのか。体を強張らせるのだった。

禍々しい金城に威圧されてしまい動けなくなる3人。それでも3人の中で一番友達想いでもある勇はすぐに琥珀の事だと気が付いたらしい。それと同時に琥珀の身が危ぶまれている事も悟ったからだろう。不敵な笑みを浮かべる金城を見つめながら答えた。

「…そんなのはいない。島が違うのでは？」

「そっ、そうですよ！　この辺は似たような島がありますし…！」

「うんうん。きっと違う場所だよ〜。」

誤魔化そうとする勇の姿に翔と健太も我に返ったらしい。一緒になって言葉を発する。

それと同時に嫌な雰囲気から脱するべく、3人は密かに後退りをしていった。

だが、そんな3人の考えは当然のように見極められていたようだ。立ち去ろうとしていた3人の背後で、いつの間にかスーツ姿の男達が立ち並ぶ。そして行く手を遮るように取り囲んだかと思うと、金城は不敵な笑みを崩さないまま再び話し始めた。

「変に誤魔化そうとせず…正直に言った方が良いよ？　君達も怪我はしたくないだろう？　それに…こっちも色々と調べてはあるんだ。『ある物』がここから流れてきた事も…。その流れてきた物が…不思議な力を宿した物である事もね…！」

「っ!?　それって…！」

淡々と経緯も含めた事を告げていた金城だったが、3人の様子は観察していたらしい。

それを示すように自分の懐から取り出した『ある物』…琥珀のウロコを見た3人の反応を見逃さない。思わず反応してしまった3人の姿を見て笑みをより深める。それを見た瞬間、3人も悟ってしまう。自分達が金城の持つ物の正体に気が付いた事。そして琥珀の身に本当に危険が近付いている事に。それにより3人は意地でも逃げ切る事も決意する。本当の事を話してしまったら、琥珀に何をするか分からないと思ったのだから…。

決意を新たにした3人は一瞬だけ互いに視線を合わせる。そして勢いよく背後の男に振り向いた勇は足を蹴り上げた。

「ぐっ…!?」

見事に勇の蹴りが背後の男の股間に当たったからだろう。当てられた男は思わず声を上げる。それに一瞬気を取られたのか。他の男達が動けなくなっていた隙に、間を横切るように翔と健太が走り出す。その後ろからは功労者とも言える勇が付いていった。

「チッ…！　早く追いかけろ！　絶対に捕まえるんだ！」

「はっ、はい！」

古典的な方法を使って素早く脱出する3人に金城は思わず舌打ち。苛立ちを含ませた声を上げながら後を追うように指示し、男達は戸惑いながらも頷く。すると勢いよく追いかけてくる男達に、勇は自分達がすぐに捕まる事を悟ったからだろう。急に立ち止まると打ち上がっていた板を拾う。そして握り構えながら2人に言い放った。

「先に逃げろ！　早く！」

「勇く…！」

「分かりました！　ほら！　早く行きましょう！」

告げられた言葉に戸惑う健太だったが、翔からの言葉もあり再び駆け出す。その様子に少し安心しながら、勇は2人を守るように板を振り回した。

だが、勇が2人を守る事は結局叶わなかった。何故なら股間を蹴り上げられて悶絶していた男が復活。立ち上がったかと思うと、仕返しのように力一杯勇の頭を殴り横へ吹き飛ばしたのだから…。

「勇…うわっ！」

「放して～！」

その光景に思わず足を止めてしまう2人。すると男達は一気に距離を詰めて、2人を一気に抱き上げてしまう。それにより必然的に3人は動けなくなり、危機的な状況も発生してしまう。だが、そんな中でも波音だけは静かに絶え間なく響く。似つかわしくないほど穏やかな音を奏でながら――。

第21話

男子3人が金城達に捕まってしまった頃。先に琥珀の所に来ていた瑠璃と美々はずっと3人を待ち続けていた。だが、危機的状況に陥っている事には気が付いていないらしい。不思議そうにしながら3人がいつも来る方向を見つめていた。

「皆…どうしたのかな…？」

「うん…。いくら何でも…遅い気がする…。まぁ、そろそろ来るとは思うけど…。」

「そう…ですよね…。」

あまりにも来ない事が妙に不安になったのか。美々が思わず呟き、瑠璃は頷きながら答える。そんな2人を見つめながら琥珀も頷いたが、やはり元々警戒心が強い『人魚』という存在だからか。妙な胸騒ぎを覚えていたらしく、自然と表情と体を強張らせてしまう。それでも不安を上手く説明出来る自信がないからだろう。結局、胸の中に抱いていたものを吐き出す事も出来ないのだった。

その後も待ち続ける事しばし。相変わらず穏やかな波音を聞きながら瑠璃達は待ち続りているが、３人は一向に現れる様子はない。そこで瑠璃は改めて３人を探そうと立ち上がった。

だが…。

（誰か来る…!?）

直前まで波音しか聞こえなかったはずなのだが、僅かにそれとは違う音が聞こえてくる。しかも聞こえてきた音は明らかに足音で数人分だ。更には何となくではあるが、近付いてくる者達は島民とは違うような気がするのだ。それにより琥珀が見つかると考えたらしい。３人を探そうと動いていたはずの瑠璃は、すぐにその動きを止める。そればかりか彼を隠すように背を向けた。

「瑠璃ちゃん…？」

「しっ…！」

突然の行動に戸惑いを向ける美々だったが、瑠璃が口元に指を当てて見せたからか。何となく妙な雰囲気が漂い始めている事を悟ったからか。美々は問いかけるような事はしない。むしろ立ち上がると琥珀を守るように瑠璃の隣に並ぶ。そして2人の行動と近付く何者かの気配に琥珀も何かを察したらしい。緊張を表すように体と表情を強張らせながらも海中に潜り込む。その様子に瑠璃と美々は一安心したようだ。少しだけ体から力を抜き、口からは安堵を含ませた息も漏らすのだった。

だが、瑠璃達が力を抜く事が出来たのは一瞬だった。というのも、近付いてくる足音の持ち主であろう見知らぬ男達が自分達の前に姿を現したのだ。それも先頭の茶髪の男は妙に笑みを浮かべていて。それを見た瑠璃は何故か寒気を感じ、美々も恐怖を示すように体を震わせる。それでも男は2人の様子を気にしてはいない。むしろ不敵な笑みを浮かべたまま口を開いた。

「初めまして。金城って言います。君達も島の子かな？」

「そっ、そうだけど…！　だから何ですか？」

金城から発せられる禍々しい空気を感知してしまったからか。瑠璃の口から出る言葉は常と違い、棘を含ませた強いものになってしまう。その様子は幼馴染である美々も初めて見たからだろう。強く戸惑いを含ませた表情を浮かべる。島内を包み込む空気はより一層不穏なものになるが、相変わらず波音だけは穏やかだった。

それでも不穏な空気を生み出している張本人である金城が気にする様子はない。それどころか自分の背後に並ぶ男達を見つめると、顔を動かし何やら促す。すると男達は金城が何を言いたいのか分かったらしい。僅かに頷くと瑠璃達に見せるように体をずらしていく。そうして見えた先にいたのは…。

「皆…！」

「瑠璃ちゃん～！　捕まってゴメンね～！」

「本当に…すみません…！」

体をずらした事で視界が拓けたのだが、それを見た事で瑠璃は思わず悲痛な声を上げてしまう。何故なら自分達が見た先には、男達に腕を掴まれ体を持ち上げられている勇達がいたのだ。しかも健太と翔は大して怪我をしていないらしく声を上げる事が出来ているが、勇は深手を負っているらしい。頬は赤く腫れ上がり失神もしている。その姿は美々だけでなく、瑠璃も思わず青ざめてしまうほどだ。同時に自分の鼓動が激しく波打っている事も自覚する。そして捕らえられた3人の姿は、結果的に瑠璃の心を激しく乱してしまったようだ。その証拠に次の瞬間に瑠璃から上がったのは、悲痛を含ませた声だった。

「私の…！　私の友達に…何をしたの!?」

傷付けられた幼馴染達を見させられた事で、悲鳴に近い声を上げてしまう瑠璃。それでも冷酷な男である金城は心を揺るがすはずがない。むしろ不敵な笑みを浮かべたまま言い放つ。

「大人の言う事を聞かなかったからね。少し痛い目を見させてやったんだ。」

「そんな事…！」

「大体、君達が悪いんだよ？　大人達に嘘ついてさ。素直に『人魚がいる』って答えれば、それだけで済んでいたんだ。それなのに…。」

反論する余地も与えないとするかのように淡々と話し続ける金城。その言葉は一向に止まりそうになかったからか。動揺も相まっていた事もあり、瑠璃は声も発する事が出来なくなる。それに金城は笑みをより深めながら、止めの言葉を口にする。

「…それで？　人魚は何処にいるのかな？」

「っ！」

問いかけてくる金城の表情は一見すると優しく微笑んでいるようにも見える。だが、直前の言葉と態度のせいだろう。瑠璃には禍々しいものに見えてくる。それは美々も同様だったが、元々の性格もあってか。瑠璃の傍らで体を震わせる事しか出来ない。そんな彼女の手に軽く触れながら、瑠璃は何とか動揺を落ち着かせる。そして金城を見つめながら改めて答えた。

「…そんなものはいません。それよりも…早く友達を放して下さい。」

「っ！　てめぇ…！」

何やら決意を宿したような瞳で見つめたまま答える瑠璃。その姿は妙に澄んだものであって、普通の人ならば大人しく引き下がってしまうほどだ。だが、瑠璃と対峙する金城は当然引き下がる様子はない。そればかりか舌打ち混じりで呟いたかと思うと、瑠璃に近付き力を込めた拳で頬を殴る。その力は辺りに生々しい音を響かせ、瑠璃の体が横に倒れてしまうほどだ。そして傍らにいた美々は勢いよく殴り倒された瑠璃の姿に完全に取り乱してしまったようだ。声は上手く出せなかったが、顔を歪め大粒の涙を流しながら瑠璃に抱き付こうとする。だが、結局金城の仲間であるスーツ姿の男の1人に捕まってしまい、その望みは叶わない。それは既に捕まっている3人も同様だ。特に少し前まで意識を失っていた勇は、大切な瑠璃が殴り飛ばされた音で目を覚ましてしまったらしい。一瞬状況が理解出来なかったようだが、倒れた瑠璃の姿を見て一気に我に返る。そして我に返った事で脱出しようと思ったのだろう。手足を激しく動かし暴れ始める。だが、当然スーツの男達が放すはずもなく、頭の痛みもあってだろう。勇の抵抗はすぐに止んでしまうのだった。

そんな勇達の様子を冷たい瞳で見つめる金城。すると殴り飛ばした瑠璃が僅かに体を動かし始める。どうやら無意識の内に上手く受け身を取る事が出来ていたらしい。殴られた瞬間に体は吹き飛ばされてしまったが、付いていたのは多少の掠り傷だった。それにより意識を取り戻してすぐに瑠璃は体を動かす事が出来たのだ。だが、直前の金城の様子から歯向かっても上手くいかない事を何となく悟ったのだろう。瑠璃は体をふらつかせながら金城の前へ進む。そして突然座り込んだかと思うと、頭を下げながら告げた。

「…お願いします。どうか皆を…放して下さい。」

「…っ！」

「ふざけるな！」

自分なりの誠意を見せながら必死に頼み込む瑠璃。その姿は必死さを滲ませていて、幼馴染達だけでなく他の男達まで息を呑んでしまう。それでも元凶である金城の心には、やはり響かないようだ。その証拠に土下座をする瑠璃に怒鳴ったかと思うと、再び殴り始める。波音よりも何かを打ち付ける生々しい音が響くようになっていた。

一方の琥珀は、未だ海中に身を潜め続ける。だが、その表情は海中に潜り始めた頃よりも戸惑いの色を濃くしていた。

(自分の…！　自分のせいで…皆が…！)

海中にいても金城や瑠璃達の声が響いてきたからだろう。ほぼ状況を理解してしまったで、琥珀は罪悪感で押し潰されそうになる。その苦しさはすぐに逃げ出したくなるほどのもので、現に琥珀は更に深く海中に潜ろうとしていた。だが、そんな琥珀の耳に再び声が聞こえてきたのだ。何かを打ち付ける鈍く生々しい音に混じって、金城と瑠璃のこんなやり取りをする声が…。

「いい加減に教えろ！　人魚は何処にいる!?」

「どんなに痛い思いをしても…！　仮に知っていたとしても…！　私は絶対に言わない！だって…どんな存在でも…！　島にいてくれた人は…『家族』なんだもん！　そんな『家族』を…傷付けるような事は言わないいんだから…！」

(…っ！　瑠璃さん…！)

何度責められても決して自分の事を打ち明けようとはしない瑠璃。しかも打ち明けない理由は自分の事を『家族』だからだと言うのだ。その真っ直ぐ過ぎる言葉は重くも感じてしまうだろうが、琥珀にとっては何だか嬉しく感じるものだった。それにより勇気のようなものが湧いた事を実感した琥珀は一大決心。皆を助ける為に金城達の前に出る決意をする。そして海上に出ようとしたのだが…。

（えっ…？　この感じって…。）

あと少しで完全に海上へ姿を現す事が出来る場所まで、琥珀は確かに浮上していた。だが、その瞬間に海底から何かが近付いていた事に琥珀は気付く。しかも自分に勢いよく近付いてくる気配は琥珀も覚えがある者達だった為、思わず動きを止める。そして自分に近付く者達を琥珀は待ち続ける。妙に速まる鼓動を自覚しながら…。


そうして海中から何者かが近付いてくるが、地上からは分かるはずがない。その証拠に状況が密かに変化している事を気が付いていないのだろう。金城は未だに瑠璃を殴り続け、子供達は青ざめながら見つめている。相当殴られていたからか。瑠璃の顔はいつの間にかアザだらけになり、体は肌が露出している腕や足を中心に傷を負っている。だが、意志の固い瑠璃は琥珀の事を話そうとはしない。土下座の姿勢で耐えて無言を貫くだけだ。それは当然金城の怒りを高めさせる。そして怒りが頂点に達したからか。金城は勇が一度手にしていた板を男から受け取ると勢いよく振り下ろした。

「瑠璃ちゃ…！」

「止めろー！」

その様子を薄れゆく意識の中で見つめながら、瑠璃は衝撃を覚悟し目を閉じる。勇達の悲痛な悲鳴が一帯に響いた。

そんな時だった。海の方から地鳴りのような大きな音が響き渡ったのは…。

「何だ、この音は…！」

「っ！　見て下さい！」

気付いた金城が思わず声を上げると、スーツ姿の男の1人が何やら指を差す。その先には巨大な波が突然海から現れ、自分達に迫ってくる様子だった。

「っ！　逃げるぞ…！」

「無理…！　間に合わない…！」

驚いた金城達は声を上げながら逃げようとする。だが、自然の脅威に人が追い付けるはずがない。突如現れた巨大な波は、あっという間に瑠璃や金城達の元に辿り着く。そして結局、皆は巨大な波に呑み込まれてしまう。姿形だけでなく気配すら呑み込んでしまうほどの巨大な波に――。

第22話

金城から琥珀を守ろうとして、突き飛ばされただけではなく殴られていた瑠璃。それにより段々と体中に打ち付けたような痛みが走り立っていられなくなってしまう。だが、金城は殴る事を止めてくれなかった為、瑠璃は自分の体が段々限界へと近付いている事も実感。それを表すように意識も遠退き始めていった。

だが、暗転した景色が広がる中、瑠璃はある感覚に気付く。自分の体が何かに包み込まれているような感覚に…。

（…？　これって…！）

不思議な感覚の理由を突き止めるべく、思い切って目を開いた瑠璃。すると映った光景に瑠璃の思考は一瞬止まってしまう。何故なら周りの光景は水中だった上に、自分の体は不思議な気泡に包まれていたのだ。しかもその気泡は不思議な力も宿っているのか。呼吸が出来るだけでなく、体の傷や痛みまでも消えている。その状況や効果に驚きながらも周囲を見渡せば、同じような気泡に幼馴染４人も包まれていて。それを見た事で妙に安心したのだろう。瑠璃の体からは妙な強張りが解かれ、混乱し続けていた思考も落ち着きを取り戻していくのだった。

すると瑠璃の思考が落ち着いていった事を感じ取ったのか。何者かが近付いてくる。それは最初人に見えたが、すぐに自分達とは違う存在である事に気が付く。『上半身が人間で下半身が魚』という、明らかに『人魚』と呼べる姿をしていたのだから…。

「大丈夫かい？　君達。」

「あっ、はい…。」

「ええ、何とか…。」

「大丈夫だよ〜。」

「そうか。なら良かった。」

琥珀とは違い大人の姿をした『人魚』に、瑠璃達は戸惑いながらも答える。それに彼は安心したのか。優しく微笑みながら告げてくる。そんな彼を見ている内に瑠璃は『ある事』を尋ねたくなったのだろう。その証拠に瑠璃は徐に口を開いた。

「えっと…貴方達は？　もしかして…琥珀の仲間…？」

「…説明は後だ。今はあの人間達にお仕置きをしなくては。君達と…大切な子供を傷付けた人間達を。…なぁ？　お前達。」

戸惑いながらも尋ねた瑠璃だったが、彼は答えようとはしない。むしろ不意に何者かに向かって、そう告げている。それに瑠璃達は一瞬首を傾げたが、すぐに彼が誰に向かって告げていたのかを理解する。というのも、瑠璃達の周りにはいつの間にか彼の仲間と思われる者達…複数の『人魚』が囲っていたのだ。その様子は複数の『人魚』が並ぶ事で自然と妙な雰囲気を作り出しているのか。瑠璃達ですら怯んでしまいそうになる。それでも敵意の矛先が自分達に向いていない事。何より自分達には優しい笑みを向けていたからだろう。芽生えそうになっていた警戒心は緩む。そして同時に彼の言葉や表情から5人は彼らと琥珀の関係を理解するのだった。

一方その頃。金城達はというと何やら酷く焦っていた。というのも、波に呑まれながらも打ち上がった事で何とか地上に戻る事が出来たのだが、瑠璃達を完全に見失ってしまったのだ。それは必然的に『人魚』の居場所を問い質せない事を意味しているのだから…。

「クソッ！　子供達は一体何処へ行きやがったんだ!!」

「おっ、落ち着きましょう…！　金城様…！」

「そっ、そうですよ！　少しでも冷静にならなければ…見つかる物も見つからなくなってしまい…。」

「うるさい！　俺に指図をするな！　ようやく『人魚』が手に入って…！　人間が自然を、水を！　操る事が出来るんだぞ！　こんな機会を逃す訳にはいかないんだ！」

焦る気持ちと共に、苛立ちを男達にぶつける金城。その感情が頂点に達しているからか。張り上げる声はかなり強く激しいものになり、さすがの男達も一瞬怯んでしまう。違法な物をやり取りする商人の手下として働いている男達がだ。それだけ金城の気迫は凄まじいもので、子供だけでなく他の大人達も怯えてしまうだろう。だが、やはり手を汚す仕事を行ってきた者達だからか。それほど動揺はしていないようだ。むしろ任務をただ遂行させるかのように金城の願望を叶えるべく動くのだった。

そうして再び探し始めた頃だった。海の方で大きな波音と共に声が聞こえてきたのは……。

「私達はここよ！」

「なっ……！」

急に聞こえた音と声に金城達は勢いよく顔を上げる。すると金城達が見つめた先には、自分達が追い詰めていたはずの子供達が波の上に立っている。しかも海面に佇むのは子供達だけではない。何人もの人魚が一緒にいて、皆で自分達の事を睨み付けている。その光景は男達だけではなく直前まで子供達を探し、『人魚』を捕らえようとしていた金城が怯むほどの迫力だ。現に自分達の前に立ちはだかる彼らの姿に圧倒されたようだ。驚きを含ませた声を僅かに漏らすが、それ以上は何も言えず固まっている。だが、そんな金城を見つめながら『人魚』の男は再び口を開いた。

「よくも我が子を…そして我々を捕らえようとしたな！　こうしてやる！」

声高らかに言い放ったかと思うと、彼は仲間と共に人差し指を天に向ける。どうやらそれが術を発動させるスイッチのようなものだったらしい。その証拠に今まで青空だった空に黒い雲が集まり始め、やがて巨大な雷雲に姿を変えていく。更にその巨大な雷雲から地響きのような音と共に雷が発生。その雷が金城達を襲い始めた。

「これは…！　うわっ!?」

意思を持っているかのように自分達へ向かってくる雷に、金城と男達は戸惑いの声を上げる。それでも雷は自分達を追いかけ続けていた為、金城は体勢を立て直そうと思ったのだろう。船着き場に向かい走り始める。その逃げる姿に男達も戸惑いを深めるが、考えは金城と同じものだったらしい。彼の後を追うように船を停めた海岸へと向かった。

だが、結局金城達は『人魚』を捕らえる事も、ましてや船へ戻り体勢を立て直す事も出来なかった。というのも、雷から逃げるべく走っていた自分達の前に、大勢の大人達が現れたのだ。しかもよく見れば、その大人達の手には太い木の棒や農作業の道具…明らかに武器と思われる物が握られていた。

「アンタ達は…！」

「答えなくても分かるはずだろう？　勝手に島に入ってきて…子供達を傷付けた不届き者なんだからな！」

「…っ！」

直前の『人魚』の力の恐怖が未だ残っているのか。最早武器としか思えない道具を手にしている姿に圧倒されたのか。金城達は言い返そうとはしない。そればかりか戦意を完全に喪失してしまったのだろう。遂に金城達はその場にしゃがみ込み、大人達に自分達の降伏を示す。それは同時に金城の野望が砂のように崩れ去った事を示していた。

自分達の前から金城が逃げてしまった後。標的であった金城達の姿がなくなったからだろう。生き物のように動き回っていた雷は治まり、雷雲も全て撤退。空は所々に白い雲が浮かぶ元の青いものへと変わっていく。その常と変わらない様子に戻った事に一安心する瑠璃達。そして海から海岸に戻ると、瑠璃は口を開いた。

「本当にありがとうございます！　私達を助けてくれて…。あの人達を追い出す事に協力してくれて…！」

「あっ、ありがとうございます…！」

「本当ですよ。感謝しかありませんね。」

「ありがとうね〜！　人魚さん達。」

「ありがとうございました。」

瑠璃の言葉を筆頭に次々とお礼と感謝の言葉を口にする5人。その様子は口調に統一性がなく子供っぽさも感じられる。だが、子供達なりに感謝の想いを示している事は分かっていたのだろう。人魚達は微笑み合う。更に微笑みながら中心の彼が口を開いた。

「いや、お礼はこっちの方だ。息子を…琥珀を助けてくれてありがとう。」

「っ！　やっぱり…あなたは琥珀の…！」

笑顔でお礼を口にする人魚の男性の言葉に、彼の正体を理解する事が出来たからだろう。一瞬目を見開いた5人だったが、何だか嬉しく感じたらしい。更に笑顔を深め喜びを露わにする。それにより人魚達も嬉しさが込み上げたようだ。皆は笑顔になり、周囲の空気は穏やかなものになっていった。

だが、そんな皆の様子とは少し違って琥珀は浮かない表情を浮かべ続けている。どうやら皆が金城達に傷付けられた事で未だ自分を責めているらしい。その証拠に何かを決意すると、徐にこんな事を言い放った。

「あの…！　僕の…僕のせいで…ごめんなさい！」

「琥珀…？」

「僕のせいで…皆を傷付けて…！　痛い想いをさせてしまって…！　本当に…ごめんなさい…！」

突然大声で謝り始める琥珀の姿に5人は一瞬固まってしまう。それでも必死に謝ろうとしている事が分かったからか。5人は互いの顔を見合わせたかと思うと、瑠璃が改めて告げた。

「琥珀は…悪くないよ。私達が勝手にした事だし。それに…『友達』を、『家族』を助けるのは当たり前だもん！　そうでしょう？」

「…っ！　皆さん…！」

笑顔を向けながら告げてくる瑠璃と、彼女の言葉に同調するように頷く4人。その姿や言葉は暗く重いものに包まれていた琥珀の胸の中を温かくしてくれたのだろう。それを表すように琥珀の瞳からは大粒の涙が溢れ、結晶化した雫が海に落ちていく。その様子は見ている方も微笑ましい気持ちにさせたからか。5人は人魚達と共に微笑みながら見つめていた。

その時だった。穏やかな空気を壊すような大声が響き渡ったのは…。

「お前達！」

「っ！」

突然、自分達の背後から響いてくる聞き慣れた声に瑠璃達は肩を跳ねさせる。そして声のする方を見てみれば、予想通り島の大人達が並んでいた。険しい表情を浮かべながら自分達を見つめる大人達の姿が…。

「…っ！」

「最近、何かしていると思ったら…こういう事だったのか!?」

「えっ、えっと…。」

ようやく車椅子を使用すれば動けるようになったのか。車椅子姿になっていた島長は他の島民達と共に集合。瑠璃達を睨み付けながら声を上げる。その姿は明らかに怒りを含ませていて、子供達は息を呑み上手く言葉を発する事が出来ない。それでも5人の中で一番正義感が強く怯まない瑠璃が真っ先に我に返り答えた。

「内緒にしていて…ゴメンなさい！　友達が困っていたから助けたかったの!!」

「友達って…その『人魚』の事か？」

「そうだ！　ウロコを探していたから一緒に探していたんだ！　凄く優しいヤツだったし…！　それに…仲間も俺達を助けてくれたんだ！」

「瑠璃さん…。勇さん…。皆さん…！」

瑠璃の言葉に続けて勇も声を発する。更に2人の言葉に同調するように3人も頷いている。その様子は琥珀の胸の中を温め続けるもので、ますます結晶化した涙が海に落ちていく。それでも琥珀は結晶を拭うと口を開いた。

「5人は…5人は悪くありません！　話の通り僕を助けてくれたのです。こんな…人間から恐れられるばかりの…『忌まわしい存在』だと言われる事が多い『人魚』である僕を…。怖がらずに…優しく接してくれたのです！　だから…怒らないであげて下さい。お願いします！」

「琥珀…。」

自分の事を庇おうとしてくれた5人を助けるように声を発する琥珀。その姿は泣きそうな表情を浮かべながらも真っ直ぐで力強さも含ませている。それは5人だけではなく琥珀の家族で仲間でもある人魚達も初めて見る姿なのだろう。思わず驚きを含ませた声を上げてしまう。だが、当の琥珀は頼む事に必死なようだ。戸惑う皆の姿を気に留める様子もなく、頭を下げ続けるのだった。

するとは互いに庇い合う5人と琥珀の姿に呆れてしまったのか。島長の口からタメ息のようなものが漏らされる。そして無言のまま瑠璃を手招きして近付けさせると、俯く頭を優しく撫でた。

「…そんなに必死にならなくても良い。ちゃんと理由については彼らから既に聞いているからな。」

「お祖父ちゃん…。」

「それに…ワシらが怒っているのは人魚の事を隠したからじゃない。ワシらに内緒で危険な事をしたから怒ったんだ。お前達はワシらにとって大事な子供達なんだから、怪我をしたら悲しくなってしまうのは分かるだろう？　だから…顔を上げなさい。」

自分の頭を撫でながら祖父は優しく声をかけてくる。それにより顔を上げてみれば、瑠璃の目の前には穏やかに微笑む祖父の姿があった。しかも島長の傍には彼と同じように笑顔に変わった大人達の姿もあって。その姿に5人だけでなく琥珀も緊張が解けていったのだろう。再び涙が溢れ始める。直前までとは違い不安が含まれたものではない。喜びを含ませた温かい涙だった――。

第23話

　自分達の様子に子供達が落ち着きを取り戻した事を察したのだろう。島民達は表情を更に緩ませながら子供達を見つめる。一方瑠璃の祖父であり島長でもある彼も、ようやく子供達を落ち着かせる事が出来た事に安心したらしい。安堵を含ませた息を漏らす。そして自分達の様子を終始海から眺めている人魚達に顔を向けると口を開いた。

「子供達の危機を知らせてくれただけでなく、助けてもくれたそうですね。島長として…この子達の『家族』として改めてお礼を言わせて貰いたい。本当にありがとうございました。」

「いや…。こちらこそ我々の大切な子を守ってくれて…何より優しい人間達に感謝したいんだ。だからお礼を言いたいのは、むしろ我々の方だ。ありがとう。」

　頭長がお礼の言葉を口にすれば、他の島民達も同調するように頭を下げる。それに対し人魚達も琥珀の父が中心となって頭を下げてお礼を口にする。それらの光景は一見すると異様に感じてしまうが、人間と人魚との距離が少し近付いたのを表すようなものだったからだろう。子供達と琥珀は嬉しく感じるのだった。

　そうして皆の周囲を穏やかで温かな空気が包んでいく。すると自分達の周囲を包む穏やかな空気を感じている内に、何かを思い付いたらしい。不意に島長はこんな事を言い始めた。

「子供達に手を出そうとした奴らも島から追い出したし…。もし良ければワシらと宴を開かないか。…人間と人魚の友情に乾杯する為の宴を。」

「お祖父ちゃん…？」

「えっと…。良いんですか？」

　頭長から漏らされたその言葉は、人魚達だけでなく子供達も驚くものだったのだろう。目を見開き驚きを含ませた声を上げる。だが、そんな様子を見つめる島長の表情が穏やかでありながらも、決意を宿したものだと感じたからか。子供達だけでなく人魚達も表情を緩ませる。それに島長は更に微笑むと改めて告げた。

「よし！　では今から人と人魚との…『絆の宴』を始める！　皆、準備を進めてくれ！」

「はいっ！」

　声高らかに指示を飛ばす島長。それに対し他の島民達は、既に話を聞き納得もしていたらしい。元気良く声を上げ頷く。そして料理等を持ってくるべく各住居へ向かったり、宴の会場に選んだ海岸を改めて掃除したりと整えていく。皆、楽しそうな表情を浮かべながら…。

それから更に時間は経過して。あの後、整えられた海岸に料理だけでなくピクニックシートや折り畳み式のテーブルや椅子まで持ち込まれ、宴の会場は完成。皆の協力によって作り上げられた会場が予想していた以上の出来だったからか。雰囲気も相まって人魚達と共に宴会は盛り上がる。しかも宴の盛り上がりは時間を忘れるほどのものだったようだ。気が付けば正午前から始まったはずだったのが、終わる頃には空が夕暮れ特有の朱色に染まっていた。

そうして迎えた夕方。食べ残しや飲み物が入っていた紙コップ等のゴミは祭りの時に用意したゴミ袋へ。残った料理や椅子達も手分けして片付けられていく。それらは結束が固い島民同士で行ったからだろう。あっという間に片付けられ、直前まで物が散らかっていた海岸は元の岩肌も見える姿へと戻る。それに島民達は満足げだが、子供達と琥珀の表情は浮かない。何故なら『宴が終わる』という事は、同時に別れの時を迎える事を意味しているのだから…。それは頭の中では分かっていたものの、気持ちは強い寂しさに包まれていたからか。６人の表情は段々と沈んだものになり、瞳には涙が滲み始めていた。

それでも泣き続ける訳にはいかない。父親の人魚に肩を軽く押された事で我に返り、改めてそう思ったのだろう。琥珀は大きく息を吐き、少しでも気持ちを落ち着かせていく。そして琥珀は改めて5人を見つめると口を開いた。

「本当に…今までありがとうございました。僕を受け入れてくれて…ウロコを探してくれて…。おかげで僕は…楽しくって、幸せな日々を過ごす事が出来ました。本当に楽しくって…ありがとうございました。」

「そんな事…！　お礼を言うのなら私達の方だよ！　私達も…毎日琥珀に会えて…楽しかったんだから…！」

「そうさ！　それに…俺達はウロコを横取りされた…！　ちゃんと全部集めて…帰したかったのに…！」

琥珀の言葉に日々の思い出を過ぎらせながら、瑠璃と勇は声を上げ3人は頷く。だが、5人は純粋に別れを惜しむ表情を浮かべながらも、僅かに悔しそうな色も含ませている。というのも、勇が言っていた通り琥珀のウロコはあと1枚足りなかったのだ。その事を思えば無念さを抱くのは仕方のない事だろう。現に5人の表情は更に浮かないものになっていった。

そうして落ち込む5人だったが、すぐに沈んだ気持ちは浮上していく事になる。琥珀の父によって…。

「君達が落ち込む事はないさ。元はと言えばウロコがはがれ易い時期に出歩いた息子が原因なんだ。それに…こうすれば簡単に集まるからな。」

「えっ…？」

琥珀の父の呟きの意味が分からず、間の抜けた声を漏らす5人。だが、その表情はすぐに驚愕を含ませたものに変わる。何故なら琥珀の父が1つ手を打った瞬間、本島から見覚えのある光の玉が飛んできたのだ。琥珀のウロコから放たれる光の玉が…。

「どうやら足りなかったのは…あの男が持っていたウロコだけだったみたいだな。だが、これで取り返す事が出来た。だから安心しなさい。」

「あっ、はい…。」

琥珀で不思議な光景を見慣れていたはずだったが、やはり飛んでくるウロコの動きは予想以上に不可思議なものに見えたのだろう。子供達は涙が止まり、大人の島民達は呆気に取られたような表情を浮かべ固まっている。それらの様子に僅かに笑みを浮かべながらもウロコを戻した琥珀は改めて告げた。

「じゃあ…これで本当にお別れです。でも…会えなくなっても君達の事は…ずっと『友達』だと思いたいのです。…良いですか？」

「もちろんだよ！　琥珀の事は…ずっと『友達』だよ！　だよねっ？　皆！」

「ああっ！」

「当然ですよ。」

「うん、うん！」

「『友達』だよ〜！」

思わず固まってしまった5人だったが、琥珀の言葉に我に返ったらしい。誤魔化すような態度になってしまったが、自分達の意志を伝えようと必死に声を発する5人。すると確かに5人の想いは伝わったらしい。琥珀は笑みをより深め、他の人魚達や島民達も微笑みながら見つめる。そして瑠璃達に見送られながら、琥珀は父と仲間達と共に島から離れていく。その光景は別れのものであり悲しいはずなのだが、夕日に染められた海の色も相まっているのだろう。とても美しい光景が広がっていた。


それから数十年もの時が流れて。あの夏の騒動が嘘のように、珊瑚島では相変わらず穏やかな波音が響く。その音を聞きながら1人の初老の女性は海を眺めていた。するすると海を眺め続ける女性の元に3人の子供が近付いてくる。そして1人…髪を2つに結った方の少女が声をかけた。

「やっほー！　瑠璃お婆ちゃん！」

「…ああ、アンタ達ね。こんにちは。」

大きな声で話しかけたが、島長として何度も経験しているからか。瑠璃はあまり驚いてはいないようだ。そればかりか微笑みを浮かべながら、呼びかけに淡々と答えている。一方、別の…ショートカットの髪に星形のヘアピンで留めた少女が不意に尋ねた。

「海を見ていたけど…また『友達』の事を考えていたの？」

「ええ、そうよ。よく分かったわね？」

「だって『瑠璃お婆ちゃんが海を眺めているのは友達の事を考えている時だ。』って、勇お爺ちゃんが言っていたもん。翔お爺ちゃん達も言っていたしね！」

「ふふふ。さすが皆だね。」

質問された事に答えながらも、笑顔で頷く瑠璃。同時にその脳裏には、自分と結婚し父の跡を継いで漁師になった者や、仕事の関係で珊瑚島と本島を行き来し暮らす幼馴染達の姿が過る。それにより何だかおかしくも感じたのか。自然と瑠璃からは微笑みが漏れた。

だが、瑠璃と楽しそうに会話する少女達と違い一緒にいた少年は不満そうだ。それにより不貞腐れた様子でこんな言葉を口にした。

「っていうか、人魚なんて本当にいるのかよ？　瑠璃婆ちゃんを全く信じていない訳じゃないけどさ。やっぱり信じられないな。」

「もう！　何て事言うのよ！　失礼でしょう！」

「そうよ！　いくら瑠璃お婆ちゃんの孫だからって！　言って良い事と悪い事があるでしょう!?」

「なっ、何だよ…。何でお前らに怒られなきゃいけないんだよ！」

自分の祖母でもある大好きな瑠璃を独占された事による不満もあるのだろう。彼の口から出たのは常以上に冷たい言葉だった。そして傍で聞いていた少女達は反論。それに対し少年は更に反抗し、怒りを含ませた声を上げてしまう。日常的なものとはいえ気まずい空気が漂い始めていた。

一方の瑠璃は口喧嘩を始める子供3人を無言で見つめる。見ている内に自分の幼い頃…『人魚』の友人がいた頃の事をより思い出したのだろう。自然と笑みを深める。そして3人を見つめながら口を開いた。

「喧嘩しないのよ。同じ島に住む『家族』なんだから。」

「だって瑠璃お婆ちゃんを嘘つき呼ばわりしたんだよ！　許せないじゃん！」

「なっ…！　誰も嘘つきだって言ってないだろ！　ただ人魚がいる事が信じられないだけだ！」

「それを嘘つき呼ばわりだって言っているの！」

「あ〜！　もう落ち着きなさい！」

子供達を落ち着かせようとする瑠璃。だが、結局上手くいかず、余計口喧嘩が激しくなってくる。それでも瑠璃は3人の頭を順番に撫でて落ち着かせると、言葉を続けた。

「…『信じる』『信じない』はそれぞれの考えなんだから、変に言い返さないの。自分の考えを言うのは良いけど、その分相手の言葉も受け入れなきゃ。『家族』でも大事な事よ。分かっているでしょう？」

問いかけるように告げると、子供達の怒りは静まったらしい。途端に静かになり小さく頷く。その様子に小さくタメ息を漏らす瑠璃だったが、子供達との話で昔の事をより思い出したのだろう。不意に呟き始めた。

「それに…『彼ら』の存在は私達だけが受け入れれば良いの。実際に会って『彼ら』が優しい存在だと知っている私達がね。」

「…瑠璃お婆ちゃん？」

「何でもないわ。さぁ、『まんぷく亭』にでも行きましょうか。かき氷でも食べさせてあげるわ。」

「本当!?　やった～！」

思っていた事をつい声に出してしまい、子供達は不思議そうに呼びかける。だが、瑠璃がすぐに表情を切り替えたからか。暑い夏の最中に魅力的なかき氷が出されたからか。子供達がそれ以上追及する事はない。その姿に瑠璃はまた可笑しく感じたらしい。微笑みを深めながら海に背を向けると、島の中心部に向かって歩き始めた。

そうして瑠璃が子供達と共に海から離れた後。島の様子を窺うように海面から密かに何者かが顔を出す。だが、その見つめていた者は何も言わない。すっかり人の気配が消えた海岸を無言で見つめるだけだ。そして結局一言も発さないまま海中へと沈み、気配も消してしまう。それにより後に残ったのは、今日も穏やかな波音を響かせる海だけだった──。

番外編①～温室は見ていた～

珊瑚島の高台に1棟の温室が建つ。この温室は百年近くも前に1組の夫婦が仕事で使おうとしていたらしい。建築が済んだ後、室内で様々な植物を育て始める。おかげで室内には色とりどりの植物に覆われ、段々と賑やかになっていた。

だが、時の流れは無情だった。温室は多少朽ちる程度だったが、人間である夫婦はそれ以上に年をとっていく。その証拠に段々と室内の植物は減らされ、いつの間にか誰も訪れなくなる。その様子の変化に温室は自分の役目を終えた事を察知。同時に自分が壊されるのを待つ事しか出来なかった。

そうして時は流れて。相変わらず温室は寂しく建ち続けていたが、あの日を境にある変化が起きた。島長が1人の若い女性と共に自分の元へやって来たのだ。一旦は2人で何やら会話をしただけで立ち去り、温室は寂しさと恐怖のようなものを抱いていた。だが、数日後に再びあの女性が姿を現したのだ。しかも女性は既に朽ち果てそうになっていた温室の体に触れながら、こんな言葉を口にした。

「えっと…。改めて今日からよろしくね。」

優しく微笑む女性の手は声と同様に温かい。その感触は取り壊される寸前だった温室にとって久し振りに感じるもので。何だか命を吹き込まれた感覚になっていた。

それから女性は日々温室に通い、穴の開いた箇所をガラスや板等を使って修理。一通り直し終えると、今度は室内に植物を置いて育て始める。その様子の変化は昔を思い出させるもので、温室は再び幸せを実感していく。そして賑やかになっていく空気に浸りながら温室は女性と植物達を見守り続けた。


そんな賑やかな日々を過ごしていたある日。いつものように植物達を雨風から守りつつ温室は女性を待っていた。だが、待っていた温室の元に現れた女性は何故か若い男性と一緒だった。しかもこの日を境に女性は時々同じ男性を連れてきて、一緒に植物を育てていたのだ。会話の内容までは分からなかったが、笑顔の女性を見た事で温室は悟る。連れて来た男性が女性にとって特別な人である事を。その事を感じ取りながら温室は植物達と共に見守り続ける。自分を生き返らせてくれた女性の幸せを願いながら…。

それから時は流れて。女性はあの男性ではなく、小さな男の子と一緒に来るようになっていた。その事に不思議に思った温室だったが、楽しそうに植物に触れる男の子を、女性が愛おしそうに見つめていたからだろう。すぐに抱いた疑問は消えてしまう。そして穏やかな日々がずっと続く事を願っていた。

だが、ある日を境に女性は来なくなる。温室に来てくれるのは、あの男の子だけとなったのだ。しかも男の子の表情は重苦しいものを浮かべていて、温室はとても気になってしまう。それでも言葉を使えない為に尋ねる事が出来ない。ただ無言のまま男の子と植物を包むように建ち続ける事しか出来なかった。

それから少しの時が過ぎたある日。植物の世話の為に男の子が温室の元に訪れる。だが、その瞳が赤く腫れている事に温室は気付く。しかも作業中にも時々体を震わせて、瞳から雫を落としていたのだ。その姿を見た時、何故か温室は直感した。女性が二度と来られなくなった事。そして男の子が苦しんでいる事を。それを感じ取った事で、温室は男の子を抱き締めたくなった。だが、人間ではない温室には当然手も口もない。それにより温室はただ男の子を植物達と共に見守る事しか出来なかった。

あれから、どれほどの時が流れただろうか。あの日泣いていた男の子は、いつの間にか少年となり大人っぽくなっていた。だが、姿は変わっても相変わらず植物の世話の為に来てくれる。最近では以前、女性と共に来ていた見覚えのある男性も一緒に来てくれるようになっていた。そして共に植物の世話をしてくれるのだ。その様子は以前の記憶を過ぎらせるような光景で。温室は懐かしい感覚に浸りながら2人を見守っていた。

　そうして過ごしていたある日。作業中に少年はこんな言葉を口にした。

「この温室も古くなってきたね。」

「ああ…。だってこの温室は、母さんが使うよりも前から建っていたからな。修理の方も母さんが使い始める前にやっただけで、それ以来直してないし…。」

　少年の小さな言葉に男性は淡々と答える。それを聞きながら温室は密かに不安になっていた。『今度こそ自分は取り壊されるのではないか？』という不安が。だが、不安を抱く温室に対し、少年の言葉は意外なものだった。

「じゃあ…また直さないと。これからも使い続けないといけないから。」

「ああ…。そうだな。」

　笑顔で告げる少年に対し、男性は笑顔で頷く。そんな2人の会話に温室は、とても嬉しくなる。そして、これからも2人を見守ろうと改めて決意するのだった——。

番外編②～海のような母～

その日、1人の若者が珊瑚島に来た。少し幼さを残した美しい女性だ。だが、その表情は暗く、何処か遠くを見つめている。その話を島民達から聞いた島長は、女性に接近。不意に尋ねた。

「旅行かい？」

だが、女性は答えず海を見つめ続けている。それでも島長は言葉を続けた。

「ここの海は綺麗だろう？　それに今は穏やかだが、実は力強いんだよ。」

島長として島の海の事を語り続ける。すると女性は不意に漏らした。

「私も強くなれるかしら…。」

そう語る女性の様子が気になった島長。そして気になった事で女性を島に住まわせる事にした。初めは暗かった女性だったが少しずつ明るくなり、島民達とも交流出来るようになる。そして時の流れと共に、女性のお腹が大きくなってきた事に皆は気付いた。だが、あえて聞こうとはしないのだった。

そんなある日。夕日に染まる海を島長が見つめていると、あの女性が近付いてくる。そして女性は海を見つめながら、呟いた。

「私も海のように強くて優しい母になれるかしら。」

その呟きを発端に少しずつ自分の事を語り始める女性。それによると学生時代は不良だった事、男友達との間に子供が出来たが捨てられた事、更に両親に話すと家から追い出された事も話してくれた。その時女性は体を震わせていたが、島長は触れずにこう告げた。

「辛くなったら海を見れば良い。そうすれば元気が出るから。」

その言葉に何だか安心したのだろう。女性は少し笑みを浮かべながら頷いた。

その後、女性は島民達が見守る中、無事に女の子を出産。少し幼さを残した女性は戸惑いながらも母になり、島民達に支えられながら育てる。そして時々、どうしても辛くなった時は海を見て元気を貰っていた。


更に数年後。あの女性の店『ビューティーマリン』では、朝から賑やかな声がした。今日は女性が産んだ女の子の誕生日なのだ。島民達や友達4人にお祝いされ嬉しそうにする女の子を、母となった女性が愛しそうに見つめる。その日の夕方。女性が砂浜で海を見つめていると、女の子が近付いてきた。

「お客さんは皆帰った？　美々。」

　母の問いかけに美々は頷く。そして海を見つめる母に徐に尋ねた。

「お母さんはまた海を見ていたの？」

「うん。私の目標は海のようなお母さんになる事だから。」

　美々の問いかけに微笑みながら頷く。すると母を見ていた美々は、服のポケットから何かを取り出し母に渡す。それは手作りのブレスレットだった。その突然のプレゼントに驚く母だったが、美々はこう告げた。

「島長さんが教えてくれたの。今日は私の誕生日だけど、1人の女の人が初めてお母さんになった日でもあるって。私を産んでくれてありがとう。私のお母さんになってくれてありがとう。」

　微笑みながら告げる美々。それが嬉しく感じたのだろう。母は美々を抱き締める。そして母となった喜びを味わうのだった――。

番外編③〜君に捧げる愛のメニュー〜

島にある1軒の定食屋。ここには1組の夫婦とその夫婦の一人娘がいた。娘は幼い頃から両親の美味しい料理を食べて育ち、おかげでしっかりとした味覚感覚を持っていた。また自分でも美味しい料理を作る事が出来た為、女子だけでなく男子からも人気があった。だが、娘自体は異性にあまり興味がないらしい。現に告白されても、こう言って断っていた。

「自分よりも美味しい料理を作れる人じゃないと嫌。」

その断り方は非情なものだが、娘の料理の実力が確かだったからだろう。結局皆は引いてしまうのだった。

そんな娘の事をずっと好きな1人の少年がいた。少年の想いは強く、ある日思い切って娘に告白する。だが当然のように娘は少年を振った。少年は落ち込むがすぐに立ち直り料理の勉強を始める。そして、その年の娘の誕生日に初めてクッキーを作り渡した。娘は一応受け取り食べてくれたが、翌日会った少年に対し、すぐに告げた。

「不味かった。」

その言葉を聞いた少年はショックを受けると思われた。だが、逆に娘が食べてくれた事が少年には嬉しかったらしい。以来、毎年のように娘の誕生日になると、料理を作っては娘に渡していた。

そして約10年の時が流れ、娘と少年は少し大人っぽく成長した。だが、相変わらず少年は娘の誕生日に手作りの料理を渡し、食べた娘は少年に辛口の感想を残していた。そんなある日。娘の父が突然倒れ、そのまま亡くなってしまう。深く悲しんだ娘はショックで料理を作れなくなっていた。だが、娘は心配させまいと人前では明るく振る舞う。そして少年はその様子をずっと気にしていた。その年の娘の誕生日。娘が帰宅すると母が小さな包みを手に告げた。

「少年から渡すように頼まれたんだけど？」

そう言われ少年からのプレゼントを受け取る。そして自室に戻った娘がそのプレゼントを開ければ、中身は塩おにぎりが2つ入っていた。娘は塩おにぎりを口に入れると、とても塩辛かった。

「…相変わらずな味付けね。」

そう言いながらも食べる娘からは、いつの間にか大粒の涙が零れ落ちる。この時、娘は少年の作る料理の優しい味に気付いたからだ。そして、この塩おにぎりをきっかけに、娘は徐々に少年を意識し始め、やがて2人は付き合うようになった。

あれから十数年後。大人になった2人は夫婦となり、2人の間には健太という一人息子も生まれた。妻の実家だった『まんぷく亭』は彼女があまり料理を作れなくなった為、夫が継ぐ事になった。だが未だに料理の腕が上がらず、来客数はとても少ない。それでも妻と健太は夫の優しい料理が大好きだ。そして今も妻や健太の誕生日には、様々な料理の他にあの塩おにぎりが並んでいた――。

番外編④～兄・学の帰省～

全ての発端は、この一言から始まった。

「こんな島出て行ってやるよ！」

漁師の父は頑固者。そんな父と大喧嘩した学が珊瑚島から出て早7年になる。島から出た学は都会で生活をしていた。だが、どれも仕事が長続きはせず、様々な職種を転々とする日々。次第に学の心は荒れ何だか虚しくなっていった。


そんなある日。新たな仕事場で客のクレームを受けた学はキレてしまう。そして思わず暴れてしまい再びクビになってしまった。

身も心も疲れた事で珊瑚島に帰る事にした学。珊瑚島に着くと小学校高学年になった瑠璃達に出会う。瑠璃達と話をすると、父は勇と共に買い付けの為に島外に行ったと知る。話を聞いた学は瑠璃達と別れた後、珊瑚島を散歩した。穏やかな風景に学の心は徐々に落ち着き、何かが満たされていく様な気がする。スッキリした気分になった学は実家に向かった。実家に着くと母は突然帰ってきた学の様子に驚く。最初は帰省した理由を聞こうとしていたが、諦めたのか詳しく尋ねようとはしなかった。しばらく学が居間でくつろいでいると、島外に出ていた父と勇が帰宅した。突然帰ってきた学を見て喜ぶ勇に対し父は終始無言だった。父の様子が気になる学だったが、追い出されなかった事もあり安心して実家で過ごした。

そして数日後。海に出ようとする父に声をかける学。すると逆に父から、こう問われた。

「お前も行くか？」

父からの誘いに最初学は戸惑う。だが、その日の内に戻れる漁だったので一緒に行く事を決めたのだった。船の上で昔を思い出しながら父と共に作業する学。すると何処からか船のモーター音が聞こえてきた。そこで辺りを見ると、大型船が猛スピードで近付いてくるのを目撃。それにより瞬時に船を操縦し避けようとした学だったが、大型船の一部が接触し船が大きく揺れる。そして、その拍子に父が船から投げ出されそうになったのだ。慌てて駆け寄った学は父の手を強く引いて助けようとする。だが、今度は自分が海に投げ出され、そのまま気を失ってしまった。そうして少しの間意識を失っていた学だったが、ようやく目を覚ます。すると自分が、船の上にいて、その船が珊瑚島に戻る途中だった事にも気付いた。どうやら父に助けられたらしい。

「…大丈夫か？」

「何で…助けてくれたんだよ…？　俺は…駄目な奴なのに…！」

助かって嬉しいはずなのに、思わず声を荒げてしまう学。それでも父はタメ息を漏らすと、こんな言葉を漏らした。

「…『何で』か。そうだな。一応、俺の息子だからな。」

「息子…。」

「ああ。勇もお前も俺の大事な息子だ。だから助けた。父親とは…そういうものだろう？」

父が口にした言葉は、当たり前と言えば当たり前の事だ。だが、それだけだと言うのに何だか学は嬉しくなるのだった。

更に数日後。島から出る学に父は手紙を渡す。船の上でその手紙を開くと、そこには「お前なら何でも出来る。何たって命がけで俺を助けてくれた勇気を持った自慢の息子だからな。」と書かれていた。その手紙を読んだ学の胸はとても熱くなる。そして、その手紙の言葉を心に刻み新たに頑張ろうと決意するのだった――。

番外編⑤～お姉ちゃんに会いたい～

波も立っていない穏やかな海の上を1隻のモーター船が滑っていく。その船上には操縦士の他に10人ほどの乗客が乗っている。だが、その乗客の中で明らかに幼く見える事で一際目立ってしまう2人の少年少女の姿があった。というのも、2人は『ある目的』の為に珊瑚島へ向かっていたのだから…。

事の発端は3年前。少年少女…潮が7歳、波恵が5歳の時だ。当時の2人は両親が共働きだった事もあり、2人だけで過ごす事が多かった。その影響なのか。自分達で食べ物を温めたりと家事が行えて、年齢以上に大人びた子供達だった。だからなのだろう。ある日の休日に2人を呼んだ母は告げたのだ。自分達には姉がいるのだという事を…。

「えっ…？　お姉ちゃん？」

「そうなの。色々とあって今は『珊瑚島』っていう所にいるんだけどね。」

「『珊瑚島』…。」

「ええ…。もし気になるのなら会っても良いわ。もちろん自分達で調べて船に乗れようになってからね。」

そう告げてくる母の表情は心なしか暗く悲しげに見えた。だが、まだ幼かった兄妹はそれに気が付かず触れようとはしない。むしろ2人にとって、突然母が告げてきた姉の存在の方が気になってしまう。それにより2人は決意したのだ。もう少し大きくなったら珊瑚島に行く事。そして姉に会う事を。その想いは何年経っても枯れる事なく、強い決意を宿したまま2人は育った。


あの出来事から3年もの時間が経過した。長い時間が経過してしまったが、そのおかげで2人は島の位置や船の出航時間等を調べられるようになった。つまり珊瑚島に関して知る事が出来たのだ。それにより2人は電車を乗り継ぎ、珊瑚島への定期船乗り場まで到着。定期船にも乗り遅れる事なく乗船出来たのだった。

その行程は順調そのものと言えるだろう。だが、珊瑚島に近付くにつれて2人の表情は強張ってしまう。何故なら自分達の事を、彼女が受け入れてくれるのか不安を抱いてしまったのだから…。

「…もうすぐ着くみたいだな。下りる準備をするぞ。」

「うん…。分かっているよ。」

今更ながら不安を自覚してしまったからだろう。2人は強張った表情を浮かべながら上陸の準備を進める。その様子に他の乗客も気が付いたが、自分達も上陸の準備を行わなくてはならないからか。誰も2人に声をかける者はいないのだった。


そうして無事に珊瑚島に到着する事が出来た潮と波恵。島に降り立ってまだ僅かな時間しか経過していないが、波と風の音だけが聞こえる静かな島のようだ。そして同時に穏やかな雰囲気も感じ取ったからだろう。未だ緊張は完全に消えてはいないものの、妙な強張りは少しだけ解かれていった。

1つ深呼吸をした後、早速島内を探索する事になった2人。島を調べている時に翌日『さんご祭』という催しがある事も知った2人。それにより資材や機材を持ち込み忙しそうにしている人々を2人は見かける。だが、2人の目的はあくまでも姉を見つける事だ。その事を改めて考えながら、2人は作業する人々の間を潜るように通り抜ける。そして近くの海沿いから探索し始めた。

するとやら複数の小船が並ぶ砂浜の近くで1人の青年が何やら作業をしているのを見かける。どうやら船を停泊させようとしているらしく、専用の太いロープを停泊用の杭に巻き付けている。その様子は明らかに忙しさを滲ませていたが、2人は互いの顔を見合い頷く。そして波恵から話しかけた。

「あっ、あの…！　すみません！」

「あっ？　何だ？」

「えっと…。少し話をしても良いですか？」

「…別に良いぞ。」

急に自分に声をかけてくる2人の姿に、青年は睨み付けるように見つめてくる。それでも根は悪くないのだろう。その証拠に必死に話しかけてくる波恵を真っ直ぐ見つめる。そしてタメ息を漏らして答えると、話を聞くべく改めて2人を見る。それに気を良くして波恵は話し始めた。

『勇』と名乗る青年に話し始めたが、結果的には彼女の事を教えては貰えなかった。というのも、彼女の事はよく知っているようだが、現在は何処にいるのか分からないのだそうだ。

「まぁ、多分島の中にはいると思うぜ。いつも島外に用事がある時は俺が一緒なんだけど、今日は出てないからな。ただ、何処にいるのかは分かんないけどな。」

「そう、なんですか…。」

「…悪いな。役に立てなくて。」

それに残念に思いながらも2人は勇にお礼を告げる。そして別の場所を探すべく歩き始めた。


島内を歩き回っていた2人が辿り着いたのは、勇がいた所とは別の海岸。あまり人気のない砂浜だった。そこは常日頃あまり人が出入りしていないのだろう。荒らされた様子はなく、むしろ綺麗な貝殻が落ちている場所だ。その様々な色や形をした貝殻達は光を受けて輝き、見ていた波恵の瞳も輝き始める。そして鼻歌混じりで拾い始めていたのだが、その時に気が付いたのだ。自分達がいる砂浜に、同じように貝殻を拾う少女がいた事に…。

(もしかして彼女が…?)

自分達と似てはいないが、姉である可能性が否定出来なかったからだろう。波恵は貝殻を拾うのを一旦止める。その代わりに彼女へ近付いていくと声を発した。

「あの…！　もしかして…私達のお姉ちゃんですか？」

「えっ…？」

「…すみません。実は俺達、この島に住む姉を探していて…。」

思い切って話しかけてみたが、少女は驚きと戸惑いを含ませた表情を見せる。無理もない。見ず知らずの少年少女に、急に姉かと問われたのだから。その心情に詫びつつ潮は改めて尋ねた。自分達が島に来た経緯と姉の事を含めた話をしながら…。

だが、結局少女は自分達の姉ではなかった。というのも、自らを『美々』と名乗り一人娘の母子家庭である事も打ち明けてくれたのだ。自分達は会った事はないが、姉は祖父と2人暮らしである事を知っていた。だからこそ人違いである事も理解する。その事に改めて申し訳なくも思うが、それ以上に2人は残念にも感じてしまう。だが、美々は2人に教えてくれたのだ。自分達の姉は島内にいる可能性がある事を…。

「…と言っても、正確には分からなくって…。『祭りの準備をしているんだろうな。』って事ぐらいしか…。」

「いえ、十分です。ありがとうございます！」

戸惑いながらも答えてくれた美々に2人は頭を下げる。そして美々と別れて再び歩き始めたのだが、砂浜を脱出した頃だった。2人のお腹がほぼ同時に大きな音を奏でる。明らかに空腹を表す音に2人は苦笑いを浮かべるが無理もない。島内を歩き回っていた事で気が付かなかったが、いつの間にか太陽の位置が真上に差しかかっていたのだ。それは昼時を表していて、その事を理解したからだろう。2人はより空腹を感じてしまう。結果、姉探しを一旦中断し腹ごしらえをする事にした。

空腹を解消すべく再び歩き始めた２人。島に訪れた他の人々も昼食時だからだろう。弁当を広げて食べ始めている姿が複数あった。それを横目に２人は歩き続ける。というのも、２人は珊瑚島に来る時に『ある店』に行きたいと思っていたのだから…。

そんな２人が辿り着いたのは１軒の食堂…『まんぷく亭』だった。そこは10年ほど前まで味が良くなく客も来ない店だったそうだ。だが、10年前に作り上げた『特製ソース』の味の評判が良く、通信販売まで行われるほどになっていた。それだけでなく約１年前から店主の息子が跡を正式に継ぎ、出される料理の優しい味に評判は更に上昇。一度訪れた事がある離島マニアの人達が話を出すほどに話題となっていたのだ。だからこそ２人は『まんぷく亭』に訪れる事にしたのだった。

中段まで登った２人は『まんぷく亭』まで到着。早速、店内に入っていく。すると普段は観光客が少なくても祭りの前だからか。10席ほどしか客席がない店内には、半数以上が埋まっている。それを見つめながら２人は空いている所へ着席。『特製ソース』が使われている肉野菜炒めを注文した。

「あの…！　あなたに聞きたい事があるんだけど…。」

「良いよ～。何～？」

「その…俺達の姉が島内にいるって聞いたんだ。…分かりますか？」

出された肉野菜炒めを口にしながら、２人は自分達の姉の名を口にして尋ねる。それに青年の店主…『健太』という札を胸に着けた少年は、笑顔を向けながらも一瞬固まる。それでも少しの間の後、健太は不意に呟いた。

「う～ん…。僕もよく分かんないけど～。美々ちゃんや勇君の言う通り島内にはいると思うよ～。」

「そうですか。ありがとうございます。あっ、料理美味しかったです！」

「うん！　凄く美味しかったよ！」

「本当～？　こっちこそありがとう～！」

料理の味も含めてお礼を口にすれば、健太は満面の笑みを浮かべて喜びを示す。その姿は料理と同様に優しい微笑みで。見ていた潮と波恵も何だか嬉しくなるのだった。

腹も心も満たされながら『まんぷく亭』を出た２人。そして未だ回れていない上段の方に行く事を決意。その方向に向かって歩き始めた。

すると歩き続ける２人の前方で、花が入った段ボールを両手で抱える青年を発見。最初はあまり気にしていなかったが、必死に運ぶ姿がどうしても気になったのだろう。波恵は潮の手を取り青年に駆け寄った。

「大丈夫ですか？　お兄ちゃんと一緒にお手伝いします！」

「…そうですか。じゃあ、段ボールの中に入っている赤い花を鉢ごと、あの目の前の家の軒下に置いて貰えますか？　直射日光が苦手な種類なので、すぐにでも日陰に置きたくって…。」

「分かりました！　お兄ちゃん、行くよ！」

青年の言葉を聞いた波恵は、すぐに段ボールから鉢ごと赤い花を取る。そして指示された家の軒下の日陰に設置。更にその後も温室まで植物を運ぶ青年を手伝うのだった。

一通りの手伝いを終えて。出されたお茶を貰いながら一息つく2人。だが、ほど良い疲労感に包まれながらも2人の本来の目的は違う事だ。改めてそう思っていると、青年から口を開いた。

「ありがとうございました。祭りの為に仕入れたのは良いんですけど、置ける余裕がなくって…。あっ、何かお礼をします。…と言っても、花しかないんですけど…。」

「いや、お礼だなんて…。むしろ翔さんに聞きたい事があって…。」

手伝っている時に青年の名前が『翔』だと聞いた2人。それにより潮は名指しにし、翔に自分達の目的を話す。すると潮の言葉に翔は少しの間の後、再び話し始めた。

「…彼女ですか？　そうですね…。見つけるのはある意味難しいかもしれません。何たって島一番に足が速くて素早い人ですからね。島内とはいえ一度見失うと、見つけるのは大変な人ですから。」

「そうですか…。」

「まぁ、あの3人が言うんだから島内にはいますよ。多分ですけどね。」

「あっ、ありがとうございます…。」

結局、良い情報を得る事は出来ず落ち込む2人。それでも翔を責める訳にはいかない。それは分かっていたのだろう。2人は頷き合うと翔の家から出て行った。

陽が傾き始め、周囲を少しずつ朱色が染め始めていく。そんな中を2人は姉を探し続けていたが一向に見つかる様子はない。それにより疲労が溜まっていたのだろう。一旦、下段に下りるべく石段にいた2人だったが、その時波恵はつまずき転がり落ちそうになる。それに気が付いてはいたものの潮も疲労が溜まり切っていたからか。素早く手を出す事が出来なかった。

だが…。

「波…！」

「…っと！　大丈夫？」

「あっ…。」

「…じゃあ、気を付けてね！」

転がり落ちる寸前に突然現れた人物に波恵は助けられる。それは1人の少女で、波恵が転がり落ちる前にその体を抱き止める。そして波恵がお礼を口にする前に少女は笑顔で走り去る。まるで風のような素早さで、2人は呆気に取られてしまうのだった。

その後も2人は姉を探し続ける。だが、翔の言った通り自分達の姉はかなり素早い人物なのだろう。一向に見つける事は出来ない。それにより2人は一度島を離れて出直す事を決め、港の方へと歩き始めた。

その時だった。仕方なく帰ろうとしていた2人を1人の人物が止めようとしたのは…。

「待って！」

「えっ…。」

自分達の背後からした聞き覚えのある声に2人は振り返る。すると2人の見つめる先には少し前に出会った…石段の所で波恵を助けてくれた少女がいた。

「…ごめんね。全然気が付かなくって…。皆から話は聞いたよ。私が2人の姉の…『宝貝瑠璃』です。」

「っ！　お姉ちゃんが…？」

「本当に…瑠璃姉ちゃんなのか…？」

改めて2人が問いかければ姉である少女…瑠璃は微笑みながら頷く。その瞬間、2人の瞳からは自然と涙が溢れ出す。そんな様子を見つめながら瑠璃は駆け寄ると、2人を抱き締めた。ようやく知る事が出来た弟妹という温もりを味わうように…。


その翌日。前日に瑠璃に薦められるがまま島長宅に泊まった潮と波恵。初めて味わう姉との時間を楽しみながら一夜を明かす。更に翌日には瑠璃に案内されながら『さんご祭』を満喫。初めて会ったはずだというのに祭りが終わる頃には、ずっと傍にいたように仲の良い姉と弟妹になっていた。そして楽しい思い出を胸に抱いたまま、２人は祭りの更に翌日に島を離れる。次期島長にもなる姉との再会を約束して――。

初めまして。この度は『人魚の島』を手に取って頂き、誠にありがとうございます。感謝の想いで一杯です。

この話を書こうと思ったきっかけは、以前観たテレビ番組です。それは子供が1人しかいない小さな離島の話だったのですが、『そこに人魚が来たら、どんな刺激的な日々になるのだろう?』と思ったのが発端でした。そこから『子供が1人しかいないのは寂し過ぎる。じゃあ、性格が違う子を5人にしてみよう!』と何となく思い、話を練り始めていました。そして気が付けば人魚との交流や子供達とそれぞれの家族との話等…。次々と設定が浮かび上がりました。そんな作品を無事に完成させる事が出来て嬉しいです。

最後になりましたが、今回文芸社様には出版するに辺り、指導等を行って貰いました。本当に感謝の想いで一杯です。ありがとうございました。

著者プロフィール

蔵中 幸（くらなか さち）

8月2日生まれ。愛知県出身。
県立特別支援学校を卒業後、約6年間事務員を務める。
その後退職し小説家を志す。
趣味はファンタジーの世界を中心とした物語を考える事。

人魚の島

2017年4月15日　初版第1刷発行
2020年12月20日　初版第2刷発行

著　者　蔵中 幸
発行者　瓜谷 綱延
発行所　株式会社文芸社
〒160-0022 東京都新宿区新宿1－10－1
電話 03-5369-3060（代表）
03-5369-2299（販売）

印　刷　株式会社文芸社
製本所　株式会社MOTOMURA

ISBN978-4-286-18168-4